Una vez fuimos famosos

Miguel Alcantud

Una vez fuimos famosos

Papel certificado por el Forest Stewardship Council®

Primera edición: enero de 2023

© 2023, Miguel Alcantud
© 2023, Penguin Random House Grupo Editorial, S. A. U.
Travessera de Gràcia, 47-49. 08021 Barcelona

Printed in Spain – Impreso en España

ISBN: 978-84-9129-733-8
Depósito legal: B-20350-2022

Compuesto en Blue Action

Impreso en Liberdúplex,
Sant Llorenç d'Hortons (Barcelona)

SL 97338

Buscar quien soy es quien soy.

Tom Spanbauer,
El hombre que se enamoró de la luna

Aunque el punto de partida de esta novela esté inspirado en hechos reales, todos los personajes y situaciones son absolutamente ficticios.

UNO

No lo entendía.

Hasta una semana antes, Toni siempre había dormido como un niño.

Nunca había tenido el más mínimo problema para conciliar el sueño, ni siquiera de pequeño. Daba igual si el día había sido bueno o un espanto; se metía en la cama y dormía del tirón hasta que era media mañana o sonaba el despertador que le obligaba a ponerse en marcha para llegar a su hora al trabajo.

Sin embargo, los últimos días unas violentas pesadillas lo despertaban en mitad de la noche. Lo que más le molestaba no era encontrarse sentado en la cama empapado en sudor, sino no ser capaz de recordar nada de lo que había soñado.

—¿Estaré empezando a tener conciencia? —se dijo a sí mismo, y el problema era que no sabía si bromeaba o no.

¿Estaría empezando a tener conciencia? ¿Iba a ser normal? ¿Normal como quién?

¿Normal como los del taller, cuyo único objetivo en la vida era que llegara la hora de salir para tomar una cerveza?

¿Normal como Selmo, que lo escuchaba todos los meses porque le pagaban para que lo hiciera?

¿Normal como Lidia?

Sí, Lidia era normal. Hacía cosas normales. Si Toni tuviera que elegir a alguien normal de entre todas las personas que conocía, esa sería Lidia.

Lidia le caía bien.

Miró el móvil. Quedaba una hora y media para que sonara el despertador y se había desvelado, así que decidió levantarse.

Al salir de la cama, sintió que la casa estaba un poco fría, pero eso le agradaba. El calor de Cartagena lo embotaba, no terminaba de acostumbrarse y por eso disfrutaba de los pocos días fríos que se encontraba.

Tras ir al baño, caminó con paso cansino hasta el salón. Puso algo de música en el móvil para no oírse pensar, encendió el altavoz *bluetooth* y levantó la tela que cubría la mesa. Los continentes ya estaban casi completos, así que decidió buscar todas las piezas que conformaban el ecuador y el meridiano de Greenwich. Una vez más, maldijo el momento en que se le ocurrió comprar un puzle de cuatro mil piezas y, como siempre, apenas se sentó, se olvidó del mundo hasta que sonó el despertador.

El día oficialmente comenzaba.

DOS

Rebeca dio un salto en la cama, pero ella no tenía pesadillas, lo que tenía era un niño de dos años que lloraba en la otra habitación.

Estaba totalmente desorientada, no sabía ni quién era ni por qué estaba sentada en la cama, pero los gritos desgarrados que entraban por la puerta la ubicaron de inmediato.

A su lado, Chema dormía como no lo hacía su bebé.

Rebeca miró el reloj; no habían pasado ni dos horas desde que Antonio, el pequeño, la despertó por última vez. Le dio un suave empujón a Chema, pero este no se movió. Probó a sacudirlo algo más fuerte, pero lo único que consiguió fue que cambiara de postura y se quedara de espaldas a ella.

Rebeca salió de la cama y en menos de veinte pasos llegó hasta el cuarto de Antonio. Este estaba de pie en medio de la habitación, rojo y sofocado sin parar de berrear, porque lo que hacía era eso más que llorar.

Cuando vio a su madre, volvió a su cama y se sentó, sorbiendo los mocos que le caían como velas. Rebeca cogió un pañuelo de la mesilla y se los limpió.

—¿Qué pasa ahora? —le preguntó tratando de no mostrar lo harta que estaba.

—Tengo miedo.

—¿De qué?

—Es que está muy oscuro.

Rebeca tuvo que contar hasta diez antes de contestar. Este mismo diálogo lo habían tenido tres veces esa noche.

—No está oscuro. Tienes tu lamparita y la última vez te dejé también encendida la luz del pasillo.

Antonio sabía que su madre tenía razón, pero eso no lo apartaría de su objetivo principal.

—Quédate conmigo —le dijo a su madre.

A Rebeca la sensación de *déjà vu* no se le iba.

—Ya lo hemos hablado, tú tienes que dormir aquí y yo en mi cama. Por eso tenemos cada uno nuestra habitación.

Pero ese argumento era demasiado débil para un niño de dos años.

—No quiero estar solo.

Rebeca se olvidó de la psicología moderna y de tratar de llegar a la mente del niño desde un acercamiento racional y calmado. Todos los libros que había acumulado desde el embarazo (de los que había leído tres a medias) eran una mierda. Pero no recurrió a la ira (aunque poco le faltó), sino que se derrumbó delante de su hijo.

—De verdad, Antonio, tengo que dormir —le rogó con lágrimas en los ojos.

Aparentemente el niño, por fin, lo entendió. Se tumbó en su pequeña cama y su madre le dio un beso y le dijo que era el mejor niño del mundo y cuánto lo quería. Él sonrió.

Rebeca se levantó, confiada, para volver a su ansiada cama, pero apenas había dado dos pasos cuando oyó de nuevo el estridente berrido de su pequeño a su espalda.

¡No podía más!

Rebeca se volvió. Antonio estaba de pie en la cama.

Y así es como Rebeca se rindió. Cogió al niño, lo acostó de nuevo y se hizo un hueco a su lado.

—Va, pero solo diez minutos.

Antonio sonrió feliz, cerró los ojos y se durmió. Rebeca primero lo maldijo en silencio, y luego pensó en escabullirse de nuevo a su habitación. No quería quedarse en la pequeña cama de Antonio porque, entre lo estrecha que era y que el colchón era muy fino, acababa siempre con la espalda destrozada. Pensó en cantarle algo tranquilo mientras salía poco a poco de la cama y en dejar una mano en su espalda para que él no notara su huida, pero no hizo nada por miedo a que se despertara.

Ella siempre había querido ser madre. ¿Por qué no era feliz?

Se había convertido en la esclava de un ser egoísta de menos de dos años, y no sabía cómo evitarlo. Sentía que no estaba preparada, que, a pesar de todo lo que había buscado este momento, su vida era mejor antes.

Su marido ya no era su marido, se había convertido en un compañero de piso que ni la miraba ni la tocaba. Lo peor de todo era que ella tampoco tenía ninguna gana de que lo hiciera.

¿Qué le estaba pasando?

Nada era como ella esperaba.

Nada era como debía ser.

Sintió un nudo en la garganta, pero no quería llorar delante de Antonio. Le daba pánico que se despertara y tener que dormirlo de nuevo.

Se dio cuenta de que su único deseo era que su bebé durmiera. Que durmiera todo el tiempo si fuera posible. Que cuando despertara tuviera ya seis años y pudiera hablar con él.

Rebeca se sintió muy egoísta.

TRES

¡Todos arriba!

Marina abrió la puerta y encendió la luz sin ningún tipo de misericordia. Si no subió también la persiana fue porque no era capaz de entrar en la habitación de sus hermanos. Olía como si todos los animales del zoo llevasen muertos una semana debajo de las literas.

Vito vio a su hermana marcharse y se desperezó.

A los dieciséis años, Marina ya ejercía de madre porque la titular tenía que trabajar. Esta limpiaba escaleras y, un par de veces por semana, los pisos de varias familias que ganaban lo suficiente como para contratar a alguien que hiciera lo que no les gustaba. Al menos ella trabajaba, no como el puto inútil de su marido, que se pasaba el día haciendo quinielas y viendo películas americanas en las que la mujer del protagonista era asesinada o violada y él tenía que vengarla. Aunque resultaba difícil vivir en su casa, siempre era mejor que ser la mujer del prota de una peli yanqui.

—Tommy, ¿me ayudas? —gritó ella desde la cocina.

Tommy era el tercero de los hermanos y tenía doce años que parecían cincuenta. Odiaba los deportes y lo único que le interesaba era la tecnología o, mejor dicho, desmontar aparatos, sacarles piezas y meterlas en otros aparatos para descubrir nuevas utilidades. Esa afición le había asegurado innumerables bofetones por parte de su padre, que prefería tener un vídeo VHS sin funcionar a que Tommy le diera una nueva vida.

—Voy —dijo él, y saltó desde su litera en calzoncillos. Se puso un pantalón de chándal y una camiseta y salió al pasillo.

Vito decidió que ya se había estirado lo suficiente y se levantó. Dormía en la parte de abajo de una de las dos literas que había en el cuarto. A sus diez años nunca había tenido una habitación propia, por lo que no echaba de menos tener un espacio para sus cosas o un poco de intimidad.

No podía extrañarlo, pero a veces fantaseaba con ello.

Nada más salir de la cama le cayó encima Juan. Tenía quince años, aunque su cuerpo curtido en decenas de campos de fútbol de tierra aparentara unos cuantos más.

El golpe lo tiró al suelo y le dejó el cuello dolorido. Juan aterrizó hábilmente de pie a su lado.

—Avisa si vas a salir, imbécil, que casi me caigo —le dijo a su hermano pequeño, y empezó a vestirse.

Vito deseó una vez más que al subnormal de su hermano lo encontraran muerto en un descampado con diez navajazos o con una sobredosis de lo que fuera. Imaginó varias muertes violentas más, pero entonces se dio cuenta de que Felipe seguía durmiendo, y lo dejó (por el momento).

Felipe tenía siete años y mantenía, de un modo casi mágico, la inocencia. A Vito le gustaba ver cómo jugaban él y Ana a inventarse historias de hadas, unicornios y todas esas mierdas. Estaba convencido de que Felipe era gay pero demasiado pequeño para saberlo. Solo esperaba que cuando lo descubriera, Juan ya estuviera muerto o se hubiera ido de casa, porque si no le haría la vida imposible.

Vito se acercó a la parte baja de la litera de enfrente y sacudió a su hermano.

—Venga, que vamos a llegar tarde.

Felipe se dio la vuelta perezoso. Vito lo destapó tal y como habían hecho centenares de veces con él sus hermanos mayores.

—¡Mira que te dejo aquí!

Felipe empezó a levantarse. Vito buscó por el suelo ropa que no estuviera demasiado sucia, la olió y decidió que podía pasar por buena. La puso encima de la cama.

—Ponte esto.

Salió deprisa porque sentía que iba a estallarle la vejiga.

En el baño encontró, sentada en el váter, a Ana.

Era la pequeña de la familia, tenía seis años y había decidido que de mayor sería hada y, si no podía ser, entonces princesa. En la cabeza tenía ya puesta una tiara, aunque no se hubiera vestido.

—Date prisa, que me meo.

—Si me miras, no puedo —respondió ella agobiada.

Vito resopló y se dio la vuelta. Por el pasillo venía Juan caminando como un toro, es decir, como siempre.

—¿Te queda mucho? —le preguntó a la aspirante a hada.

—¡Es que no me dejáis! —contestó ella cada vez más indignada.

—¡Joder! —mugió Juan.

Se acercó a la bañera, se bajó el pantalón del chándal un poco y empezó a mear dentro.

—¡Marina! Juan está haciendo pis en la bañera —gritó Ana.

—Chivata de mierda.

—Eres un guarro —contestó ella sin acobardarse.

—Luego le echas un agua a la bañera.

Cuando terminó, Juan le quitó la tiara de princesa a Ana y la tiró al suelo. Luego salió empujando a Vito contra la puerta.

—¡Espabila, *pasmao!* —le dijo sin pararse, y desapareció por el pasillo rumbo a la cocina.

Vito respiró hondo y contó hasta diez, luego recogió la tiara y se la puso de nuevo a su hermana.

Salió del baño para que terminara sin que nadie la molestase mientras pensaba en que debía haber un modo de librarse de Juan.

CUATRO

Rebeca no podía mantener los ojos abiertos mientras le preparaba el café a Chema. Menos mal que la cafetera se detenía sola, porque ella se había quedado mirando un punto fijo de la pared sin acordarse de qué estaba haciendo.

Sentía que se estaba convirtiendo en una muerta en vida.

Chema entró en la cocina, cogió su café, besó a su chica y se sentó. Ella sacó el bizcocho que había hecho la tarde anterior y se lo puso delante.

—¡Qué buena pinta! —dijo él, y se cortó un trozo que a ella se le antojó demasiado grande.

Rebeca sacó la cápsula vacía de Caffé Latte de la máquina e introdujo una de Vanilla Nut Cappuccino. Mientras el líquido salía, miró a Antonio. Estaba sentado en su trona, feliz mientras roía una galleta, ajeno al destrozo que causaba en la vida de su madre.

Ella quería olvidar las noches y quedarse solo con esa imagen maravillosa. Chema y Antonio, las dos personas que más le importaban en el mundo, juntos, desayunando en un día normal.

Pero le pesaba demasiado el cuerpo.

—Estoy reventada. Me he tenido que levantar cinco veces esta noche, y tú durmiendo como un oso.

—¿Por qué no me has despertado?

Rebeca se sentó a su lado y se cortó una porción de bizcocho.

—¿Crees que no lo he intentado?

Pero él no iba a sentirse culpable. Ya traía el dinero a casa, todo lo demás que hiciera era un extra.

—No sé, haberlo intentado más fuerte.

Rebeca fingió que se reía aunque no le había hecho ni pizca de gracia y dio un trago a su capuchino.

—Me volvería a la cama ahora mismo.

Chema mojó el bizcocho en el café, como había hecho casi todos los días durante sus treinta y dos años.

—¿Y por qué no lo haces?

Rebeca no podía creer que le dijera eso. Sentía que su pareja no se enteraba de todo lo que hacía por la familia.

—¿Y quién se ocupa de Antonio? Además, hay un montón de cosas que hacer en casa.

Chema asintió y siguió desayunando. Había notado que Rebeca estaba de mal humor y sabía que si continuaba la conversación le salpicaría de un modo u otro.

Y no le apetecía.

Rebeca miró a Antonio, que seguía royendo su galleta, y sintió una punzada de amor.

¿Cómo podía querer tanto a una cosa tan pequeña?

CINCO

No es cierto! Aunque se vistan de personas normales siempre serán princesas.

—Pero ¿entonces cómo sabes que son princesas? También podrían ser otras cosas, como gente normal, por ejemplo.

—No, porque las princesas son siempre princesas. Son las hijas del rey y da igual de qué vayan vestidas, como si van en camisón.

—¿Y si el rey muere? ¿Cómo se sabe que son princesas?

—Pues si se muere y vas y miras, las princesas son las que llevan unos vestidos negros preciosos y lloran mucho.

—Pero no digo en el entierro, digo después.

Vito asistía a la discusión de Ana y Felipe con la boca abierta y la cuchara llena de cereales en la mano. Le parecía maravilloso que de un basurero como en el que vivían pudieran salir dos personas así.

Cuando por fin se llevó la cuchara a la boca se dio cuenta de que sus cereales estaban reblandecidos. Eso no le gustó; él quería masticarlos, que estuvieran un poco crujientes. Tomó una nota mental (por décima vez, porque luego siempre la olvidaba) de no echarlos todos de golpe en la taza para que no pasara eso. Hacía ya varios meses que se había cansado de esa marca. Cuando se lo dijo a su madre, esta le respondió que no iba a comprar una marca para cada uno, pero que si convencía a sus hermanos, cogería la que le dijeran.

Fue imposible, así que Vito estaba en el proceso de pasar de cansarse de los cereales a odiarlos.

De pie detrás de él, cosa que no le hacía ninguna gracia, estaba Juan con su tazón. Menos cuando comían con sus padres, Juan siempre lo hacía de pie apoyado en la encimera.

Vito sabía que si no lo miraba, lo más probable era que Juan no le pegara ni le hiciera alguna de sus guarradas. Aun así, era muy difícil tenerlo detrás y no temerlo.

Decidió centrarse en Marina y Tommy, que estaban preparando sándwiches para que todos los hermanos tuvieran almuerzo. Uno untaba la mantequilla en la base y el otro ponía una loncha de jamón york y el otro pan. Eran una maquinaria perfecta.

Ana terminó su desayuno y se levantó para dejar el bol en el fregadero. Al contrario que su hermano, tenía el don de poder hablar y comer a la vez.

La pequeña se acercó a darle un abrazo a su hermana, que seguía en la factoría de sándwiches.

—Corre, ve a prepararte, ahora te peino. Felipe, date prisa. —Marina seguía en su papel de madre.

Ana se fue trotando hacia su cuarto y Felipe intentó meterse todos los cereales de golpe en la boca. Enseguida se dio cuenta de que no podría tragárselos y dejó caer algunos.

Vito decidió que ya no le apetecía desayunar más y llevó también su taza al fregadero.

Felipe por fin consiguió tragar.

—¿Sabéis a qué hora llega mamá hoy? —preguntó al aire.

Tommy recogió la pregunta.

—¿Qué necesitas?

—Quiero que vea una redacción que he hecho.

—Por la tarde le toca en casa de los Moncayo, supongo que vendrá a cenar —le respondió Marina.

Tommy terminó de hacer el último de los sándwiches y se volvió.

—Juan, pregúntale a papá si le dejo hecho un sándwich.

Este respondió con la boca llena.

—Yo estoy desayunando, díselo a otro.

—Ya voy yo —respondió Vito, que en ese momento salía por la puerta.

En el salón había varios juguetes de los pequeños y un montón de periódicos deportivos atrasados con sus extraños juegos de palabras en los titulares, pero ningún padre.

La luz del baño estaba apagada, así que tampoco se encontraba allí. Vito oyó entonces un gemido que venía de la habitación de las chicas.

Acercó la oreja a la puerta cerrada y oyó a Ana quejarse. La abrió.

El cuarto era igual de pequeño que el de los chicos, pero en vez de literas había dos camas. Las paredes de cada mitad del dormitorio estaban decoradas de un modo totalmente distinto. Una llena de dibujos infantiles y corazones y la otra mucho más sobria, casi sin adornos.

Dos mundos en un cuarto.

Junto a su cama, Ana forcejeaba para que su padre no le quitara el pijama.

—¡Suéltame! —gritaba.

El padre, casi encima de ella, tiraba de la camiseta.

—Hoy quiero vestirte yo, como cuando eras pequeña —le decía.

—¡Que no me toques!

—Soy tu padre y te toco si me da la gana.

Estaba tan concentrado en su tarea que no oyó entrar a Vito.

No podía odiar más a su padre.

—¡Déjala en paz! —gritó.

Se sorprendió al oírle, pero, al contrario de lo que esperaba el niño, sus palabras no causaron ningún efecto. Le habló sin casi girarse.

—Vete y cierra la puerta.

Ana miraba fijamente a Vito en busca de ayuda mientras el padre trataba de quitarle de nuevo el pijama.

Vito no pudo quedarse quieto. Se acercó corriendo a su padre y lo empujó. Lo único que consiguió fue hacerle trastabillar un poco y llevarse un bofetón que lo mandó entre las dos camas con el labio sangrando.

Que lo hubiera despachado tan fácilmente no hizo más que despertar la ira en Vito. Vio la tabla de *skate* de Marina debajo de su cama, la cogió y se lanzó a por su padre. Lo golpeó con todas sus fuerzas en la rodilla.

El padre cayó con estruendo al suelo gritando de dolor. Vito se puso de pie de un salto y levantó la tabla dispuesto a acabar de una vez por todas con el problema que era su progenitor.

—¡Vito!

La pequeña Ana lo miraba aterrorizada. Vito temblaba mientras apretaba con fuerza la tabla entre sus manos.

—Vito, no.

Se giró hacia ella y vio que estaba llorando. Bajó la tabla despacio. Cuando se dio cuenta de que su hijo se despistaba, el padre se abalanzó contra él, le quitó la tabla y le dio un puñetazo en el estómago.

Vito cayó al suelo. No podía respirar y boqueaba como un pez fuera del agua. El padre se levantó y le dio una patada en la espalda.

—¡Hijo de puta! —le gritó a su hijo.

Lo cogió del pelo para que levantara la cabeza y le soltó un guantazo que hizo que a Vito le pitaran los oídos.

Luego se fue, cruzándose en la puerta con Marina y Tommy.

Ana seguía llorando de pie junto a su cama. Vito consiguió que un hilo de aire le entrara por fin en los pulmones.

—¿Qué ha pasado? —preguntó Marina.

Vito se levantó. Tenía sangre en la boca, el pelo revuelto y los ojos llenos de ira.

Sin mirar a nadie, ni siquiera a Ana, salió del dormitorio.

—¿Qué ha pasado? —repitió Marina.

Pero Ana solo podía llorar.

SEIS

Toni salió de la ducha, se lavó los dientes sin mirarse ni un segundo en el espejo y se vistió con la camiseta y el pantalón que estaban en la parte de arriba de los respectivos montones de camisetas y pantalones, únicos habitantes de su armario. Toda su ropa era intercambiable. No entendía que se le diera tanta importancia a algo tan superficial.

Tapó el puzle con su tela, desconectó el altavoz *bluetooth* y, sin cambiar la canción del móvil, se puso sus cascos Sennheiser Momentum 3 inalámbricos, uno de los pocos caprichos en los que se había permitido invertir una considerable cantidad de dinero.

Salió a la calle.

Una de las cosas buenas que tenía Cartagena era que se podía ir andando a cualquier lado porque las distancias resultaban asumibles. Por supuesto, los nativos se quejaban cuando tenían que desplazarse a más de tres manzanas, pero viniendo de una ciudad más grande, como él, ir al trabajo se convertía en un simple paseo.

Era casi la hora la entrada en los colegios y la calle estaba llena de niños que caminaban con sus padres mientras arrastraban enormes mochilas de ruedas.

Con la música entrando directamente en su cerebro, a Toni le parecía estar siempre dentro de un videoclip. No era que esas canciones le agradaran en particular, pero al menos tenía silenciados a los demonios que habitaban en su cabeza, y eso siempre resultaba un descanso.

Se detuvo delante de la luz roja de un paso de peatones. Aunque no venía ningún coche, le gustaba esperar y no dejarse llevar por las prisas de la gente que lo rodeaba.

Un niño pasó corriendo por su lado y cruzó el semáforo en rojo. Tendría unos doce años y no iba acompañado por ningún adulto. Toni lo miró.

La mochila que arrastraba tenía ilustraciones del Capitán América y vestía con una sudadera con capucha y zapatillas de deporte con una suela grandísima de colores. Llevaba el pelo muy corto por los lados. O sus padres querían que pareciera moderno o el niño pretendía imitar a los youtubers que seguía y sus progenitores se lo permitían.

La luz del semáforo cambió y Toni se puso en marcha de nuevo.

En medio de la corriente de adultos que llevaban a sus hijos al colegio, Toni vio a otro niño que no iba acompañado. Venía en dirección contraria a los demás, era un poco más pequeño que el anterior y llevaba una mochila colgada con los tirantes muy destensados. Toni pensó que el niño se debía haber olvidado algo en casa y volvía a recogerlo, o quizá iba a un colegio en otro barrio y por eso caminaba en otra dirección.

Toni lo miró hasta que desapareció por una esquina, luego siguió andando.

A los pocos segundos se olvidó del niño.

SIETE

Vito caminaba por la acera sin girarse para ver si sus dos hermanos pequeños lo seguían. Los oía parlotear detrás de él sin parar, así que iba tranquilo. Pensó que era imposible que existieran tantos temas en el mundo de los que hablar, y tenía razón, porque siempre charlaban de lo mismo, una y otra vez, sin cansarse por ello.

Pocos metros delante de él, en la esquina en la que siempre quedaban, le esperaban Ponce y Amanda. Vito no se paró, fueron los otros los que se pusieron a su lado sin ni tan siquiera saludarlo.

—¿Qué te ha pasado? —preguntó Ponce.

—Ayer estuve jugando al fútbol con Juan y sus amigos —mintió Vito.

Ponce se puso delante de Vito caminando de espaldas para verle mejor el labio partido.

—Bastante bien has quedado. A mí me daría miedo jugar con esos.

Vito, Amanda y Ponce empezaron a ir juntos a clase cuando tenían cuatro años y desde el primer día se volvieron inseparables. Aunque eran muy distintos, existía entre ellos una química muy difícil de descifrar, pero que funcionaba.

A los diez años se habían convertido en un selecto club de solo tres miembros cerrado al resto de la humanidad.

—Ayer vi en la tele una peli de unos niños que mataban a un pueblo entero —dijo Amanda, a quien las heridas de Vito no le interesaban tanto como a Ponce.

Este, inquieto como siempre, saltó a un lado para ponerse junto a la chica.

—¿En las noticias? —preguntó.

—No, idiota, en una peli.

Vito y Amanda tenían la teoría de que Ponce no se enteraba bien de las cosas, no porque fuera corto, sino porque, al moverse continuamente de un sitio a otro, la información no conseguía llegarle bien a la cabeza.

—No me llames idiota —respondió Ponce.

Se lo habían dicho tantas veces, sobre todo en su casa, que no soportaba que lo hicieran una vez más. Muchas de sus peleas en el patio del colegio habían empezado por ese motivo.

Vito intervino.

—¿Qué peli era?

—No sé, la tenía puesta mi hermano. Todos los niños eran rubios. Estaban como en un campo y hacían ritos satánicos y eso.

Ponce, que se había descolgado hasta la altura de Felipe y Ana para ver los dibujos de la mochila de la niña, preguntó gritando:

—¿Qué es un rito satánico?

Amanda y Vito se miraron, pero fue este último el que le explicó.

—Son cosas para llamar al demonio. Matar gente o gallinas o cabras y con la sangre se hace una… como un rito.

—¡Mola! —dijo Ponce mientras se ponía a la altura de sus amigos.

—¿Qué es lo más grande que os atreveríais a matar? —preguntó Amanda con una levedad que hizo que a Vito se le erizara el pelo de la nuca y se enamorase más de ella (si eso fuera posible).

Vito miró a sus hermanos pequeños, que seguían tres metros detrás de ellos charlando sobre sus mundos de fantasía.

Se dispuso a contestar, pero Ponce se le adelantó.

—Yo una vez maté una lagartija.

—Eso es muy pequeño —contestó Amanda con un ligero desprecio.

Ponce y Amanda miraron a Vito. Era su momento.

Dudó un segundo antes de mentirles. No quiso decirles que llevaba varios años sacrificando gatos en su barrio. No creyó oportuno contarles que le gustaba reventarlos a pedradas y abrirlos con su navaja. Pensó que no era adecuado.

—Un pollito de esos amarillos.

La respuesta pareció satisfacerlos. Los dos asintieron con la cabeza.

—¿Y tú? —le preguntó a Amanda.

—Yo no sé si me atrevería.

Ponce saltó a varios metros de ellos y empezó a patear el aire.

—Yo me atrevería con un perro.

Eso pareció gustarle a Amanda.

—¿En serio? —le preguntó.

Ponce regresó de nuevo junto a ellos.

—Pues claro. Un perro de esos pequeños que ladran todo el rato.

Vito se vio tentado a contar su historia, pero sabía que aún no era el momento. Amanda intervino.

—Les tengo una manía… Si es a uno de esos, te ayudo.

Sabía que le tocaba a él dar su opinión. Solo una vez había matado a un perro, pero lo encontró decepcionante. Los gatos luchaban por su vida, peleaban hasta el final aunque tuvieran alguna extremidad rota. Un perro simplemente se dejaba morir de un modo tan tonto que no tenía ningún mérito hacerlo.

Volvió a mentir.

—¡Y yo! —dijo Vito.

Como los tres estaban de acuerdo y ninguno había presentado flaquezas, se habían quedado sin tema.

—¿Cuál es el sitio del extranjero al que más os gustaría viajar? —lanzó Ponce, al que le aterraba el silencio.

—¡Que coñazo de pregunta! —dijo Amanda, no porque lo pensara, sino por hacer rabiar a Ponce.

—¡Tú sí que eres un coñazo! —fue la respuesta obvia de Ponce.

Seguido de un «anda que tú» y un «pues no veas tu madre», o algo parecido. Detrás de ellos, como siempre, Felipe y Ana construían nuevos mundos de fantasía para evadirse del que les había tocado.

La conversación siguió así de animada hasta que los tres niños (y los dos pequeños acompañantes) llegaron a la verja del colegio. Amanda se paró.

—¿Y si pasamos de entrar?

Los dos chicos la miraron con interés.

—¿Y dónde vamos? —preguntó Ponce.

—Donde sea. Hoy no me apetece ir a clase.

Ponce cogió por los hombros a su amiga.

—¡Me apunto!

Amanda se dirigió a Vito, que miraba pensativo hacia el colegio.

—¿Vito?

—Dejo a estos y salgo —respondió serio.

Ponce se puso a dar saltos y a coger a Vito por los hombros. Este se lo quitó de encima.

—Ahora vengo.

Y se dirigió a la puerta del colegio seguido por sus hermanos.

Apenas sintió que Vito estaba a suficiente distancia, Ponce se giró hacia Amanda y le preguntó en voz baja:

—¿Si nos teñimos de rubio nos convertiremos en satánicos?

Amanda le pasó el brazo por encima del hombro.

—Yo de mayor quiero un novio como tú.

Ponce sonrió imaginando una vida de novio con Amanda, pero su imaginación no iba más allá de ir al cine juntos, que ella le cocinara algo y que se dieran besos en el parque.

Tampoco le pareció tan maravilloso.

Vito ya regresaba del colegio.

Los tres juntos siempre era mejor.

OCHO

Cuando tuvo que decidir sobre cuál podía ser su trabajo, Toni no tuvo demasiadas dudas: ninguno le gustaba.

De niño le habían llamado la atención muchas profesiones, pero todas las sentía para otros. No se veía siendo futbolista ni astronauta ni veterinario. De pequeño no se veía de nada. No había ningún oficio en el que se viera encasillado toda la vida.

No quería ser adulto.

De hecho, tampoco quería ser niño.

Si no le gustaba ningún trabajo, no era por falta de capacidad, ni mucho menos; era una cuestión de visualización. Simplemente no se veía.

Hasta que un día, animado por Selmo, fue a probar a un taller de coches donde buscaban a un aprendiz y, para su sorpresa, le gustó.

Toni descubrió que se divertía con el rompecabezas que suponía desmontar y volver a montar cualquier motor, aunque sentía predilección por los coches que ya tuvieran algunos años. En los modernos, tanta tecnología le había quitado la magia. Para alguien que disfrutaba del trabajo detectivesco de desarmar un mecanismo para averiguar dónde fallaba, conectarle un ordenador al cuadro de mandos para que hiciera un diagnóstico le parecía casi como hacer trampa.

Pero había una cosa que le complacía por encima de todo del trabajo de mecánico: no tenía que tratar con el público.

Toni no era antipático ni desagradable con la gente, de hecho, se mostraba bastante educado en el trato. Simplemente no le agradaban las personas. Solo eso.

Lidia en cambio sí le gustaba, y Toni no entendía por qué. Si se paraba a analizarla, no tenía nada especial. Era guapa y con buen físico, pero igual que otras cientos o miles de mujeres a pocos kilómetros de él. No era particularmente inteligente ni particularmente tonta. Lo que llamaba la atención de ella era su personalidad. Se movía en un mundo de hombres como si fuese una domadora inflexible con una gran sonrisa en la cara. No cedía ni un milímetro ni permitía que los chicos se desmadraran, y eso que era una simple empleada como ellos. Ella decía «hop» y los chicos saltaban. Se la veía feliz de tener ese poder sobre sus compañeros.

Era el alma del taller. Sin ella colapsaría en dos semanas.

Toni se había sorprendido varias veces mirándola (y Lidia lo había notado en alguna ocasión), pero sabía que no podía ni plantearse una relación con ella. Era demasiado pronto. Él no estaba preparado.

Así que cuando oyó su voz, Toni no pudo evitar sonreír antes de sacar la cabeza del motor del Audi Q6 en el que estaba trabajando, pero sí impedir que ella viera esa sonrisa al levantarse.

—Hola —dijo lo más neutro que le fue posible.

—Esta tarde, al salir, vamos a ir varios a tomar algo. ¿Te apuntas?

—No voy a poder, tengo cosas que hacer.

Lidia se acercó un poco a él, apoyándose en el borde del coche.

—Va, no seas muermo, que siempre te buscas excusas.

Esta vez Toni sí se enderezó. Sus caras se quedaron bastante cerca, quizá más de lo que quería él.

—Venga, lo intento.

Quizá no tanto como quería ella.

—Siempre dices lo mismo.

Lidia dejó un papel en su banco de trabajo.

—Cuando acabes con este, métete con esa Trafic.

Toni miró en la dirección que señalaba la chica para ubicar el vehículo. Era una antigua Renault Trafic gris con bastantes rozaduras y golpes en la chapa. Un chico de unos veinte años se bajó con un paquete de tabaco para liar y se preparó un cigarrillo junto a su furgoneta.

Toni llamó a Lidia, que ya empezaba a irse.

—¿Te importa pasárselo a Gómez? Aún me queda un rato con este.

Ella dudó si pedirle algo a cambio, pero no sabía si era el momento de hacer bromas con Toni. Nunca lo sabía, y eso la atraía.

—Claro, se lo digo. Pero no te pases todo el día con este coche.

—Descuida, me daré prisa.

Lidia le sonrió y se marchó.

Toni se volvió hacia la furgoneta. El dueño estaba de cara hacia él y sus miradas se cruzaron. Toni se giró y empezó a ordenar su banco de trabajo (que era el más ordenado del taller).

—¿Gustavo?

Toni no se volvió, simplemente respondió lo más neutro que pudo.

—Aquí no puede estar. Por favor, espere en la zona habilitada para clientes.

—¡Qué casualidad! —insistió el desconocido.

Toni ordenaba una y otra vez su banco deseando que el tipo se fuera, pero en vez de marcharse se acercó un poco más.

—Gustavo, ¿te acuerdas de mí?

—No, me debe confundir con otra persona.

Toni se giró levemente para que el desconocido le viera la cara y se diera por vencido. Luego continuó con sus herramientas.

—Gustavo, no me jodas, aunque tuviera solo un ojo te reconocería. Soy Fernando, el…

Toni se dio la vuelta con una llave inglesa en la mano.

—Sé cómo me llamo. Me gustaría que se marchara y me dejara trabajar —dijo todo lo despacio y claro que fue capaz.

El tipo lo miró a los ojos, luego a la llave inglesa y de nuevo a los ojos.

—Voy a estar unos días por aquí. Hotel Alfonso XIII, habitación 312. Pásate y hablamos.

Toni no contestó. Dejó la llave inglesa sobre el banco y se metió en el coche que acababa de arreglar para sacarlo del foso.

El desconocido, que ya no lo era, le observó mientras movía el coche diez metros y lo aparcaba. Luego se marchó.

Toni salió del vehículo y comprobó si alguno de sus compañeros lo miraba. Todos seguían trabajando ajenos al encuentro de su colega y el chico de la furgoneta.

Sabía que tenía que hacer algo y que debía hacerlo pronto.

NUEVE

¡Mamá!

Rebeca trataba de limpiar el mueble del salón, pero con tanta interrupción era imposible.

—¡Mamá!

Había dejado a su bebé dentro del pequeño parque con el Señor Mono, los libros y todos los juguetes que había encontrado, pero Antonio era insaciable. Nunca tenía suficiente.

Ella solo quería que su casa no pareciera una chabola, que no hubiera polvo en las miniaturas del mueble del salón, que la ropa de su marido estuviera planchada. No estaba dispuesta a permitir que por el hecho de tener un hijo tuviese que llevar una vida de esclavitud.

Se podía ser madre y tener la casa bonita.

Se podía ser madre y estar guapa.

—¡Mamá!

Rebeca empezaba a dudar de que fuera posible.

Trató de razonar con su hijo.

—Cariño, ahora no puedo. Luego salimos a dar una vuelta.

—¡Mamá! ¡Mamá! ¡Mamá! ¡Mamá!

—Ya te lo he dicho, ahora no puedo —continuó tratando de bajar los deseos de su hijo desde la parte emocional a la intelectual, tal y como había leído en un libro antes de tener a Antonio.

Pero a este no le apetecía abandonar su parte emocional. Solo quería que su madre lo entretuviera.

—¡Mamá! ¡Mamá! ¡Mamá! ¡Mamá!

Rebeca cambió de planes. Pensó que si lo ignoraba, él se daría cuenta de la inutilidad de sus gritos y también cambiaría de estrategia a algo más racional.

—¡Mamámamámamámamá!

Ya no podía más. No soportaba ni un minuto más a su hijo.

—¡¡¡Quieres callarte!!!

En esta ocasión no fue ninguna estrategia aprendida en una de esas lecturas imprescindibles para madres primerizas. Rebeca tiró el trapo y el bote de espray limpia polvo al suelo y se acercó a su bebé gritando.

—¡¡Que te calles de una vez!!

El niño la miró sorprendido durante dos segundos y empezó a llorar desconsolado. Rebeca no sabía qué hacer. En otro momento los lagrimones que le caían por la cara la habrían enternecido, y lo habría sacado y abrazado fuerte hasta que desapareciera el último de sus temblores.

Pero ahora solo sentía odio.

Se dio la vuelta para buscar lo que había tirado. La boquilla del espray se había partido y estaba debajo de la mesa.

Antonio no dejaba de llorar con estruendo.

En contra de todas sus creencias, Rebeca encendió el televisor y puso unos dibujos animados. Como por arte de magia, Antonio se calló, abrió la boca un poco y se quedó como hipnotizado mirando las aventuras de unos pingüinos mal dibujados que apenas decían tres palabras.

¿Cómo lo harían?, se preguntó Rebeca, y pensó que tenía que hablar con los creadores de esa tontería de serie; seguro que poseían el gran secreto que todas las madres ansiaban.

Decidió aprovechar la pequeña tregua que su bebé le daba para terminar de hacer la casa. Cuando estaba limpiando los espejos del baño, se quedó sorprendida por lo que vio. Parecía que había envejecido diez años en estos últimos meses. Tenía unas ojeras profundas y oscuras. Los ojos se le habían hundido y, para compensar, le habían salido bolsas debajo de los mismos.

El cuerpo no quiso ni mirárselo para no echarse a llorar. Ella, que tanto se había cuidado, que vigilaba de cerca su alimentación y se había sacrificado durante años para ir al menos dos días por semana al gimnasio, ahora mostraba un cuerpo informe con grasa acumulada en todos los sitios donde estéticamente más daño podían hacer.

El pelo lo tenía hecho un desastre. Se le veían casi un centímetro las raíces y las puntas estaban abiertas y quemadas.

En ese momento Rebeca tomó una decisión.

Se puso un vestido bonito, se pintó un poco (maravillada de acordarse de cómo se hacía después de tanto tiempo) y arregló a Antonio para salir a la calle.

Iba a regalarse un día de peluquería y compras. Antonio tendría que aprender a convivir con sus necesidades.

¡Ese iba a ser el primer día del resto de su vida!

DIEZ

manda y Ponce cantaban o, mejor dicho, gritaban una canción de Platero y Tú dando saltos por la calle. Vito los seguía, cantando también, pero andando «como las personas».

De pronto Amanda señaló hacia un coche aparcado.

—¡Un gato!

Vito alcanzó a ver un gato marrón, blanco y negro semioculto tras la rueda del vehículo. Ponce salió corriendo en esa dirección, cogió una piedra sin frenarse y se la tiró. La piedra rebotó en el tapacubos de la rueda delantera, pero el ruido del pedrazo y el estruendo que hacía el niño corriendo fueron suficientes para hacer salir disparado al asustado felino.

—¡A por él! —gritaba exaltado Ponce.

Todos cogieron piedras y persiguieron al animal. El gato corría tratando de salvar la vida. Las piedras caían cerca de él, golpeando el suelo o los coches aparcados.

Al ir a cruzar la calle, un coche tuvo que dar un frenazo para no atropellar a Ponce. La conductora, una señora de cincuenta años con las raíces canosas, respiraba agitada tratando de reponerse del susto mientras pensaba en la tragedia que había estado a punto de suceder. Hizo sonar el claxon, casi como un acto reflejo, para que el niño que tenía delante fuera consciente de lo que había ocurrido.

Ponce, lejos de darse por aludido, se puso a aporrear el capó del vehículo.

—¡Eres subnormal! Vuelve a tocar el pito y te lo meto por el coño.

Vito pasó por su espalda siguiendo al gato, sin hacer caso ni a su amigo ni al coche. Amanda, en cambio, llegó y agarró a Ponce por un brazo para apartarlo del vehículo y que la aterrada mujer pudiera irse.

—¡Hija de puta! ¡Como te vuelva a ver te quemo el coche! —gritaba Ponce fuera de sí.

Vito, mientras, había conseguido acertar con una piedra al gato. Este convulsionaba en el suelo cuando llegó hasta él. Se agachó para verlo mejor. Los ojos del gato miraban a un punto fijo mientras sus patas traseras hacían un extraño movimiento. El niño se levantó, apoyó un pie sobre la cabeza del gato y cargó todo el peso de su cuerpo sobre ese pie.

Cuando regresó, sus amigos estaban tirados en el suelo riéndose.

Se sentó con ellos.

—¿De qué os reís?

—Ponce ha atropellado a un coche —explicó Amanda.

—Tendrías que ver la cara de la conductora —añadió Ponce tratando de imitar el gesto de pavor de la señora.

Vito sonrió y se levantó.

—Venga, vamos.

—¿Lo has pillado? —preguntó Amanda levantándose también.

—Qué va, se ha colado por una valla.

—Como molaría ser gato para meterse en sitios pequeños, ¿eh? —dijo Ponce dando saltos.

Pero ninguno de sus amigos respondió.

ONCE

Toni cerró la puerta de un Corolla y miró sus papeles.

Su siguiente «cliente» era un Mercedes GLC, pero tendría que esperar. Aunque llegar al sistema eléctrico no le llevaría mucho tiempo, luego podían ser miles de averías distintas, así que decidió que lo cogería a primera hora del día siguiente.

Aparcó el Corolla en la zona de los coches reparados y se fue al vestuario, no sin antes echar una mirada a la entrada.

No había nadie.

¿Debería irse a otra ciudad?

Si lo ignoraba, ¿se cansaría de él y le dejaría en paz?

¿O quizá sería mejor enfrentarse?

Estaba seguro de que si hablaba con la policía conseguiría que lo echasen de la ciudad, pero no quería exponerse.

Quizá lo podría hablar con Selmo. Era el único con el que no tenía que mentir. Él podría aconsejarle o denunciar a Fernando sin comprometerle.

Pero no quería causarle problemas. Selmo era una buena persona.

¿Qué hacer?

No podía pasarse la vida paranoico vigilando las puertas. Durante los últimos dos años había construido una vida y no iba a dejar que nadie le hiciese renunciar a ella.

Después de lavarse, se quitó el mono repasando mentalmente una y otra vez lo que estaba a punto de ocurrir.

—Me ha dicho Lidia que luego igual vienes.

Toni levantó la cabeza. El que le hablaba era Jacin, que estaba echándose colonia junto al espejo. Jacin tenía cincuenta y pico años y era trabajador y divertido. Actualmente estaba viviendo su segunda juventud después de que sus hijos se emanciparan y su mujer lo dejara.

—Dadme una hora y voy, que tengo que solucionar un asunto —dijo Toni mientras terminaba de abrocharse el pantalón.

—A mí me pasa igual, todo el día aquí y luego nunca tengo tiempo para mis cosas.

—Exacto —dijo Toni, más para sí mismo que para su compañero.

Se puso los zapatos, se despidió y salió a la calle dispuesto a zanjar sus problemas, le costara lo que le costara.

DOCE

Déjalo, son más listos que tú —dijo Amanda.

Ponce estaba aburrido de intentar capturar pequeños pájaros. Había desmigado casi entero su bocadillo para atraerlos, y estos habían venido a decenas a sus pies, pero no había sido capaz de atrapar a ninguno.

Les tiró el trozo de bocadillo que le quedaba. Los pájaros alzaron el vuelo un par de metros y volvieron a por las migas.

Amanda y Vito daban vueltas tirados en el suelo de un pequeño carrusel que estaba en la zona infantil de un parque.

—¿Qué hacemos? —preguntó Ponce.

Sus compañeros no le respondieron. Estaban relajados disfrutando del sol en la cara y la ebriedad que les proporcionaba el pequeño mareo después de más de quince minutos girando.

—Me aburro —insistió Ponce.

Ninguna respuesta.

—¿Jugamos al escondite?

Esta vez sí hubo una.

—¿Tienes seis años? —le preguntó Amanda.

—¡Tú sí que tienes seis años! —contestó Ponce, al que no se le ocurrió una contestación más ingeniosa.

Ponce se subió a un banco y saltó sobre los pájaros a ver si conseguía pisar alguno.

Fracasó.

—Podríamos hacer algo —insistió.

—Vamos a jugar al escondite. Escóndete y cuando nos apetezca vamos a buscarte —propuso Amanda riendo.

Ponce se sentó en el banco.

—¡Que graciosa!

Vito paró el carrusel y se puso en pie. El parque entero le daba vueltas, y esa sensación le gustó.

—Venga, vamos al centro —propuso.

—¿A qué? —preguntó Ponce.

Vito no respondió, se limitó a caminar hacia la salida del parque.

—¿Ahora? —preguntó Amanda, que continuaba tumbada en el suelo del carrusel.

—Vamos —contestó Vito sin volverse.

Sus amigos se pusieron en marcha y, con una pequeña carrera, le alcanzaron.

No había casi gente en la calle.

Las tiendas de ropa se sucedían. Amanda miraba de reojo, sin pararse, los escaparates, mientras que los chicos no hacían ningún caso.

Ponce se subió a la barandilla metálica de un pequeño parterre ajardinado que rodeaba a un árbol mustio.

—¿A que aguanto más que vosotros? —retó a sus compañeros.

—¿A que sí? —respondió Amanda.

Y continuó andando seguida de Vito. Ponce fue detrás bufando aburrido.

Delante, a unos cien metros, vieron a una pareja de policías municipales. Decidieron girar por la primera bocacalle para evitar encontrárselos porque seguro que los enviaban de vuelta al colegio.

Justo al doblar la esquina se dieron de frente con una gran tienda de artículos de maquillaje de saldo.

Amanda no pudo evitar ser chica por un momento.

—¿Entramos? —Más les rogó que les propuso a sus compañeros.

—¿Para qué? —respondió Ponce.

—Va, porfa —suplicó la niña.

Ponce se movía de un lado a otro de la acera un poco alterado.

—Qué coñazo. Para esto me quedaba en el cole.

Vito intervino, deseoso de ganar puntos con Amanda.

—Venga, así podemos maquillarnos gratis.

Ponce se quedó quieto por primera vez en mucho tiempo.

—¿Y para qué quieres que nos maquillemos?

Vito sonrió.

—Para estar más guapas —dijo.

Ponce soltó una carcajada y entró en la tienda. La broma fácil de Vito había funcionado. Sus amigos le siguieron.

A Vito el mundo de las tiendas de maquillaje le parecía como de otra galaxia. Más de una vez había acompañado a su hermana Marina a algún sitio parecido y la sensación siempre había sido la misma. Paredes de expositores llenos de artilugios que no sabía para qué servían. Lo único que reconocía era el esmalte de uñas, pero todo lo demás le parecía como una obra de ingeniería alienígena compuesta por materiales desconocidos para el ser humano. Notó que le tocaban en el pantalón. Se giró rápido y vio a Ponce apartarse de él y disimular. Miró en su bolsillo y encontró un frasquito de esmalte azul. Ponce le sonrió y continuó disimulando.

Amanda estaba ante un expositor probándose coloretes. Vito decidió que el aspecto antinatural que le daban las pinturas a la niña no le gustaba nada. Si alguna vez se hacían novios, le pediría que no se pintase.

Cambió de expositor, cogió un pintalabios y lo metió en el bolsillo de Ponce. Luego cogió otro, lo abrió y pintó una línea en la cara de su amigo.

—¡Quita, imbécil! —gritó Ponce

—¡Te queda muy bien! —se rio Vito.

Ponce cogió otro pintalabios e intentó pintar a Vito, pero este era más fuerte y lo único que consiguió fue tener la cara más pintada.

—¡Vete a la mierda! —gritó mientras se soltaba para poder limpiarse.

Se miró en un espejo y, como no salía, tuvo que escupirse en una mano para borrarse el pintalabios. Vito no dejaba de reír a su lado.

—¿Qué os parece? —dijo Amanda girándose.

Tenía los labios pintados de un rojo intenso.

Vito cambió de opinión y pensó que igual algunas pinturas de la cara podrían ser aceptables.

—Te queda muy bien. No tanto como a Ponce, pero está bien —dijo Vito.

Amanda sonrió, se acercó al niño y le dio un beso en la mejilla. Este se miró la marca en un espejo.

Definitivamente algunas pinturas estaban bien.

—¿Para mí no hay beso? —preguntó Ponce.

—Claro, ven.

El niño se acercó a Amanda. Ella le cogió la cara y se aproximó despacio. Vito los miraba con una pequeña punzada de celos.

Cuando estaba a punto de tocar con la boca la mejilla de su amigo, Amanda sacó los labios como un pato y restregó la pintura por toda su cara. Ponce se soltó avergonzado ante la carcajada de sus compañeros.

—¡Sois gilipollas!

—Va, no te enfades —dijo Amanda.

—¡Iros a la mierda! —respondió Ponce, y salió enfadado de la tienda.

Amanda y Vito se miraron un segundo, suficiente para que el estómago de los dos diera un pequeño revolcón. Disimularon con risas lo que acababan de sentir y salieron en busca de Ponce.

Apenas pisaron la acera, Vito sacó el bote de esmalte de su bolsillo para verlo mejor.

Era de un color azul muy bonito.

TRECE

No había nada en el mundo que le gustara más a Rebeca que estar sentada en una peluquería y que le tocaran el pelo; ni el chocolate ni el sexo, ni siquiera volver a ver los capítulos de *Friends,* podían compararse.

Nada se le igualaba.

Para ella, la peluquería era como ir a un balneario. Las esperas mirando distintos cortes en revistas especializadas no se le hacían tediosas. Las conversaciones con la peluquera decidiendo, como si fuera una gurú, cuál era la mejor solución a la forma de su cara de acuerdo con las últimas tendencias le parecían fascinantes. Pero lo mejor de todo era cuando por fin se sentaba y empezaban a cortarle o a cogerle el pelo para las mechas. Entonces cerraba los ojos y se dejaba transportar. Las pulsaciones le bajaban, la respiración se alargaba y la mente se apagaba completamente.

Era el paraíso.

Menos con un niño de dos años cerca.

—¡Mamá!

Antonio gritaba desde su silla, donde estaba cubierto por todos sus juguetes.

—¡Mamá!

Intentaba bajar del vehículo, pero estaba convenientemente atado. Rebeca había cogido más juguetes de lo normal con la esperanza de que al menos uno le entretuviera.

Fracasó.

—¡Mamá!

—Ahora no puedo, cariño.

Antonio, enfurruñado, tiró los juguetes al suelo. Su madre trató de no hacerle caso y centrarse en sentir las manos de la peluquera en su cabeza.

El bebé estiraba la mano y lloraba porque no podía recuperar al Señor Mono, que había caído con los demás juguetes. Una peluquera joven con uñas postizas sobredecoradas se acercó a él y le habló en tono cariñoso.

—¿Se te han caído los juguetes?

—Déjalo, los va a volver a tirar —la avisó Rebeca.

La chica, que apenas tendría veinte años, miró a Rebeca sorprendida por su insensibilidad.

—Dáselos si quieres, pero no te va a dejar en paz —le dijo la madre, que sabía que encima estaba quedando como una bruja a ojos de las peluqueras.

La chica cogió el peluche y se lo mostró al niño.

—Los juguetes no se tiran.

Y se lo dio.

En menos de tres segundos, Señor Mono estaba de nuevo tirado en el suelo con los brazos doblados en una posición inverosímil por encima de su cabeza.

—¡Muy mal! —dijo la chica.

Antonio, en respuesta, empezó a berrear y a estirar los brazos hacia el peluche.

Rebeca, con los ojos cerrados y trasladada, casi, a un paraíso lejano, lo oía gritar, pero sabía que la peluquera estaba con él, así que no hizo amago de moverse.

La chica cogió de nuevo al Señor Mono y lo agitó delante de la cara del niño con la sana intención de enseñarle a Rebeca, desde la experiencia que da haber trabajado al menos seis veces de canguro, que a un niño siempre hay que tratarlo con paciencia y pedagogía.

—El mono se pone triste si lo tiras.

Antonio puso una cara triste monísima que derritió el corazón de la joven peluquera. Esta le puso el mono en el regazo.

—Tienes que cuidarlo mucho.

Antes de que hubiera acabado la frase, el Señor Mono ya estaba otra vez en el suelo.

—Va a tenerte todo el día así —le dijo Rebeca.

La chica estuvo tentada de utilizar de nuevo sus vastos conocimientos en pedagogía infantil y explicarle al bebé lo contraproducente de no cuidar sus cosas, pero pensó que un ultimátum funcionaría mejor. Cogió el peluche de nuevo y se lo tendió.

—Es la última vez que te lo doy —le dijo sin soltarlo.

Antonio tendía los brazos, pero la chica de las uñas postizas no le daba el mono.

—¿Vas a tirarlo otra vez?

El bebé empezó a berrear más fuerte. Para no molestar a la clientela, la chica se lo dio.

Él volvió a tirarlo.

—Ya no hay más mono —dijo la peluquera.

Como Antonio se puso a gritar de nuevo y a pedir el mono, la chica dudó si dárselo o no.

Rebeca sentía que no podía volver al paraíso con Antonio cerca de ella.

—Un momento —dijo, se levantó del sillón y desató a su hijo.

—Si quieres, ve tú a por él.

Y se sentó otra vez, tratando de relajarse.

Antonio empezó a gritar porque quería seguir con el juego, pero su madre tenía los ojos cerrados y la peluquera había vuelto a sus quehaceres. Ya no funcionaba el llanto, así que se bajó de la silla y cogió el peluche, luego volvió a tirarlo, ahora hacia donde estaban sentadas las clientas cortándose el pelo.

Rebeca lo miró nerviosa. Con Antonio cerca era imposible disfrutar de nada.

CATORCE

Toni salió del taller con precaución. Antes de pisar la acera miró a izquierda y derecha. No había nada raro, así que empezó a caminar hacia el despacho de Selmo. Antes de hacer nada tenía que ir a verlo para evitar problemas. No se puso música, como hacía normalmente, para poder tener todos los sentidos activos.

A dos calles del taller vio a un niño de unos ocho años caminando solo. En la mano llevaba un paquete de salchichas de Frankfurt y un monedero de mujer, por lo que Toni supuso que vivía cerca y su madre le había enviado a comprar algo para la cena.

El niño giró a la izquierda en el siguiente cruce. Como no era la dirección del despacho, decidió no seguir al niño y continuar su camino.

Selmo lo recibió, como siempre, sentado tras la mesa.

Esta medía casi dos metros, pero el gran tamaño de Selmo (a lo alto y a lo ancho) hacía que pareciera de juguete.

También como siempre había dos cafés humeantes, uno a cada lado.

—¿Qué tal el mes? —preguntó Selmo después de echar tres cucharadas de azúcar a su café.

Toni pensó en la visita que había tenido esa misma tarde.

—Normal, nada destacable.

—¿Cómo vas de ánimo?

Llevaban dos años con este ritual y Toni respondía casi de modo mecánico.

—Bien, normal.

Mientras hablaban, Selmo iba rellenando un informe.

—¿El taller?

Toni estaba acostumbrado a ocultar sus emociones, pero dudó un segundo antes de responder.

—Como siempre.

Selmo llevaba más de veinte años trabajando como psicólogo, los últimos quince en colaboración con el juzgado, estaba entrenado en mil batallas y tenía el oído hecho a todo tipo de historias.

Levantó la cabeza del informe y estudió un segundo la cara de Toni.

—¿Algún problema?

Toni trató de poner cara de «todo está bien», pero como esa cara es imposible de fingir, la apoyó con palabras.

—No, no, todo bien.

Selmo no solía equivocarse con sus intuiciones.

—¿Con Paco bien?

—Sí, todo correcto. No hay demasiado trabajo ahora. Se nota que estamos a fin de mes.

Selmo lo miró tratando de descifrar la cara de su joven «cliente» y dio un pequeño trago a su café. Toni lo imitó.

—¿Seguro que todo está bien?

—Todo bien.

Toni sabía que Selmo había notado algo raro, pero los dos hicieron como que no pasaba nada y siguieron con la evaluación del mes.

—¿Has hecho algo interesante? ¿Alguna peli en el cine?

Toni se relajó ante el cambio de tema, le dio otro sorbo a su café y negó con la cabeza.

—¿Chicas?

Toni volvió a negar.

—No te vendría mal salir más, relajarte, tomar una cerveza…

Toni miró hacia la mesa y esta vez asintió.

Selmo se rio.

—Casi tendrías mejor cara si te hubiera puesto trabajos forzados.

Toni también se rio. Terminó su café y miró a Selmo.

—¿Qué peli me recomiendas?

Hablaron un rato sobre el ocio y la necesidad de divertirse, pero Toni no podía quitarse de la cabeza a su visitante.

Selmo firmó el informe y se lo tendió a Toni. Este puso su firma en la casilla correspondiente y se levantó.

—Nos vemos el mes que viene —dijo, y se dirigió a la puerta.

A su espalda oyó la voz de Selmo.

—¡Sal y pásatelo bien!

Toni volvió a sonreír, levantó un pulgar y salió. Le caía bien Selmo, al menos en eso había tenido suerte.

Apenas se cerró la puerta, Selmo borró su sonrisa y abrió el cajón de su mesa. Sacó un móvil, paró la grabadora y buscó el punto donde Toni había dudado cuando él le preguntó si se encontraba bien. Pulsó el *play*.

Como cada vez que oía su voz, le desagradó. La encontraba demasiado grave, cavernosa. Sentía que era la voz de un malo de una película de superhéroes.

Con el móvil en la mano, se sirvió otro café mientras escuchaba la conversación. Seguía sin saber si Toni le ocultaba algo o era solo imaginación suya.

Toni era su mayor proyecto hasta el momento y no quería que se torciese.

QUINCE

Y me da también dos de esos.

El dependiente se giró para coger los dos regalices rojos que le señalaba Amanda. A su lado, Vito aprovechaba cada vez que se daba la vuelta para meterse alguna chocolatina en el pantalón.

—¿Algo más?

Amanda fingió que pensaba mientras miraba los expositores de chucherías y señaló unos fresones grandes.

—Y uno de esos.

El dependiente, que no soportaba en absoluto a los niños, suspiró.

—¿De estos?

Amanda asintió con una dulce sonrisa.

—Sí, por favor.

Cuando el tendero se giró, Vito aprovechó para meter otra chocolatina en el pantalón bajo la atenta mirada de Amanda.

Vito decidió que ya había hecho suficiente compra y miró a la niña con media sonrisa.

—Te espero fuera, que eres muy pesada.

El dependiente no podía estar más de acuerdo con el acompañante de su pequeña clienta. Cuando se giró, la descubrió haciéndole una mueca de burla al niño, lo que hizo que empatizara más con él.

—¿Algo más? —preguntó con hastío.

Amanda miró con atención los expositores antes de responder.

—No, gracias, ya está. ¿Cuánto es?

El dependiente hizo una cuenta rápida.

—Siete cincuenta.

La niña se tocó los bolsillos y forzó una interpretación algo dramática pero convincente.

—Huy, me acabo de dar cuenta de que no tengo dinero. Perdone.

Y se fue corriendo.

El dependiente se aseguró de que no había ningún cliente mirando y volvió a dejar las chucherías en sus cajas.

Su odio a los niños creció un poco.

En la calle, Amanda no vio a Vito, así que corrió hasta la esquina más cercana y lo encontró haciendo recuento del botín. Nueve chocolatinas y dos bolsas de gominolas.

No estaba nada mal.

Cogieron el tesoro y fueron hasta el banco donde Ponce demostraba su enfado con sus amigos. Sin hacer ruido le rodearon y, cuando estuvieron suficientemente cerca, le tiraron los dulces por encima de la cabeza.

A Ponce se le pasó el enfado de inmediato o, mejor dicho, se le olvidó que estaba enfadado.

—¿Qué es esto?

Se sentaron uno a cada lado de Ponce y empezaron a abrir los envoltorios.

—Los hemos comprado para ti, para que se te pase el cabreo —explicó Vito, que mordió una chocolatina y se la pasó a su amigo.

—¡Qué asco! Dame una sin abrir —respondió él.

Amanda rasgó una de las bolsas de gominolas y se metió una en la boca. No le gustaba masticarlas, prefería chuparlas despacio hasta que se deshacían en la boca.

—Te has quitado el maquillaje. Con lo bien que te quedaba —le dijo Vito a Ponce.

—A tu madre sí que le quedaba bien.

—A ti mejor —respondió Vito.

—Eso seguro, porque tu madre es muy fea y ni con maquillaje se la querría follar nadie.

Vito le pegó un puñetazo en el brazo a Ponce, que se levantó dolorido y empezó a dar saltos delante del banco.

—¡Se me ha dormido el brazo!

Amanda y Vito empezaron a reírse de las exageraciones de Ponce. Este se lanzó a pelear con Vito. Los dos cayeron sobre Amanda, que se sentó en el respaldo para no ser atropellada por sus amigos y se comió otra gominola.

Por delante de ellos pasó una señora haciendo como que no veía a dos niños peleando en un banco. Sujeto por una correa llevaba a un caniche blanco.

Apenas estuvo a unos metros de distancia, Amanda llamó la atención de sus amigos separándolos con un pie.

—¿A que no sois capaces de robar ese caniche?

Los chicos pararon su pelea y miraron a la señora que se alejaba.

—¡Mola! —dijo Ponce.

DIECISÉIS

Rebeca recorría la calle empujando una silla vacía. A su lado, Antonio caminaba feliz agarrado a un lateral.

Solo pretendía tener un rato para ella, relajarse, sentirse mujer y arreglarse un poco. Lo único que había conseguido era un nuevo corte de pelo y sentirse todavía más nerviosa.

Decidida a conseguir salvar un poco la jornada se fue a la tienda donde unos días antes había visto un vestido que le gustaba. Le daba lo mismo si el niño se enfadaba, gritaba o echaba espumarajos por la boca mientras maldecía en latín, ella iba a salir de esa tienda con algo nuevo para su armario.

Para su sorpresa, cuando cruzó la puerta de la tienda, Antonio no montó ningún escándalo, se mantuvo tranquilo mirando con curiosidad en todas direcciones.

Rebeca sabía que tenía que actuar rápido, que esa pequeña tregua que le había dado su bebé podía romperse en cualquier momento. Buscó sin perder tiempo entre las perchas el vestido, encontró uno de su talla y se fue a los probadores, seguida de Antonio.

Le dio dos perchas al niño para que se entretuviera y se probó rápidamente el vestido.

Le quedaba pequeño.

Con fastidio de tener que admitirlo, se vistió y salió del probador en busca de una dependienta.

—¿Tienes la cuarenta y dos?

—¿Has mirado en el perchero? —respondió la chica en un intento de que la clienta se solucionara el problema ella sola.

—He ido directa a por la cuarenta, pero por lo visto…

Y contempló su cuerpo con fastidio.

La dependienta la miró unos segundos, deseó que a su cuerpo nunca le pasara eso y se dirigió al perchero correspondiente.

Rebeca se fijó en Antonio, que jugaba a tocar todas las prendas con la mano abierta corriendo entre los percheros. Parecía que la tregua continuaba.

—Voy a ver si nos queda alguno en el almacén —dijo la chica, y sin esperar respuesta se marchó por una puerta semiescondida detrás del mostrador.

«Aún se puede salvar el día», pensó Rebeca.

Se equivocaba.

DIECISIETE

—Ve tú —dijo Amanda.

—Sí, claro. Voy corriendo —respondió Ponce.

El caniche se hallaba atado en el exterior de una tienda. Los amigos lo observaban escondidos detrás de un poste.

Vito dio dos pasos hacia el perro, pero este empezó a gruñir y a enseñar los dientes. El niño volvió con sus amigos.

—Creo que no le gusto.

Ponce cogió una chocolatina y salió de detrás del poste blandiéndola como si fuera una espada. El perro volvió a gruñir.

El niño miró a sus amigos, que lo animaban a acercarse más, pero él no lo veía claro.

Dio otro paso y el perro se tiró a por él. Por suerte estaba atado y no avanzó más de cuarenta centímetros.

—Paso —dijo Ponce, y le tiró la chocolatina al perro a la cabeza.

Los niños salieron de detrás del poste y se alejaron del caniche, que empezaba a manchar su color blanco con el chocolate que acababa de recibir.

Dos tiendas más allá se encontraron a una niña de tres años sentada en la puerta de una panadería de masa madre.

—Hola. ¿Y tu mamá? —preguntó Vito.

La niña señaló dentro del local, donde tres personas hacían cola.

Amanda se puso delante de ella y sacó su mejor sonrisa.

—¿Quieres venir a jugar con nosotros?

Vito y Ponce imitaron a Amanda y sonrieron exageradamente. La imagen de los tres juntos sonriendo era muy cómica. La niña soltó una carcajada. Vito le hizo un gesto a Ponce para que la cogiera de la mano.

—¿Te vienes? —le dijo Ponce haciendo un poco el payaso, tal y como él creía que a los niños les gustaba que les hablasen.

Por lo visto acertó, porque la niña le cogió la mano. Amanda y Vito empezaron a caminar alejándose de la tienda. Ponce y la niña los seguían.

—¿Qué estáis haciendo?

La voz sonó atronadora. Todos se giraron y vieron a una mujer de unos treinta y cinco años salir corriendo de la panadería. Amanda, sin vacilar un momento, cogió a la niña de la mano de Ponce y la llevó con su madre.

—La hemos visto sola y estábamos llevándola con un policía.

La madre cogió a su hija, posiblemente enfadada consigo misma por haber dejado de vigilar a la pequeña unos segundos.

—Estaba ahí dentro, no la he perdido de vista.

—Muy bien. Que pase un buen día —dijo Amanda y volvió trotando con sus amigos, que la esperaban a pocos metros.

Vito admiró, una vez más, la facilidad que tenía Amanda para desenvolverse con los adultos, luego se giró y vio que la madre entraba de nuevo en la panadería, pero ahora con su hija.

Decidieron cambiar de acera para alejarse lo antes posible del lugar. A los pocos metros vieron a un niño de unos dos años jugando entre la ropa de una tienda.

Al fondo de la tienda, su madre hablaba con una dependienta. No había nadie más.

—Voy a ver si nos queda alguno en el almacén —dijo la dependienta, y se marchó.

Los niños vieron cómo la madre se entretenía mirando ropa. Se pusieron detrás de un perchero donde ella no pudiera verlos, pero el niño sí.

Vito sacó una chocolatina y se la enseñó al pequeño. Este se les quedó mirando con atención.

Rebeca oyó la puerta del almacén abrirse y a la dependienta salir.

—Lo siento, no nos queda la cuarenta y dos. La semana que viene nos llega un envío. Si viene alguno, se lo aparto.

Rebeca pensó que no sabía cuándo podría volver a salir, pero su recién estrenada rebeldía se impuso.

—Me encantaría. ¿Te doy mis datos?

—Claro, un momento.

La dependienta se metió tras el mostrador y pulsó algunas teclas en el ordenador. Rebeca notó que Antonio estaba demasiado callado. Se giró, el niño no estaba cerca de ella. El corazón le dio un vuelco.

—¿Antonio?

Pero Antonio no respondía.

Rebeca recorrió toda la tienda buscando a su hijo, pero no lo encontró por ninguna parte. Se asomó a la puerta por si hubiera salido.

—¡Antonio!

La dependienta miró en los probadores sin éxito. Rebeca volvió al interior, removió la ropa de los percheros por si se hubiera escondido ahí dentro.

—¡¡Antonio!!

Pero Antonio no estaba.

DIECIOCHO

Ponce estaba cansado de tener que llevar al niño de la mano. Caminaba muy despacio y no estaba dispuesto a cogerlo en brazos.

—¿Cambiamos?

—En cinco minutos lo cojo yo —dijo Amanda.

—Eso ya me lo has dicho antes.

—Tres minutos.

Ponce no sabía decir que no a Amanda (en realidad a casi nadie), así que asintió y siguió tirando del niño.

—No quiero más —dijo Antonio dándole la chocolatina chupada a Ponce.

—¡Qué asco!

Ponce sujetó la tableta chupada manchándose los dedos. Vito y Amanda se pararon a mirarlo.

—Aprovecha y cómetela tú —sugirió Amanda riéndose.

—O se la damos a tu madre para que la meta en la comida.

—Eso no tiene sentido —respondió la chica.

Tras un momento de duda, Ponce trató de meterle de nuevo la chocolatina en la boca a Antonio, pero este apretó los labios. Ponce presionó un poco más y consiguió introducirla. El niño dio una arcada y la echó al suelo.

—¡Es asqueroso! —gritó Ponce.

Antonio rompió a llorar y empezó a llamar a su madre. Ponce no sabía qué hacer, además, tenía la mano llena de chocolate. Vio que la sudadera de Antonio ya estaba manchada, así que pensó que un poco más daría igual y se limpió en ella.

Vito se acercó al niño y lo empujó para que siguiera andando.

—Venga, vamos.

Antonio se trastabilló y se cayó de bruces, haciéndose unos pequeños rasguños en la nariz y en la frente. Se puso a gritar y a llorar desde el suelo.

—¡Mamá! ¡Quiero ir con mamá!

Amanda se agachó a su lado y le cogió la mano.

—Ven, que te llevo con mamá.

El niño, sorbiéndose los mocos, se levantó y caminó al lado de Amanda. Vito le puso la capucha para que no se le vieran los raspones.

Apenas habían avanzado diez metros cuando una señora se les acercó.

—¿Estáis bien?

—Sí, todo bien, gracias —respondió Amanda.

La señora bajó la capucha y vio las heridas del pequeño.

—Está sangrando.

Vito, que hasta el momento se había quedado aparte, intervino.

—Estábamos jugando y se ha caído. Vamos a casa a curarle. Es mi hermano.

La señora miró a los tres con suspicacia y se dirigió a Antonio.

—¿Es tu hermano?

El niño, con la respiración entrecortada y la cara llena de mocos, respondió a la señora.

—Vamos con mamá.

Amanda sonrió con suficiencia y tiró de la mano de Antonio para seguir caminando. Vito y Ponce saludaron a la mujer y los siguieron.

Durante muchos años la señora contó la historia de este encuentro a todo aquel que quisiera escucharla. En cierto modo disfrutaba mortificándose por no haber hecho nada.

DIECINUEVE

Toni se detuvo, respiró hondo, apretó los puños dentro de la chaqueta y entró en el hotel.

Con decisión, cruzó el vestíbulo manteniendo la cabeza agachada para que las cámaras de seguridad no pudieran captar su cara.

Cuando llegó a los ascensores, pulsó el botón. El tiempo hasta que la puerta se abrió se le hizo eterno. Apenas cupo por la rendija de las puertas, entró esperando que ningún cliente quisiera subir en ese momento a su habitación.

Tuvo suerte.

Apretó el botón que le llevaba al tercer piso y repasó una y otra vez el plan, que en realidad no era demasiado complicado.

La habitación que buscaba estaba al fondo del pasillo. Eso le dio un poco de tranquilidad. Llamó con los nudillos y se apartó de la puerta.

Oyó pisadas, el pestillo abrirse y la cabeza del tipo, de Fernando, asomando para ver quién había llamado.

Toni se lanzó contra él con un puñetazo en la nariz, lo que hizo que Fernando se doblara de dolor. Sin darle tiempo a reaccionar, lo empujó dentro de la habitación y lo estampó contra una pared a la vez que le colocaba un destornillador en el cuello.

La sangre brotaba de su nariz mientras le miraba aterrado.

—Gustavo, no…

VEINTE

Iglesia de Santa Ana, me lo hago con tu hermana» —leyó Ponce en voz alta el añadido que alguien había escrito en el cartel que anunciaba las próximas obras de remodelación del edificio.

Los chicos se colaron por el mismo agujero en la valla por el que solían entrar siempre. Consideraban ese edificio abandonado su sede social, y allí iban cuando no querían encontrarse con nadie.

Era una antigua iglesia semiderruida. Partes del techo estaban caídas y se podía ver el cielo soleado a través de él. Dentro, los cascotes se amontonaban, igual que los rastros de infinitas fiestas. Botellas y embalajes de patatas y otros aperitivos estaban tirados por todas partes. Incluso se veían restos de pequeñas hogueras en distintos puntos de la planta.

Desde que ellos tenían uso de razón, siempre habían visto la iglesia en ese estado. Unos años atrás, el Ayuntamiento y el Ministerio de Cultura se pusieron de acuerdo con la diócesis y decidieron rehabilitarla, pero en alguna de las crisis que había sufrido el país se perdió el dinero para hacerlo. Además, el continuo vandalismo al que había sido sometida hacía cada vez más difícil la reconstrucción.

—¡Quiero a mamá! —gritaba Antonio, que empezaba a enervar a los niños con sus continuos lloros.

—¡Es pesadísimo! —dijo Ponce—. Yo creo que su madre lo dejó ahí aposta para que nos lo lleváramos.

Amanda y Vito se sentaron en unas piedras. El bebé caminaba sin rumbo por la iglesia llamando a su madre. Ponce iba detrás de él imitándolo.

—¿Qué hacemos? —preguntó Amanda.

Vito tuvo una idea. Sacó del bolsillo el pintauñas azul que habían robado de la tienda de maquillaje.

Era un azul muy bonito.

—¿Le pintamos?

—¡Venga! —se animó Amanda.

Amanda cogió el bote de la mano de Vito y fue hasta donde estaba Antonio. Lo abrió e intentó pintarle, pero el niño no se estaba quieto.

—Así es imposible. ¿Me ayudáis?

Ponce le sujetó la cabeza y Amanda le pintó de azul las heridas de la nariz y la frente.

—Así no se le ven los raspones.

Los tres amigos se rieron de su ocurrencia. Antonio, al que el esmalte le escocía en las heridas, intentó quitárselo, pero lo único que consiguió fue mancharse entera la cara y las manos de azul.

—¡Parece un pitufo! —dijo Vito, que seguía sentado en las piedras.

—¡Es que es muy cerdo! —dijo Ponce riéndose hasta que no le salían las palabras.

Antonio gritaba y se movía y se restregaba la cara bajo la atenta mirada de Amanda y Ponce. De pronto, un ladrillo apareció de la nada y se estrelló contra la cabeza del bebé, que cayó al suelo al instante.

Amanda y Ponce miraron a Vito, que estaba encima del montón de piedras con un par de ladrillos en la mano.

—¿Qué es lo más grande que os atreveríais a matar? —dijo a sus amigos.

Ponce lo miró sorprendido.

—¡Gustavo!

Amanda ya estaba junto a Vito, que le dio uno de sus ladrillos.

—No me llames Gustavo, ya sabes que no me gusta.

VEINTIUNO

¡Me cago en la puta!

Fernando se había dejado colar un farol que le había costado casi veinte euros.

Estaba tirado en la cama con el ordenador en su regazo jugando al póker online cuando llamaron a la puerta. Rápidamente cerró la tapa del ordenador con la esperanza de que fuera la visita que esperaba.

Apenas abrió la puerta, un vendaval le acorraló contra la pared y le puso un destornillador en el cuello.

—Gustavo, no… —fue lo único que pudo decir.

De pronto sintió que se había equivocado, que no tendría que haber ido hasta Cartagena a buscarlo, que iba a morir por gilipollas.

—Te he dicho mil veces que no me llames Gustavo, que no me gusta.

Sentía un dolor sordo en la nariz y el destornillador empezaba a hacerle herida en el cuello. Fernando trató de echarse hacia atrás, pero se hallaba aprisionado contra la pared y no podía moverse. Estaba convencido de que ese sería su último día.

—Por favor, no…

Toni clavó un poco más la punta del destornillador.

—Como te vuelva a ver en mi puta vida te juro que te mato. ¿Me entiendes?

—Tengo que hablar contigo —dijo Fernando con mucha precaución.

—No me estás escuchando. Ahora mismo desapareces y no vuelvo a verte.

Fernando rompió a llorar.

—No puedo dormir por las noches, tengo… necesito hablarlo con alguien.

Toni presionó un poco más el destornillador. Un hilo de sangre empezó a brotar.

—Te juro que te mato ahora mismo.

Fernando no dejaba de llorar.

—Por favor, escúchame… solo quiero hablar. Desde entonces no… Eres la única persona del mundo con la que puedo hablar de eso.

Toni bajó lentamente el destornillador.

VEINTIDÓS

Los ladrillos y las piedras caían uno tras otro sobre el cuerpo inerte del bebé. Cuando vieron que no se movía, los tres se acercaron con curiosidad.

Vito apartó las piedras y le dio la vuelta al cuerpo sin vida de Antonio.

La sangre y el esmalte azul formaban un emplasto que le cubría su cara. El niño cogió un brazo del bebé y lo soltó. El brazo cayó a peso contra el suelo.

Los tres amigos se miraron impresionados. ¡Habían matado a una persona! Se sentían nerviosos y poderosos, con la adrenalina por las nubes.

Amanda fue la primera en reaccionar.

—Vamos a esconderlo para que no lo encuentren.

Entre los tres cogieron el cuerpo del niño intentando no mancharse.

—¡Qué asco! —dijo Ponce al ver que le había caído sangre en una de sus zapatillas de deporte.

Soltó al niño e intentó limpiarse con un envoltorio de patatas fritas que encontró.

—Límpiate luego, que así se lleva muy mal —le dijo Vito.

—Mi madre me mata si llego manchado.

Entre Amanda y Vito dejaron el cuerpo en un rincón y lo cubrieron con piedras. Ponce puso unas latas de cerveza encima. Como vio que sus amigos lo miraban, tuvo que justificarse.

—Así, si lo encuentran, pensarán que lo han hecho unos mayores.

La idea gustó al grupo, que buscó colillas y otras cosas «de mayores» que poner sobre la improvisada tumba de Antonio.

Cuando todo estuvo a su gusto, decidieron que era hora de regresar. Aunque era pronto para que Vito recogiera a sus hermanos del colegio, el día había dado para mucho y querían volver al barrio.

—Esto no se lo contéis a nadie, ¿entendido? —avisó Vito—. Si nos pillan, nos meterán en la cárcel para siempre.

—Para siempre no, que aquí te sueltan a los pocos años, mi padre lo dice siempre —corrigió Ponce.

—Además, somos menores. Como mucho iríamos a un reformatorio —añadió Amanda.

—Creo que ya no se llaman reformatorios... —empezó a decir Ponce, pero Vito le cortó.

—Lo que queráis, pero ni una palabra a nadie. Si me entero, os mataré yo mismo antes de que me envíen al reformatorio o como se llame.

Amanda miró a Vito con admiración. Al oírle decir eso, algo muy fuerte se encendió en ella. De pronto se sentía muy mayor y quería un novio como Vito.

—A nadie, lo juro —dijo Amanda en voz baja.

Los dos miraron a Ponce.

—Yo tampoco a nadie, lo juro.

Salieron por el hueco de la valla y se encaminaron hacia su barrio.

—¿Quién creéis que le ha dado más veces? —preguntó Ponce.

—Tú seguro que no, con la puntería que tienes no le darías ni al culo de tu madre, y mira que lo tiene gordo —rio Amanda.

—¡Eres gilipollas! —replicó Ponce.

Vito les cortó la conversación.

—Como vuelva a oíros hablar de lo que ha pasado os meto una paliza.

Los dos se callaron inmediatamente.

Unos pasos más allá, Ponce levantó la mano tímido. Vito le hizo una señal de invitación.

—¿De qué podemos hablar? Me aburro.

VEINTITRÉS

No puede haber ido muy lejos, tiene solo dos años. Ni siquiera cruza el semáforo si el muñequito está en rojo.

Rebeca hablaba con los policías en la puerta de la tienda de ropa sin dejar de mirar a todas partes.

Unos metros detrás, la dependienta la observaba pensando que si no encontraban al niño pronto, vendrían periodistas a entrevistarla y seguramente saldría en la tele.

La policía pidió ver las cámaras de seguridad del establecimiento, pero la chica no tenía la llave, así que llamó a su jefe. Rebeca les dio una foto de Antonio que le había tomado hacía dos días y les describió con todo lujo de detalles la sudadera, el pantalón y los zapatos que le había puesto esa mañana.

La gente se acercaba con curiosidad para enterarse de lo que había pasado.

—Apenas dejé de mirar unos segundos…

Rebeca lloraba, se sentía culpable, no solo por haber perdido de vista a su pequeño durante el tiempo suficiente como para que desapareciera, sino porque, aunque jamás lo diría en voz alta, pocos minutos antes había fantaseado con la idea de cómo sería su vida si Antonio no estuviera.

Y esa fantasía no la había disgustado.

VEINTICUATRO

Cada vez que cierro los ojos veo la cara del niño. No puedo quitármelo de la cabeza.

Aunque su antiguo amigo ya no lo tenía cogido, Fernando se mantenía con la espalda en la pared.

Toni se asomó a la habitación. Estaba desordenada. Encima de la cama había un ordenador cerrado y algo de ropa amontonada sobre una mesa, seguro que en un intento de arreglar la habitación esperando que vinieran invitados.

Un invitado.

Él.

Se giró hacia Fernando, que sintió que tenía que seguir hablando.

—He intentado suicidarme dos veces. No puedo vivir así. —Le enseñó los antebrazos llenos de torpes cicatrices.

Toni aún apretaba el destornillador en la mano. Por supuesto que había reconocido a Ponce en cuanto apareció por el taller, y sabía lo impredecible que podía ser.

—Necesito hablar. Por favor.

Podía matarlo ahí mismo sin demasiado esfuerzo, pero luego habría una investigación policial. En principio no tendrían por qué vincularlo, pero algunas personas los habían visto juntos en el taller.

—Solo tú puedes entenderme.

Tal vez fuese mejor solo meterle miedo para que se fuera de la ciudad, pero entonces no viviría tranquilo el resto de su vida sabiendo que alguien conocía su identidad.

Toni daba vueltas de un lado a otro como un animal enjaulado pensando en todas las posibilidades.

Al fin se detuvo.

Sin levantar el destornillador se acercó a Fernando, a Ponce, al que había sido su mejor amigo.

—¿Sabes dónde está Amanda?

Fernando negó con la cabeza.

—A mí me enviaron a Coruña, a ti a Cartagena. Podría estar en cualquier parte.

Toni asintió y se guardó el destornillador.

—Vito…

—Ya no soy Vito. Hace varios años que no lo soy.

—¿Antonio?

—Toni. Todo el mundo me llama Toni. Toni López Gómez, pero supongo que eso ya lo sabes, si no, no me habrías encontrado.

—A mí me pusieron Ángel López Gómez. Pero nunca

lo usé. Vale que nadie me llamara Ponce, como en el colegio, pero Fernando no me lo quitaba ni Dios.

—Los mismos apellidos.

—Sí, no se lo curraron mucho.

—Entonces Amanda…

—Será nosequé López Gómez, lo que pasa es que hay muchísimas. Me está costando dar con ella.

—Ya…

Toni seguía encontrándose raro. Tenía la falsa sensación de que conocía a la persona que se hallaba delante de él, pero sabía que ese Fernando no podía ser igual al Ponce que fuera su amigo cuando eran pequeños.

—¿Por qué no has vuelto a tu nombre? —le preguntó Fernando.

—No sé, al principio para que nadie me relacionara con… eso. Luego me acostumbré.

—Hay que tener mala hostia para ponerte el mismo nombre que a él.

Toni medio sonrió por primera vez desde que había entrado en esa habitación, no tanto por el aparente chiste de Ponce, sino porque le recordó las bromas que hacían cuando eran pequeños.

—Ya te digo.

Toni se alegró de que le hubieran encontrado. Le gustaba tener a alguien con quien hablar sin tener que medir las palabras.

—Cuéntame, ¿qué has hecho estos años? Te habrás hinchado a follar, ¿no? Con esa pintaza que se te ha puesto. ¿Vas al gimnasio?

Fernando aún era Ponce. Hay gente que nunca cambia.

VEINTICINCO

La noche fue aún más terrorífica para Rebeca que el día. Cada dos minutos revisaba el móvil para ver si había llegado un mensaje o por si se hubiera ido la conexión.

Se sentía atrapada en casa, no entendía que tuviera que quedarse ahí mientras su hijo estaba en la calle necesitándola.

Solo tenía dos años, no sabía hacer nada, no podía valerse por sí mismo. Igual le había recogido alguien y lo estaba cuidando, pero entonces ¿por qué ese alguien no se lo entregaba a la policía?

Los agentes con los que hablaron Chema y ella dijeron que con esa edad era casi imposible que se hubiera ido solo, que quizá se lo había llevado alguien. La cámara de seguridad de la tienda mostraba a Antonio saliendo sin compañía, pero en la calle no había ninguna cámara en la que se viera esa acera, por lo que no se sabía en qué dirección fue ni si alguien lo cogió. Les dijeron que estaban revisando todas las cámaras de la zona. Prometieron que sería un asunto prioritario y que destinarían todos los recursos policiales disponibles.

¿Cómo era posible que aún no se supiera nada? Un niño de esa edad llamaba la atención, no podía desvanecerse.

Y si se lo había llevado alguien para pedir dinero a cambio, ¿por qué no se ponían en contacto ya con ellos?

La cabeza le iba a explotar.

Chema estaba sentado en una silla desde que llegaron a casa. A Rebeca le enervaba su aparente tranquilidad. Necesitaba verlo roto, histérico, desesperado, no un marido que pareciera que controlaba la situación; la ponía de los nervios.

—¿Quieres que pida algo para cenar? —le preguntó Chema.

—¿Cómo puedes pensar en comer tan tranquilo? —le escupió Rebeca llena de odio.

—No estoy tan tranquilo —dijo él—. Pero por ahora solo podemos esperar y estar atentos a los teléfonos.

—Si quieres, quédate ahí tocándote los huevos. Yo me voy a la calle a buscarlo.

—No me estoy tocando los huevos. ¿En serio crees que no me importa?

—Si te importara, no estarías ahí sentado sin hacer nada.

—A mí no me ataques. No he sido yo quien lo ha perdido.

En el mismo instante en que salieron esas palabras de la boca de Chema, los dos supieron que algo se había roto.

Chema pensó rápidamente en una cosa que pudiera borrar la frase que acababa de decir, pero no había nada en el mundo capaz de cubrir algo tan grande.

Rebeca cogió su móvil de encima de la mesa y se marchó sin decir nada.

Aún era temprano y había bastante gente por la calle. Fue directa hasta la tienda de ropa y miró en todas direcciones pensando cuál sería más atractiva para un bebé. Le parecieron iguales, así que decidió recorrerlas una a una. Se plantó delante de la puerta y empezó en el sentido de las agujas del reloj.

Aunque ella no lo supiera, esa era exactamente la ruta que habían tomado los chicos con Antonio, pero no había nada que lo mostrara. Giró en varias bocacalles, pero en ninguna se activaba, como esperaba, el sexto sentido materno que le indicara el camino que debía seguir.

En uno de estos giros llegó a estar a solo una calle de donde estaba enterrado su pequeño, pero eso Rebeca no podía saberlo.

Volvió a la puerta de la tienda y tomó la siguiente ruta, alejándose más y más de su objetivo.

Hasta que no se hizo de día no regresó a casa. Chema estaba en la misma silla que cuando ella se fue.

No le dijo nada. Se dio una ducha rápida, comió una rebanada de pan de molde a secas y se metió en la cama.

Dos minutos después, Chema se acostó también.

VEINTISÉIS

Toni se marchó del hotel a los pocos minutos. Necesitaba asimilar lo que había pasado y decidir si le convenía o no. Hacía tiempo que no se había sentido tan a gusto, pero no tenía claro hacia dónde lo llevaba eso. Ponce y Amanda habían sido sus mejores amigos hasta que sucedió lo del bebé. Si no llega a ocurrir, si no se hubieran saltado las clases, igual seguirían los tres en el barrio con sus respectivas familias; o quizá no y lo que hicieron solo aceleró lo que tarde o temprano sucedería.

Antes de marcharse quedó en que en unos días llamaría a Fernando y seguirían hablando. Este trató de alargar la velada, pero Toni se fue sin decir nada más.

Casi no se enteró del camino de vuelta hasta su casa. Las ideas se agolpaban y se contradecían en su cabeza. Necesitaba algo de tiempo para asimilarlo y, lo que era más importante, para decidir qué iba a hacer a partir de ese momento.

Solo cuando llegó a la puerta de su casa, ya con la llave metida en la cerradura, Toni se acordó de que había quedado con sus compañeros (en realidad con Lidia) en que se pasaría a tomar algo con ellos. En ese momento, con la cabeza aún ocupada en lo que acababa de ocurrir, ir a un bar a escuchar historias comunes de gente común no le apetecía demasiado. Solo quería sentarse en la oscuridad a descubrir cuáles eran sus cartas, y qué decisión, la correcta.

Abrió la puerta, encendió la luz y decidió que necesitaba algo que evitara que el tsunami de sus pensamientos se lo llevara por delante.

Cerró de nuevo y se fue.

El Clayton era el típico bar imitación a los pubs irlandeses que con el paso de los años se había descafeinado asumiendo la idiosincrasia de su parroquia. Las cervezas negras se mezclaban con vinos y tintos de verano, y solían acompañar cada consumición con un pequeño plato de cacahuetes o de aceitunas. La música estaba un punto más alto del adecuado para poder conversar, pero los clientes, la mayoría trabajadores que habían quedado tras la jornada, conseguían hacerlo a gritos añadiendo más ruido al ambiente.

Todavía aturdido, Toni se abrió paso entre los distintos grupos hasta que una mano lo frenó.

—¿Qué quieres?

Era Jacin. Toni vio junto a la barra a Lidia hablando con otro de los mecánicos y la chica de contabilidad.

Toni se giró hacia su compañero, que esperaba una respuesta con impaciencia.

—¿Qué tomáis? —preguntó para darse tiempo a pensar.

—Cada uno una cosa, esto es como botica.

Toni estaba seguro de que el dicho no era así, pero no le apetecía corregirle.

—Una cerveza —respondió por decir algo.

—¿Cuál?

Ya se le estaba haciendo pesada la hospitalidad de Jacin. Toni vio que Lidia lo miraba con una sonrisa.

—La misma que tú.

—¡Marchando!

Jacin se fue a la barra y Toni aprovechó para acercarse a Lidia, que se había separado de sus interlocutores para recibirlo.

—Has venido.

—Te dije que lo haría —respondió pensando en lo cerca que había estado de quedarse en casa.

—¿Quieres algo?

—Ya me lo está pidiendo Jacin.

—Sí, es nuestro comité de bienvenida.

Él sonrió, y por un segundo se olvidó de Fernando.

Pero se quedó atascado, la falta de hábitos sociales pudo con él. Se dio cuenta de que no sabía cómo sacar un tema de conversación. Una mano le puso una cerveza delante de la cara atrayendo su mirada y la de Lidia. Toni agradeció esa tabla de salvación con un gesto amistoso a su compañero. Este le devolvió el ademán y se integró en el grupo más numeroso dejándoles la intimidad que ambos deseaban pero que no eran capaces de reclamar.

Toni dio un trago a su cerveza pensando cuál podría ser su siguiente frase.

—¿Te puedo decir una cosa? —preguntó ella.

Él se acercó para escucharla.

—Te he pedido tantas veces que vengas que ahora que te tengo delante no sé qué decirte.

Toni se relajó al saber que no era tan torpe como creía, o al menos que no era el único.

—Ya somos dos.

Ella esbozó esa sonrisa que a él le había llamado la atención hacía tiempo.

—¿Por dónde empezamos? —preguntó ella.

—Ni idea.

Lidia pensó durante un segundo. Él dio un trago a su cerveza dejando que ella tomara la iniciativa.

—La verdad es que, a pesar del tiempo que llevamos trabajando juntos, no sé demasiado de ti.

—Ni yo de ti.

Ella lo miró, parecía no conformarse con que le devolviera la pelota. Toni sabía que tenía que hacer algo más, así que le tendió un puente.

—¿Qué quieres saber?

Lidia exageró un gesto pensativo en el que seguramente pasaron por su cabeza varias preguntas personales.

—No sé… ¿empezamos por el principio?

—¿Qué principio?

—Tú no eres de aquí, ¿no?

—No, nací en un pueblo cerca de Toledo —mintió él.

—¿Y cómo llegaste a Cartagena?

Toni tenía preparada esa respuesta desde hacía un par de años. Sabía que tarde o temprano alguien le preguntaría por su pasado, así que, ayudado por Selmo, escribió una biografía ficticia que se tuvo que aprender para no verse en apuros en estos casos.

Le relató su feliz infancia, la muerte de su padre de cáncer cuando él era pequeño y la de su madre en un atropello cuando él tenía diecinueve años. Le contó anécdotas ficticias que alegraban el relato, la necesidad de alejarse del domicilio familiar para no tener malos recuerdos y las ganas de vivir cerca del mar.

Mientras hablaba, Toni disfrutaba de las reacciones de Lidia a sus invenciones.

Ella le contó también su vida, le habló del novio que le rompió el corazón (dejando claro que en ese momento no estaba con nadie) y de la magnífica relación que tenía con sus padres, que vivían en Canteras, un pequeño pueblo cercano.

Una hora más tarde y a pesar de que se encontraba muy a gusto, Toni sintió que necesitaba estar solo y asimilar lo ocurrido durante el día. Las protestas de Lidia no consiguieron convencerle, así que ella decidió retirarse también.

Pasearon hasta la casa de ella sin dejar de hablar de cosas reales e inventadas, que se entrelazaban con total naturalidad.

Al llegar al portal, ambos se pararon en un silencio tímido. Ella no se atrevió a invitarle a subir por si la rechazaba. Él no intentó besarla por miedo a perder el control.

Quedaron en verse otro día para ir a tomar un café y se separaron con dos besos en las mejillas.

Lidia subió las escaleras feliz por cómo había ido la noche. Tal y como imaginaba, Toni era un chico introvertido pero de gran corazón. Decidió esperar unos días antes de proponerle quedar para no atosigarlo, y dar un paso más la siguiente vez que se vieran.

Toni caminó hacia su casa satisfecho por cómo había ido el día. Había conseguido no dejarse llevar ni con Fernando ni con Lidia. Decidió pasar una semana sin llamar a ninguno de los dos y examinar todos los pros y los contras sin presión alguna.

Ambos durmieron del tirón.

VEINTISIETE

O dió a Chema con todas sus fuerzas. ¿Cómo podía dormir sabiendo que su hijo estaba ahí fuera solo?

Aunque se había metido en la cama para evitar hablar con él, ella se mantuvo despierta toda la noche. Él respiraba profundamente, casi roncaba. Le entraron unas ganas enormes de darle una patada y tirarlo del colchón, pero seguro que habría vuelto a la cama sin decir nada para no despertarse de su bonito sueño.

Rebeca tenía el móvil en la mano sin dejar que se apagase en ningún momento. El reloj avanzaba minuto a minuto. El teléfono no sonaba.

Chema empezó a roncar. Ahí ya no lo soportó más y se levantó. No tuvo ningún cuidado, pero él ni se enteró. Luego iba pregonando que era un buen padre, pero eso había que demostrarlo con hechos, no con palabras.

Entonces cayó en la cuenta de que la que había perdido a Antonio era ella, por un vestido. Había antepuesto sus caprichos a la seguridad de su hijo.

Sintió asco de sí misma y por ser tan patética al odiar a Chema por el simple hecho de dormir, cuando eso es lo que debería hacer ella para tener fuerzas y seguir buscando a su hijo.

Hirvió agua y se preparó un té chai con un poco de leche de soja. Se sentó en el sofá con la infusión en la mano y trató de beber, pero aún estaba demasiado caliente. Mantuvo la taza en las manos. El calor, que casi le provocaba dolor, la calmaba.

Entonces sonó el móvil de Chema.

Rebeca dejó de cualquier manera la taza sobre la mesa baja que había delante del sofá y corrió hacia el dormitorio. Cuando llegó, Chema ya estaba contestando, no sonó más que una vez mientras él roncaba y consiguió responder sin perder un segundo. Volvió a sentirse injusta por haberlo juzgado de ese modo.

—¿Sí? Sí, soy yo —respondió.

Rebeca se quedó de pie a su lado y le hizo gestos para que pusiera el altavoz. Como Chema no le hacía caso, intentó quitarle el móvil. Él levantó una mano para indicarle que se quedara quieta.

—¿Dónde lo han…?

Rebeca no necesitó escuchar más. Sintió que las piernas le flaqueaban y se dejó caer al suelo. Todo se volvió turbio, oscuro, feo. Necesitaba llorar, pero las lágrimas no salían. Se ahogaba.

Delante de ella, Chema mantenía el tipo lo mejor que podía.

—¿Se sabe qué ha pasado?

Rebeca, desde su agujero de dolor, vio cómo la cara de Chema se descomponía, cómo trataba de responder, pero no era capaz. Empezó a temblarle la mano y se le cayó el móvil. Una voz seguía hablando ajena al infierno que se había desatado en esa casa, pero ninguno de los dos la oía. A una distancia de metro y medio, cada uno se metió en una fosa kilométrica desde la que era imposible ver al otro.

VEINTIOCHO

Vito saltó de la cama como si esa noche hubiera tomado vitaminas. Se sentía particularmente vivo y lleno de energía.

Cuando llegó al baño, por primera vez en mucho tiempo no tuvo que esperar cola en el pasillo. Ni siquiera llamó nadie a la puerta y pudo mear tranquilo. Era una sensación que casi había olvidado.

Tomó el desayuno como siempre, sentado con sus hermanos pequeños. Ellos parloteaban sin parar sobre un nuevo mundo que habían inventado lleno de animales imposibles, resultado de cruces de otros animales. Las aventuras del erizorro, el pato-hormiguero y la vaca-zombi (ahí tuvieron una pequeña discusión que hizo a Vito reír sobre si el zombi se podía considerar o no animal) le mantuvieron entretenido, incluso divertido, mientras apuraba sus cereales.

Al dejar el tazón del desayuno se dio cuenta de que sus dos hermanos mayores no estaban haciendo los sándwiches, sino que se encontraban parados delante de la tele del salón. Vito vio imágenes de la iglesia donde habían enterrado al bebé y le dio un vuelco el estómago. Se quedó detrás de sus hermanos para escuchar mejor la noticia.

—¡Qué hijos de puta! —murmuró Marina.

—Hay que ser malnacidos para hacerle eso a un bebé —respondió su hermano.

En la televisión decían que no había ninguna pista sobre lo ocurrido y que en esos momentos una dotación de la policía científica estaba investigando en el lugar, al que la prensa no tenía acceso.

Vito se fue a su cuarto a cambiarse antes de que terminara la noticia, no quería que sus hermanos lo vieran prestando atención a ese suceso. Lo había aprendido de las series que a veces veían todos juntos por la noche. No se debía volver al lugar del crimen ni hacer nada que te vinculara con él.

Al pasar por delante del cuarto de sus padres vio que la puerta seguía cerrada. Su padre aún no se había levantado, así que seguía siendo una mañana estupenda.

Hasta que Juan se empeñó en estropearla.

Vito se estaba vistiendo cuando oyó a la pequeña Ana quejarse ahogadamente en su habitación, que estaba pared con pared con la suya. En calzoncillos (no le había dado tiempo a ponerse el pantalón) echó a correr y encontró a Juan tratando de «vestir» a su hermana. Más que ponerle la ropa, con una mano la manoseaba mientras con la otra le tapaba la boca. La niña trataba de escapar sin conseguirlo.

—¿Qué estás haciendo? —preguntó Vito según entró por la puerta.

Juan soltó a Ana y miró con una sonrisa a su hermano.

—Hago lo que me sale de las pelotas. Es mi hermana y puedo hacer con ella lo que quiera.

—Si vuelves a hacer eso...

—¿Qué? ¿Te vas a chivar a mamá? Si nunca está en casa. ¿Vas a ir a Tommy y a Marina llorando?

—Si vuelves a tocarla, juro que te mato.

—¿Tú a mí?

Vito no respondió, pero su mirada no dejaba lugar a dudas.

—¿Me vas a matar tú a mí? Necesitarías una escalera para poder alcanzarme, imbécil.

Casi sin darle tiempo a terminar la frase, Vito cogió un libro de la mesa de Marina y se lo tiró a la cabeza. Juan desvió el libro con la mano, pero ese fue el tiempo justo que necesitó Vito para acercarse corriendo los tres pasos que los separaban y darle una patada con todas sus fuerzas en los genitales. Juan cayó al suelo, y Vito siguió dándole patadas hasta que vio el monopatín de su hermana mayor asomando por debajo de su cama. Sin darle tiempo a Juan a reaccionar, le golpeó en la cabeza. Su frente se abrió y empezó a sangrar abundantemente.

Ana salió corriendo de la habitación a pedir ayuda mientras Vito levantaba de nuevo el monopatín y golpeaba a su hermano en la cabeza una y otra vez causándole numerosas heridas. Al cuarto golpe, Vito notó que Juan había dejado de defenderse, pero eso no lo paró. Siguió golpeando a su hermano hasta que Tommy, que llegó por detrás, lo empujó sobre la cama de Ana y le quitó el monopatín. Vito saltó del colchón y se tiró encima de Juan para seguir pegándole con las manos y los pies. Tommy intentaba alejarlo de Juan, que era una maraña de sangre y pelo, pero Vito se había convertido en un vendaval casi imposible de controlar.

Por fin consiguió controlarlo tirándolo sobre la cama y echándose él encima. Cuando Vito vio que no podía seguir agrediendo a su hermano, hizo un gesto para indicar que ya estaba tranquilo. Tommy aflojó la presa y Vito se levantó. Vio que Marina estaba tratando de taponar alguna de las muchas hemorragias que tenía Juan.

Entonces se giró y se dio cuenta de que su padre, desde la puerta, lo miraba con espanto. Se observó a sí mismo en el espejo que tenía Marina colgado en su parte de la habitación y se maravilló al contemplarse con las manos llenas de sangre y salpicaduras por todo el cuerpo y la cara.

Era impresionante.

Vito se sentía indestructible, capaz de hacer cualquier cosa. Nada ni nadie podía pararlo.

—A partir de ahora, ni tú ni Juan os acercaréis a Ana en ningún momento. Si lo hacéis, os mataré a los dos —le dijo a su padre mirándolo por el espejo.

El padre lo observaba atónito. Era incapaz de reaccionar. Vito se giró hacia él.

—¿Me has entendido? —preguntó alzando un poco la voz.

El padre no respondió. Se dio la vuelta y se perdió en el pasillo. Marina, mientras tanto, pedía toallas a Tommy y decía que había que llevar a Juan a urgencias.

Vito salió de la habitación despacio, se lavó la sangre lo mejor que pudo en el cuarto de baño, cogió a sus dos hermanos pequeños, que se habían quedado mudos, y se fue al colegio.

VEINTINUEVE

Me dedico a compraventa de productos de todo tipo a través de internet. Miro en webs en las que la gente vende cosas baratas, compro lo que pienso que va a tener salida y lo vendo en portales de subastas, que suelen pagar más. No sabes la cantidad de gente que hay que no tiene ni idea de lo que valen sus mierdas.

—¿Y eso da dinero? —preguntó Toni.

—Algunos meses bastante. Otros no mucho, pero me lo paso bien. Y, si un día no me apetece trabajar, ese día la oficina no abre y tan ricamente —respondió Fernando orgulloso de su iniciativa.

Ambos apuraban su primera cerveza sentados en la terraza del restaurante de Cala Cortina delante del Mediterráneo. Antes de terminar la suya, Fernando le hizo un gesto al camarero para que les fuera preparando otra ronda.

—¿Desde el principio te trajeron a Cartagena?

—Sí.

—Qué escueto.

—Es que me has hecho una pregunta de sí o no —argumentó Toni.

Fernando acabó su primera cerveza y dio un trago a la segunda sin pararse a respirar entre ellas.

—Señor… Toni. Aún me cuesta llamarte así. Señor Toni, ¿podría contarme su llegada a Cartagena?

Toni le hizo un gesto indicándole que así estaba mejor la pregunta.

—No hubo nada especial. Me pusieron el nombre nuevo y me dijeron, imagino que igual que a vosotros, que no podía volver a Madrid ni buscaros. Me dieron un piso aquí y enseguida encontré el trabajo en el taller, así que no hay grandes historias.

—¿Por qué un taller? Tú eras un puto cerebrito.

Toni dudó un momento antes de contestar.

—Si te digo la verdad, no lo sé. Me gusta el trabajo y me deja mucho tiempo libre.

—¿Y qué haces en ese tiempo libre?

Toni dejó la cerveza y miró muy serio a Fernando.

—Disfrutar del silencio.

Fernando hizo tres amagos de hablar antes de conseguir hacerlo.

—Perdona, no quería ser preguntón, pero hace tanto que…

Toni le cortó.

—¡Te estaba tomando el pelo! Pues lo normal, salir por ahí, cosas en casa, ya sabes…

Fernando no sabía, pero ya no se atrevía a preguntar. Toni disfrutó al comprobar el poder que seguía teniendo sobre su viejo amigo. Dejó que se torturase unos segundos más antes de preguntar él.

—¿Y tú?

Fernando se destensó al instante, bebió un trago corto y se lanzó a contar.

—Galicia era un puto coñazo al principio. Llueve todo el rato y los gallegos son muy raros. Aunque con el tiempo hasta les he cogido cariño.

—¿Y ellos a ti? —preguntó Toni.

Fernando se quedó pensando un momento, pero enseguida descubrió que se le había ocurrido una respuesta ingeniosa y sonrió antes de responder.

—Ellas sí, ellos no tengo ni idea.

Efectivamente, era Fernando.

Ponce.

Su Ponce.

Por primera vez desde que llegó a Cartagena, Toni se sentía como en casa.

TREINTA

¡Tío! ¿Has visto las noticias?

Ponce no pudo esperar a que Vito llegara a la esquina donde solían encontrarse y corrió a su encuentro con los ojos saliéndose de sus órbitas. Estaba excitadísimo y se le amontonaban las palabras.

—¡Todo el mundo habla de eso!

Vito lo cogió de los hombros para tratar de calmarlo.

—Habla más bajo —le dijo, y señaló a sus hermanos pequeños que venían, como siempre, diez metros por detrás y a cinco mundos de distancia.

—Si no he dicho en ningún momento que hayamos sido nosotros —se justificó con su mejor cara de «estoy midiendo mis palabras, ¿es que no lo ves?».

—¿Voy a tener que cerrarte la puta boca de una patada?

Ponce se quedó quieto en el acto.

Vito miró a Amanda, que llegaba caminando despacio pero con un aura que reconoció similar a la suya. Parecía que hubiera crecido cinco años, ya no era una niña. Y por cómo lo miraba, Vito notó que ella tampoco veía a un niño en él.

Solo Ponce estaba igual. Ni una bomba atómica lo hubiera cambiado, ni un ataque de zombis asesinos; ni siquiera si le hubieran dado el Premio Nobel de lo que fuera, Ponce siempre sería el mismo, nunca evolucionaría, y eso, en cierto modo, a Vito le daba tranquilidad.

Los tres fueron al colegio caminando más juntos de lo habitual para poder hablar.

—¡Somos famosos! —Ponce seguía excitadísimo, aunque la amenaza de Vito consiguió que no levantara tanto la voz.

Amanda y Vito se miraron con media sonrisa. Sabían el impacto que tenía lo que habían hecho, y no solo en los medios, sino en ellos mismos.

Se cogieron de la mano.

Ponce los miró un poco mosqueado.

—¿Ahora sois novios?

—No te importa —respondió Amanda.

—¿Desde cuándo? No me he enterado.

—Ya te he dicho que no te importa.

—¿Os habéis dado ya un beso con lengua?

Vito intervino con una sola palabra. Sabía que no le hacía falta más.

—Para.

Ponce se calló de golpe y empezó a andar un poco más rápido.

—¿Te has enfadado? —preguntó Amanda.

—No te importa —respondió Ponce imitándola.

—Ven aquí —dijo Amanda.

—¿Para qué?

—Tú ven.

Ponce volvió con sus amigos esperando cualquier tipo de broma cruel, que es lo que solía pasar en esos casos.

—¿Lo hacemos de nuevo? —propuso Amanda.

—¿El qué? —preguntó Ponce despistado.

—¿Tú eres tonto? —le dijo Amanda.

—¡A mí no me llames tonto!

Vito zanjó la discusión.

—¿Buscamos otro niño?

—¿Otro? —preguntó Ponce dubitativo.

—Sí, otro.

—Y lo hacemos otra vez —añadió Amanda.

Ponce tardó en responder, en su cerebro reconstruyó todo lo ocurrido el día anterior, las noticias, las imágenes de la iglesia con los coches de policía.

—Venga, deja a tus hermanos y vamos.

—Hoy no, que si faltamos dos días seguidos igual llaman a casa o algo. ¿Quedamos mañana que no hay clase? —planteó Vito.

—Por mí bien —dijo Amanda enseguida.

—Los sábados por la mañana voy con mi madre al mercado —contestó Ponce un poco triste.

—Dile que estás con nosotros haciendo un trabajo de clase —le propuso Vito.

—Es que mentirle a mi madre…

—¿No te atreves a mentirle?

—No es que no me atreva, yo me atrevo a todo, pero no me gusta contarle mentiras a mi madre.

—Vale, lo hacemos nosotros, y si eso te vienes a la próxima —zanjó Amanda.

Y empezó a caminar un poco más rápido. Vito con ella. A Ponce le entró miedo de quedarse apartado.

—También podemos hacerlo el domingo.

—El domingo tengo que ir a misa —dijo Amanda.

Ponce cayó en que él también. Su familia no le iba a dejar escaquearse.

—¿Y otro día?

—No, el día bueno es este sábado. Pero no te preocupes, que para la siguiente te lo decimos y, si puedes, te vienes —respondió Amanda mirando a Vito.

—Yo opino lo mismo —apoyó él.

—Seguro que lo podemos arreglar de alguna manera —rogó Ponce.

—En serio, no te preocupes, que ya vendrás cuando no tengas que hacer cosas con tu madre —dijo Amanda.

Ponce trataba de pensar lo más rápido posible.

—¿Y si después de… de eso, hacemos algo de clase? Podemos estudiar un poco o algo y así no le digo mentiras a mi madre.

Vito sonrió por la absurda lógica de Ponce.

—Por mí, bien.

—Por mí también —apoyó Amanda.

Ponce sonrió y se fue corriendo a molestar a los hermanos de Vito. Por algún lado tenía que salir tanta excitación.

Vito y Amanda no soltaron sus manos hasta que vieron el edificio del colegio.

TREINTA Y UNO

Tres cervezas y un arroz con bogavante más tarde, Toni volvió a su casa. De pronto, el refugio en el que se había sentido tranquilo, seguro y controlado los dos últimos años le parecía una cueva. Le faltaban metros y personas para volver a encontrarlo confortable.

La tarde con Fernando había sido muy curiosa. Habían empezado contándose sus respectivas experiencias en los centros de reforma y los primeros meses de libertad y habían acabado saltando de un asunto a otro de actualidad sin profundizar en ninguno. Fernando tenía la cualidad de convertir cualquier tema de conversación en una tontería aportando sus siempre absurdos puntos de vista. Esto, que en cualquier otra persona hubiera puesto de los nervios a Toni, en Fernando le parecía entrañable.

Volvía a su infancia.

Volvía a tener un amigo.

Toni dio vueltas por el salón vacío sorprendido de su propia vida monacal. Puso algo de música a través del altavoz *bluetooth* y decidió que no quería seguir con el puzle.

Se sorprendió pensando en Lidia.

Toni siempre había aplacado su deseo sexual con relaciones esporádicas en las que dejaba muy claro que no quería comprometerse en ningún sentido. Si la chica sentía la necesidad de un segundo encuentro o trataba de ampliar esa noche de sexo con una amistad, Toni se encargaba de cercenar de raíz esos intentos. No quería una relación, no quería estar con nadie, solo saciar sus necesidades naturales y nada más.

Ahora era distinto, con Lidia se había roto una barrera que le daba miedo cruzar. Si empezaba algo con ella, ¿debería decirle quién era realmente? ¿Estaba obligado a hablarle de su pasado? No hacerlo era lastrar la relación, pero hacerlo…

Decidió que estaba dándole demasiadas vueltas al asunto y que, probablemente, su pasado le había convertido en un retrasado emocional. Por suerte, era inteligente y podía tratar de suplir esa tara.

O quizá no.

Sin pensarlo mucho, desbloqueó la pantalla de su móvil y buscó «Lidia Trabajo».

Respiró hondo y pulsó.

Ella debía tener el móvil en la mano o algo así, porque respondió en apenas dos segundos.

—¡Hola! —saludó Lidia, como si el hecho de que se llamaran fuera lo más normal del mundo.

—Hola —dijo él tratando de estar a la altura—. ¿Qué tal?

—Normal, nada destacable. ¿Qué tal tú?

—Bien, en casa.

Esta conversación le estaba pareciendo demasiado estúpida. Se esforzó por decir algo con lo que no pareciera medio retrasado.

—¿Te apetece comer el domingo?

—¡Ay! El domingo ya he quedado con mis padres.

Toni sintió un bofetón de realidad. Claro que tenía que comer con sus padres, o no, daba lo mismo. ¿Por qué había pensado que ella podría tener algún interés en quedar con él? Simplemente había sido simpática mientras se tomaban unas cervezas con los compañeros del taller. ¿Por eso esperaba que ella quisiera algo más? Se sintió como un tonto arrogante que piensa que, por hablar cinco minutos con él, cualquier mujer caería rendida a sus pies.

Evidentemente no era así.

Procuró que no se le notara demasiado la decepción cuando acertó a responder.

—No te preocupes, no pasa nada, otro día.

—Claro, otro día sin falta.

Hubo un silencio a ambos lados de la línea. De pronto a Toni ya no le apetecía seguir hablando.

—Bueno, nos vemos en el taller.

—Muy bien, un beso —respondió ella sin darle mayor importancia.

Él colgó y estuvo mirando la pantalla de su móvil durante unos segundos.

Pensó en llamar a Fernando, quedar con él y seguir recuperando su infancia y su pasado, pero quizá todo eso era un error y estaba mejor antes, cuando no salía de su refugio.

Quizá debería volver a él.

Puso de nuevo la música, se quitó los zapatos y apartó la tela que cubría el puzle.

Se sentó en una silla y se centró en el océano Índico.

No había puesto ni cinco piezas cuando sonó su teléfono. Miró la pantalla con desgana y vio que era Lidia. Estuvo a punto de no cogerlo, pero respondió.

—¿Sí?

—Hola —dijo ella en un tono jovial—. ¿Quieres comer el domingo conmigo?

—¿Cómo? —respondió Toni descolocado.

—He llamado a mis padres y les he puesto una excusa para no ir. ¿Sigue en pie la invitación?

Esto sí que no se lo esperaba.

—Por supuesto.

—¿Y dónde me vas a llevar?

Él le propuso un par de sitios. Lidia respondió que prefería que eligiera él y le diera una sorpresa.

Mientras hablaba de restaurantes, Toni cogió la tela y la fue extendiendo lentamente sobre el puzle.

TREINTA Y DOS

Es mi hijo y tengo todo el derecho a verlo! —gritó Rebeca al funcionario.

—Rebeca… —empezó a decir Chema.

—¡Ni usted ni nadie me lo va a impedir! —prosiguió ella.

—Yo no le quiero impedir nada —trató de calmarla el empleado del Instituto de Medicina Legal—. Lo único que estoy diciendo es que, tal y como está el cuerpo, quizá sea mejor que esperen para verlo a que hayamos podido reconstruirlo. El reconocimiento se puede hacer con una muestra de ADN para que no tengan que pasar por esto.

—Me da igual cómo esté. Es mi hijo, lo he visto de todos los modos posibles.

El funcionario miró a Chema buscando un aliado, pero al momento entendió que esa batalla la tenía perdida.

—Como usted quiera. Firmen aquí, por favor.

Rebeca y Chema estamparon su firma en el documento y le siguieron, acompañados por dos policías, hasta un cuarto muy frío, similar a una sala de velatorio de un tanatorio, pero mucho más pequeño. En un extremo había un cristal con una cortina por dentro que impedía ver lo que había al otro lado.

—Esperen aquí un momento, por favor.

El funcionario se marchó y la pareja (o, mejor dicho, los restos de lo que había sido una pareja) se quedó junto al cristal. Unos metros más atrás esperaban los dos policías, que mantenían un tenso silencio, deseando estar en cualquier otro sitio.

—Rebeca, creo que quizá deberíamos plantearnos… Si está tan mal como dicen, quizá…

—Nadie me va a impedir verlo, ni siquiera tú. Si no quieres ver a tu hijo, mejor vete, ya cogeré un taxi para volver a casa.

Chema no respondió, quiso pensar que quien hablaba era el dolor y no su esposa e intentó no tener en cuenta esas palabras.

La cortina se abrió lentamente.

Cualquier cosa que hubieran esperado, incluso la peor, no era nada en comparación con el trágico espectáculo que se les ofreció en ese pequeño cubículo.

Antonio, el pequeño Antonio, su bebé, descansaba en una camilla parecida a las de quirófano, desnudo de cintura para arriba; por abajo lo cubría una sábana. El pómulo y la mitad de la frente estaban completamente hundidos, y a pesar de que le habían lavado la sangre, no consiguieron quitarle el esmalte azul que aún mantenía, sobre todo, en la línea del pelo. La pequeña nariz estaba despellejada y los labios reventados por varios sitios. La piel aparecía levantada en diferentes partes dejando ver el hueso, en ocasiones también roto.

Chema oyó un ruido, como un hipido, detrás de él, pasos y la puerta abrirse. Sin girarse supo que uno de los dos policías no había podido aguantar la dantesca visión y se había marchado.

Él hubiera querido hacer lo mismo, pero no podía ni moverse.

Rebeca se pegó al cristal para ver mejor a su bebé.

—Quiero abrazarlo —dijo en voz baja.

Las palabras flotaron en la habitación como si no hubieran existido.

—¡He dicho que quiero abrazarlo!

El policía se acercó a ella y le habló con el máximo cariño del que fue capaz.

—Lo siento, no es posible. Hasta que no pasen la policía científica y el forense no puede acceder.

—¡Me importa una mierda la policía científica y su puta madre! ¡Quiero abrazar a mi bebé!

—Lo siento —repitió el policía con dolor.

—¡Quiero…!

Rebeca rompió a llorar con la cara pegada al cristal. Era un llanto sordo que salía de lo más profundo de su garganta.

Chema le dio las gracias al policía y se acercó a su mujer, que lo rechazó con un empujón. Él volvió a acercarse a ella, la cogió por la cabeza y la estrechó fuerte entre sus brazos. Esta vez Rebeca se dejó abrazar.

Los dos lloraron pegados durante más de diez minutos.

El policía se alejó hasta la puerta. Hubiera deseado salir, pero no le estaba permitido dejarlos solos en la sala.

Cuando fueron capaces de andar, Rebeca y Chema se dirigieron muy despacio hacia la salida. Al pasar junto al policía, Chema lo miró y le dijo en voz muy baja que efectivamente era su hijo. El policía asintió, aunque después de lo que acababa de contemplar no hubiera hecho falta que lo confirmaran.

Tardó meses en quitarse la cara del niño de su mente cada vez que cerraba los ojos por la noche. La cara del niño y la voz de Rebeca.

Los tres salieron del cuarto acristalado.

La cortina se cerró tras ellos.

TREINTA Y TRES

Después de lo que había pasado por la mañana, Vito entró con mucha precaución en su casa al volver del colegio. No sabía qué se iba a encontrar, así que estaba preparado para cualquier cosa.

En la entrada no había nadie. Les dijo a sus hermanos pequeños que se fueran al cuarto de Ana a hacer los deberes y que cerraran la puerta.

Entró en el salón. Solo estaba su padre, sentado en el sofá, como siempre, viendo una película, también como siempre.

—¿Dónde están todos? —preguntó Vito desde la puerta.

—Tu madre está en el hospital, con Juan.

Vito asintió, tuvo la tentación de preguntar cómo estaba su hermano, más por curiosidad que por remordimiento, pero la venció sin problema.

—Nadie va a volver a ayudar a Ana a vestirse.

El padre no dijo nada, siguió viendo su película. Vito dudó de si le había oído o no. Se acercó dos pasos.

—He dicho que nadie ayudará a Ana a vestirse. Nadie va a volver a tocarla. ¿Está claro?

El padre se levantó de golpe. Vito, sobresaltado, retrocedió dos metros.

—Tú no vas a decirme lo que puedo o no puedo hacer en mi casa.

Vito se sintió muy pequeño de pronto.

—Si tocas otra vez a mi hermana, te mato —dijo temblando.

—Más hostias te tendría que haber dado de pequeño. ¿Quién te crees que eres?

—Si te acercas a ella, te mataré, o tendrás que matarme tú a mí. He dejado una carta a cada uno de mis amigos contando lo que pasa en esta casa. Si me sucede algo, se la llevarán a la policía.

El padre se paró en seco, sin saber cómo reaccionar a eso.

—Un día me iré de esta puta casa y entonces me echaréis de menos —fue lo único que acertó a decir.

—Ojalá llegue pronto ese día, todos viviremos mejor. Me voy a hacer los deberes.

Vito dio la espalda a su padre y se fue a su cuarto.

Nunca volvieron a hablar del tema.

TREINTA Y CUATRO

¿Y tú cómo eras de pequeño?

Habían acabado la comida hacía más de tres horas y ahí seguían Toni y Lidia, en la terraza delante del mar.

—¿De pequeño? —preguntó Toni para hacer tiempo.

En su mente se agolparon imágenes de Ponce y Amanda, del bebé que mataron y de lo que hicieron en la iglesia, de su padre, de su hermano… y sobre todo de la pequeña Ana, que nació demasiado frágil como para pertenecer a este mundo.

—Normal. Tenía mis amigos, el colegio. Al vivir en un pueblo tuve la suerte de pasarme la vida en la calle.

—Qué pena que eso ya no se pueda hacer.

—¿Ya no se puede?

—Con toda la delincuencia que hay, es imposible dejar a un niño solo en la calle, al menos para cualquier padre medianamente responsable.

Como Toni no decía nada y la miraba pensativo, Lidia se vio obligada a continuar:

—Mi hermana tiene dos niños pequeños y está siempre con lo mismo.

—Tendremos que irnos a un pueblo —dijo Toni, más por cambiar de tema que por otra cosa.

Ella lo miró con los ojos brillantes.

—¿Te gustaría vivir en un pueblo?

Toni dudó entre recoger velas o continuar con la insinuación.

Estaba muy a gusto con Lidia, le agradaba este cambio en su vida. Sabía que tenía que andarse con cuidado, pero se sorprendió planteándose un futuro distinto.

—¿Por qué no? Ahora, al mío no, a cualquier otra parte.

—Trato hecho, buscaremos un pueblo para nosotros.

Toni levantó el vasito con lo que quedaba del licor de orujo que le habían servido al terminar los cafés.

—Por nuestro pueblo.

Ella sonrió y cogió el suyo con los restos del licor de almendras.

—Por nuestro pueblo.

Chocaron los vasos y, sin pensarlo, ella se lanzó a besarlo.

Toni recibió el beso más con sorpresa que con desagrado. Le gustó la bocanada del olor de Lidia que acompañó a ese beso, pero no esperaba esa invasión, y eso lo molestó.

Cuando se separaron, ella sonreía. Toni trataba de procesar lo que le pasaba por dentro.

—¿Todo bien? —preguntó ella.

Él asintió despacio, terminando de chequearse.

—Sí, perdona. La falta de costumbre, supongo.

Toni buscó rápidamente una historia que justificara sus problemas para relacionarse.

—Cuando murió mi madre me refugié en mí mismo. Tras el fallecimiento de mi padre nos apoyamos mucho el uno en el otro, y cuando ella se fue…

Lidia posó su mano sobre la de él. Toni tuvo el impulso de apartar la suya, pero la dejó. A pesar de que era agradable, le incomodaba, le hacía estar demasiado pendiente de esa mano.

—Luego supongo que me encerré en mí para no sentir… y lo malo es que a eso uno se acostumbra.

—¿Y has estado desde entonces sin…?

Toni sonrió. Trató de no mover la mano.

—No, qué va, pero una cosa es un lío de una noche y otra… —Toni se detuvo maldiciéndose a sí mismo. Le tocaban con un dedo y ya se sentía desarmado.

Soltó la mano para evitar que los sentimientos se le escaparan por ahí.

—Estoy tratándolo con un psicólogo, espero que eso no sea un problema para ti.

Ella lo miró con ternura.

—Al contrario. Estoy más que orgullosa de que seas capaz de dar ese paso y de luchar contra ese dolor. Ojalá todos fueran como tú.

«Eso es porque no sabes quién soy», pensó Toni, y la besó de nuevo.

TREINTA Y CINCO

Todos los niños pequeños estaban acompañados por sus padres.

—¡Me aburro! —dijo Ponce—. ¿Vamos a tu casa a hacer los deberes?

—Claro, como los deberes son tan divertidos… —respondió Amanda.

—¿Por qué siempre te metes conmigo? Ya podrías meterte alguna vez con Vito.

—Es que Vito no dice tonterías.

—¿Me estás llamando tonto? —respondió Ponce empezando a alterarse.

—No, he dicho que dices tonterías, no que seas tonto —respondió Amanda con tono pacificador.

—¿Y cuál es la diferencia? —preguntó Ponce con perspicacia.

—Que no es lo mismo. Es como si tú cuentas un chiste, no por eso eres gracioso.

Ponce estaba valorando la respuesta de Amanda cuando vio que Vito se reía. Esa fue la pista que le indicó que ella seguía metiéndose con él. Le dio un empujón a Amanda, que se lo devolvió de inmediato.

—¿Cambiamos de zona? Aquí nos tienen demasiado vistos —propuso Vito.

—¿Vamos a donde encontramos al bebé? Allí había muchas madres solas con niños —propuso Ponce.

—Seguro que alguien nos vio el otro día y podría reconocernos —respondió Vito.

—¿Y al mercadillo? —propuso Amanda.

—¿Cuál? —preguntó Vito.

—Al otro lado del parque ponen un mercadillo los sábados. Seguro que allí hay madres con niños.

—Venga —dijo Vito.

—Venga —repitió Ponce.

—¡Venga! —se burló de ellos Amanda.

Y los tres amigos se encaminaron hacia el parque.

A los pocos metros, Ponce ya sentía la necesidad de hacer algo más. Solo andar le aburría. En general hacer una cosa solo era lo que le aburría.

—¿Podemos parar un momento en el chino a robar algo?

—¿Qué quieres? —preguntó Vito.

—No sé, unas pipas o unas chuches o algo.

—Yo no tengo hambre —dijo Amanda.

—¡Porfa!

Vito miró a Amanda, que le respondió con un gesto de «a mí me da igual, lo decía solo por fastidiar».

—Venga, pero rápido que aún tenemos que hacer los deberes después de lo del niño.

TREINTA Y SEIS

Toni le dio un trago al café.

—¿Qué tal el mes?

Selmo terminaba de echar la tercera cucharada de azúcar al suyo. Miró a Toni, que parecía extrañamente tranquilo.

—Bien, la verdad es que bien —respondió.

Selmo se incorporó en su silla dispuesto a escucharle.

—¿Qué ha pasado?

—Nada en particular. Todo va como tiene que ir.

—¿No hay ninguna novedad?

—No he ido al cine, pero sí te he hecho caso en una cosa.

Selmo le animó con un gesto a que se lo contara.

—He salido algunas veces con gente de la oficina —dijo Toni, y luego hizo una pausa para disfrutar de la impaciencia de Selmo.

—¡Por fin! ¿Qué tal ha ido? ¿Cómo te has sentido?

Toni dio un sorbo a su café solo para hacer sufrir al psicólogo.

—Para ser más exacto, he salido una vez con varios compañeros de la oficina y varias con una sola.

Selmo se atragantó un poco, pero reaccionó efusivamente, quizá demasiado como para que sonase sincero.

—¡Qué bien! ¡Enhorabuena! Cuenta, cuenta.

—Nada, hemos salido a comer, y la comida se alargó… y…, digamos que nos llevamos bien.

Selmo sonrió por fuera y se preocupó un poco por dentro.

—¡Enhorabuena! ¿Tú estás bien?

—Sí, yo estoy muy bien, muy tranquilo.

—¿Le has contado algo de…? —Selmo movió las manos señalando su alrededor.

—¿De que voy al psicólogo? Sí, sin problema.

—No, de…

—Ya —rio Toni cortándolo—. Te estaba tomando el pelo. No, me he ceñido a la historia que preparamos. No creo que se lo cuente.

Selmo asintió pensativo.

—¿Es del taller, entonces?

—Sí, la chica de recepción.

El psicólogo se acordaba de ella perfectamente. No pasaba desapercibida, y menos en ese mundo tan masculino.

No quiso seguir con el tema.

—¿El trabajo bien?

—Sí, normal, ahí sí que no hay cambios.

—¿Y alguna otra novedad?

Toni pensó en Fernando, en que había recuperado a su amigo de la infancia, en cómo su armadura, tan bien construida desde hacía tanto tiempo se había desintegrado en apenas dos charlas y cinco botellines. Pensó en que había vuelto a beber cerveza, aunque se lo habían desaconsejado por la merma en el autocontrol que eso suponía. Pensó en que había enterrado para siempre su puzle y que la casa se le empezaba a quedar pequeña.

Pensó en muchas cosas.

—No, ninguna novedad más. ¿Te parece poco?

Selmo sonrió.

—La verdad es que no, un mes productivo.

Sacó una carpeta y la abrió por una página llena de firmas.

—¿Te importa si hoy lo dejamos antes? Tengo cosas que hacer.

—Ningún problema.

Toni firmó el informe y apuró su café.

—Nos vemos el mes que viene.

Se levantó y salió del despacho.

Apenas se hubo ido, Selmo apagó la grabadora y se quedó mirando la firma de Toni. Era más grande que las últimas veces.

Tenía un mes para encontrar el modo de sabotear esa relación. Esperaba que fracasara por sí misma antes, pero tenía que estar preparado por si acaso.

Toni salió a la calle dudando entre llamar a Fernando o a Lidia.

Delante de él, un niño de unos ocho años acompañaba a uno más pequeño mientras recitaba los nombres de todos los Pokémon que se acordaba. No había ningún adulto cerca y la calle estaba bastante despejada.

Toni miró alrededor y volvió a fijarse en los niños. Cruzaron despacio por el semáforo y giraron en una esquina.

Solo cuando los perdió de vista, empezó a caminar de nuevo. Sacó su móvil y llamó a Fernando.

TREINTA Y SIETE

En el mercadillo había mucha gente, la mayoría mujeres, pero ningún niño solo. Vito, Amanda y Ponce deambulaban entre los puestos comiendo pipas y buscando en todas direcciones.

—¿Qué hacemos? —preguntó Ponce.

Amanda miraba, valorando los riesgos, a todos los niños que acompañaban a sus madres.

—No sé.

Llegaron hasta el último puesto. El día estaba siendo un desastre. Toda la excitación con la que salieron de casa se había esfumado, solo sentían frustración.

—¿Vamos a otro sitio? —preguntó Amanda, que no se resignaba a irse de vacío.

—¿Y si volvemos a tu casa a hacer los deberes? Si no, no nos va a dar tiempo.

—¡Qué pesado eres con los deberes! —respondió Amanda—. Tendríamos que haberte dejado en casa.

—¡A ti sí que tendríamos que haberte dejado!

Vito se dio la vuelta y empezó a desandar el camino.

—Vámonos.

Ponce y Amanda dejaron de pelearse y siguieron a Vito entre los puestos.

Las señoras compraban verduras y bragas y zapatos ajenas a la silenciosa procesión que pasaba junto a ellas.

Ninguno de los tres dijo una palabra hasta que llegaron casi al final del mercadillo. Cada uno rumiaba su propia decepción en silencio.

Cuando quedaban pocos puestos para salir, Vito se detuvo. Una mujer hacía la compra en un tenderete de frutas. A su lado, en un lateral del puesto, una bebé de unos dos años estaba entretenida tratando de masticar con sus pequeños dientes un trozo de zanahoria. Estaba sentada en un carrito, de espaldas a su madre.

Sus amigos se pararon junto a Vito y, al mirar en la misma dirección, adivinaron qué estaba pensando.

—¿Cómo lo hacemos? —preguntó Amanda.

Vito valoró las distintas opciones y los reunió de espaldas al puesto para que no los vieran observando a la niña.

—Ponce y yo fingimos una pelea junto a la mujer. Si podemos, tiramos algo del puesto, así todo el mundo nos mirará a nosotros. Mientras, tú vas por detrás, desatas a la niña de la silla y te la llevas. Cuando veamos que ya está, Ponce y yo nos vamos corriendo.

Ponce lo miró con profunda admiración. Ni aunque hubiera tenido dos horas para pensarlo se le habría ocurrido una estrategia tan bien diseñada.

—Vete al puesto y haz como que quieres comprar algo, y ahora voy yo y te empujo —le dijo Vito a Ponce.

Ponce se mordió los labios nervioso y se fue, dando un rodeo, al puesto.

Amanda y Vito se miraron excitados como no habían estado nunca ni volverían a estarlo hasta pasado mucho tiempo.

—¿Vamos? —propuso él.

Amanda se acercó a Vito y lo besó en los labios. Él hubiera querido que su primer beso fuese con lengua, pero se conformó con ese. De hecho, estuvo fantaseando años con ese momento.

—¡Vamos! —afirmó ella.

Y se fue corriendo a su posición. Cuando Vito vio que Amanda estaba detrás del puesto contiguo, se acercó corriendo a Ponce y le empujó tirándolo encima de la mercancía.

—¡Puto imbécil!

Ponce se cayó al suelo arrastrando con él una caja de manzanas. Todo el mundo se giró a mirar el alboroto.

La cosa iba bien.

—¡Imbécil lo será tu puta madre! —respondió Ponce lanzándose contra su amigo.

Vito se percató de que Ponce se estaba dejando llevar y lo arrastraba lejos del puesto. Tuvo que esforzarse para reconducir la pelea y tirarlo de nuevo contra el tenderete, justo al lado de la madre de la niña.

Amanda, desde su posición, vio como sus compañeros estaban dándolo todo, incluso se asustó un poco por la intensidad de la pelea, pero no olvidó su parte de la misión.

Justo delante de ella estaba la bebé, que trataba de girarse buscando el origen al estruendo. La madre miraba la pelea de los chicos.

Era su momento.

Se acercó a la silla y soltó las sujeciones. La bebé se giró en cuanto notó que manipulaban su carro.

—¿Vienes a jugar? —le preguntó Amanda en voz baja con una sonrisa.

La niña sonrió y le tendió los brazos. Amanda echó un último vistazo para asegurarse de que la madre seguía atenta a la pelea y cogió a la niña.

Justo al darse la vuelta, vio que dos policías estaban a menos de diez metros de ella. Trató de disimular y volvió a dejar a la niña, pero uno de los guardias la cogió de un brazo.

Vito, mientras tanto, trataba de lidiar con el vendaval en el que se había convertido su amigo. En un momento en el que se encontraba en el suelo, vio por debajo del puesto a Amanda sujetada por el policía.

—¡Corre! —gritó levantándose de un salto.

Ponce, que no esperaba ese cambio tan brusco, se quedó un segundo parado. Vio a Amanda y a los guardias y corrió detrás de su amigo.

A pocos metros, varios policías más les cerraban el paso. Vito se planteó esquivarlos o retroceder, pero se dio cuenta de que había uniformes por todas partes.

Se detuvo derrotado.

Un policía se echó encima de él y lo puso boca abajo contra el suelo.

A su lado, Ponce pataleaba y trataba de morder a otros dos policías que intentaban reducirlo.

Vito comprendió que todo había terminado.

TREINTA Y OCHO

Me tengo que ir unos días a Coruña a fichar, ya sabes.

Toni y Fernando estaban sentados en el dique, junto al faro rojo, con sendas cervezas en la mano.

Las luces de la ciudad ya se habían encendido y brillaban sobre el agua del puerto.

—¿Cuándo volverás?

—Ni idea, tengo que mirar unas cosas de la empresa; papeles y esas mierdas, pero en cuanto organice todo me vuelvo. Te aviso cuando lo sepa.

—Muy bien.

Los dos bebieron de sus cervezas.

El silencio agradaba a Toni, pero Fernando era incapaz de soportarlo.

—Estaba pensando…

Fernando se calló. Esperaba que su amigo le siguiera el juego, pero este no hizo ningún amago de hablar. Continuaba mirando los reflejos en el mar.

—Tú ahora deberías preguntar: ¿qué estabas pensando? —le riñó Fernando.

—¿Y por qué no lo dices de una vez y te dejas de tonterías?

Fernando acabó su botellín y lo arrojó al mar. Se giró hacia su amigo.

—Estaba pensando venirme a pasar una temporada aquí.

Toni no dijo nada. Fernando se vio, de nuevo, obligado a continuar.

—Como la empresa es de compra-venta, puedo vivir en cualquier parte y seguir con el negocio. Con ir una vez al mes a fichar valdría.

—Qué coñazo —respondió Toni sin mirarlo.

—¿Qué? —preguntó Fernando descolocado.

—Digo que es un coñazo tener que ver todos los días tu cara por aquí, con lo feo que eres.

Fernando rio esperando que fuera una broma.

—¡Qué cabrón!

Toni le guiñó un ojo y bebió de su botellín.

—Estaría muy bien que te vinieras.

Fernando respiró aliviado.

—Por un momento me has recordado a Amanda. Cómo se pasaba conmigo.

Toni sonrió.

—Era implacable.

—Ya te digo. Me las hacía pasar putas.

—Igual te lo merecías.

—Igual…

Los dos se sumergieron en sus recuerdos.

—¿Qué habrá sido de ella? —se preguntó Toni.

—Ni idea, pero seguro que le ha ido bien.

—Seguro. No había nada que se le resistiese.

Fernando le dio un codazo de complicidad a su amigo.

—Ni nadie.

—Ni nadie —repitió Toni sonriendo melancólico.

—Estaría cojonudo volver a verla, ¿eh?

—Sí que lo estaría, sí.

Fernando se puso en pie.

—Voy a por más cervezas, que nos estamos poniendo demasiado moñas. ¿Quieres también unas patatas o algo?

—No, con las cervezas está bien.

Fernando se fue caminando por el dique hasta el bar que había a menos de cien metros de donde se hallaban.

Toni se quedó sentado de cara al mar, mirando las luces de la ciudad y pensando en Amanda.

¿Cómo sería ahora?

¿Qué pasaría si se volvían a encontrar?

No quiso seguir haciéndose preguntas. Se levantó y siguió las huellas de Fernando hacia el bar.

TREINTA Y NUEVE

Rebeca y Chema estaban congelados delante del televisor. Los rostros difuminados de tres niños llenaban la pantalla. En las noticias no daban más datos, solo que tres menores de diez años habían secuestrado y matado a su hijo. Anunciaban, para esa misma noche, un especial donde expertos en el tema analizarían en detalle los motivos que podrían haber impulsado a tres niños de esa edad a cometer tan atroz crimen.

Chema cambió de canal, pero también estaban hablando del asesinato de su hijo. Seis tertulianos de distinto signo político se peleaban tratando de demostrar que el sistema impuesto por este gobierno, o el anterior, y los continuos cambios en la ley de educación habían hecho posible que surgieran monstruos como estos.

Chema volvió a cambiar, pero Rebeca ya no esperó a

que saliera otro debate sobre la muerte de su hijo. Se fue al dormitorio y se sentó en la cama sin encender la luz.

El dolor era insoportable. El dolor y la tristeza. El silencio en la casa, la mirada muerta de Chema, las persianas bajadas para que los vecinos no pudieran mirar dentro de la casa de los padres que perdieron a su hijo, todo formaba un conjunto denso e irrespirable.

Rebeca descubrió que, sumado a la tristeza y la ira, sentía vergüenza. Toda España sabía lo mala madre que había sido. No pensaba volver a salir a la calle, pues sin duda todos, los vecinos, los de las tiendas donde solía ir a comprar con Antonio, los del barrio que habrían oído el suceso en las noticias, absolutamente todos, la mirarían con condescendencia y lástima, pero por dentro pensarían que a ellos nunca podría pasarles eso porque no dejarían a sus hijos desatendidos para comprarse un vestido.

Oyó que el móvil de Chema sonaba y él contestaba. Pedía que por favor le dejaran en paz y colgaba. Desde que la policía les comunicó que habían detenido a los asesinos de su hijo, no habían dejado de llamar periodistas de todos los medios posibles para que dieran su versión.

Pero ellos no querían dar su versión, solo que terminara esa pesadilla.

Rebeca oyó a su marido caminar por el salón.

Hasta que vieron el cuerpo destrozado de su bebé, Chema había aguantado el tipo bastante bien, pero cuando llegaron a casa se deshizo. Rebeca fue a beber agua a la cocina y él se metió en el cuarto de baño sin ni siquiera quitarse los zapatos. Al ver que tardaba mucho en salir, Rebeca se asustó y entró por si le había dado por hacer alguna tontería.

Se lo encontró sentado en el suelo llorando.

Ella se quedó de pie junto a la puerta sin poder moverse. Sabía que si se agachaba para intentar reconfortarlo, ninguno de los dos conseguiría levantarse de nuevo. Él la miraba desde el rincón junto a la bañera, y le pedía perdón con la cara llena de lágrimas. Rebeca entendió que se disculpaba por su debilidad, por no conseguir ser el apoyo que ella necesitaba.

Rebeca no pudo aguantar esa visión.

Se sentía egoísta. Ella, que había odiado a Chema por no mostrar sus sentimientos, no era capaz de soportar que lo hiciese.

Se fue y lo dejó allí, en el suelo.

Cada uno se quedó en un lado de la casa, Rebeca tratando de lidiar con su dolor y su vergüenza y Chema aislado en el baño sin saber si ir hacia su mujer para consolarla o alejarse de ella.

El teléfono volvió a sonar. Chema salió del servicio y lo desconectó.

Rebeca, por fin, abandonó el dormitorio y se encontró a su pareja de pie mirando hacia la pared junto a la mesita donde solían dejar los móviles.

Ella le abrazó todo lo fuerte que pudo y le pidió perdón.

Él le devolvió el abrazo y le dijo que no se disculpara, que no tenía ninguna culpa.

Ella sabía que sí, pero no volvió a disculparse.

Él rompió a llorar.

Los dos estaban perdidos.

CUARENTA

¡Déjenme hablar con alguien! ¡Necesito hablar con alguien, por favor!

Vito aporreaba la puerta de la celda donde le habían encerrado.

—¡Por favor! ¡Es muy importante!

Cuando los detuvieron, lo primero que hicieron fue separarlos. A Vito le introdujeron en un vehículo y lo llevaron a su casa. Al llegar, vio varios coches de policía parados delante del portal. Medio barrio se arremolinaba en la acera llevado por la curiosidad. Cuando le sacaron del vehículo, algunos vecinos le preguntaron por qué estaba esposado y si había ocurrido algo en su casa, pero Vito no respondió a nadie. Una vez en el piso, Vito se quedó en la entrada escoltado por dos policías mientras cinco más registraban su habitación, guardaban ropa y algunos objetos en bolsas y hablaban con sus padres.

A él no le permitieron hablar con nadie.

Desde donde estaba vio a Ana y a Felipe asomados al final del pasillo. Si no fuera por todo lo que estaba pasando, casi se diría que la estampa era cómica: dos cabecitas, una encima de la otra, asomando por la esquina.

—No sabemos qué hacer con él. Hace dos días, sin ir más lejos, mandó al hospital a su hermano de una paliza. A este paso va a acabar con nosotros.

Vito oía a su padre hacerse la víctima ante los policías y a su madre llorar. Sintió crecer el odio a su familia dentro de él, pero no abrió la boca. Sabía que le habían pillado y que, dijera lo que dijera, no tenía solución.

Luego se lo llevaron a la comisaría. No le hicieron ninguna pregunta, lo metieron en una celda que tenía un váter y una cama y se olvidaron de él durante el resto del día.

Pero él quería hablar, necesitaba avisar a los policías de lo que estaba ocurriendo en su casa.

—¡Por favor! ¡Es cuestión de vida o muerte!

Sin saber si estas últimas palabras habían sido el motivo de que le hicieran caso o el escándalo que estaba armando, Vito oyó unos pasos que se acercaban.

Un policía abrió la puerta y se quedó parado sin entrar en la celda. Vito hizo amago de acercarse, pero el policía levantó una mano para indicarle que no se moviera del sitio.

—Dime.

—Necesito hablar con alguien.

—Yo soy alguien.

Vito tomó aire para conseguir tranquilizarse y hablar de modo que le pudiera entender.

—Necesito que alguien haga algo. Mi hermana está en peligro.

—Igual tendrías que haberlo pensado antes de matar a un niño.

Vito recibió como un bofetón las palabras del policía.

—Esto no tiene nada que ver con el niño. Por favor, que alguien vaya a mi casa y la saque de ahí.

Al policía lo que menos le apetecía era escuchar tonterías, lamentos o embustes.

—¿Qué le pasa a tu hermana?

—Mi padre y mi hermano la tocan. Antes estaba yo para defenderla, pero ahora…

Le señaló la celda con impotencia.

—¿Y por qué debería creerte? —preguntó el policía.

—Porque digo la verdad. Por favor, mande a alguien a mi casa y pregúntenle a ella.

—Hemos estado antes contigo allí y nadie ha dicho nada. Yo he visto muy bien a tus hermanos. Lo que sí me han contado tus padres son tus arrebatos de violencia.

Vito empezó a llorar.

—Por favor…

El policía respiró hondo.

—Mira —dijo—. Haremos una cosa. Voy a hacer una petición para que envíen a alguien de servicios sociales a tu casa para que se entreviste con tus hermanos y tus padres. A cambio, tú dejas de dar el coñazo.

—Prometido. Pero que hablen con Ana a solas. Delante de mis padres nunca dirá la verdad porque tiene miedo.

—No creo que la gente de servicios sociales necesite que un asesino de diez años les explique cómo hacer su trabajo.

Vito asintió, prudente.

—Gracias.

—Ya…

El policía se fue.

Vito dio vueltas por la celda hasta que sintió que se mareaba. Se tumbó en la cama e inmediatamente se durmió agotado por ese día tan largo que había vivido.

Soñó con Ana.

CUARENTA Y UNO

Las siguientes dos semanas fueron bastante tranquilas para Toni. A su rutina de ir de casa al trabajo y del trabajo a casa, había introducido la variante Lidia. Ahora quedaban casi todas las tardes y alguna noche.

La relación avanzaba relajada. Lidia entendió desde el principio que Toni no era la típica persona que se arrebataba y se lanzaba a la piscina desde el primer momento. Sabía que había algo que le frenaba y que tenía que curar antes de poder darse al cien por cien. Por suerte, ella no tenía prisa.

Durante mucho tiempo había notado la necesidad de sentirse en pareja y seguir todos los rituales que se le presuponen a una mujer de su edad: echarse novio, casarse, tener hijos... Después de varios fracasos bastante estrepitosos, decidió quedarse sola un tiempo y disfrutar de ella misma. Eso le gustó, la hacía sentir bien. Cuando apareció Toni como una realidad (no solo como un potencial flirteo de trabajo), quiso preservar esta parte de ella que había descubierto y tanto le satisfacía.

Quedaban a tomar algo o a cenar, alguna vez practicaban sexo en alguna de las dos casas, casi siempre en la de ella. Incluso una noche durmieron juntos, más porque el sueño los venció que porque tomaran una decisión consciente, pero fue agradable para los dos.

Toni guardó el puzle debajo de su cama y se suscribió a una plataforma de series y películas por miedo a que ella fuera a su casa algún día y no tuvieran ninguna actividad para entretenerse.

Estaba contento con su nueva rutina.

Cuando volvió a aparecer Fernando a la salida del taller, en cierto modo le disgustó. Venía a romper esa calma, pero también le gustó volver a ver a su viejo (nuevo) amigo.

Con esa dualidad de sentimientos, fueron a tomar unas cervezas a un bar cercano.

—¿Qué tal has sobrevivido estas semanas sin mí? —preguntó Fernando apenas se sentaron.

—La verdad es que muy tranquilo, no te he echado nada de menos —respondió Toni, en parte porque era verdad y en parte por fastidiarle.

—Que sepas que he estado trabajando para nosotros.

—¿Para nosotros?

Fernando sacó un papel doblado en cuatro y se lo pasó sin poder reprimir una sonrisa.

Toni miró el papel, era un trozo de una hoja de libreta arrancado sin cuidado. Lo desdobló y el estómago le dio un vuelco.

—¡La he encontrado! —exclamó Fernando triunfante.

—Está en San Sebastián —susurró Toni sin poder dejar de mirar el papel.

—¡Correcto! Se llama Sofía y vive en San Sebastián.

—Sofía López Gómez.

—¿Quién es el mejor? ¿Quién se merece otra cerveza? —exclamó Fernando eufórico—. Voy a mear, pillo dos birras y de paso una de pulpo para celebrarlo.

Toni dobló el papel.

Habían encontrado a Amanda.

¿Deberían ir a buscarla o llamarla por teléfono?

¿Sería mejor dejarlo todo como estaba?

Sabía que eso era imposible. Hay puertas que una vez que se abren ya no se pueden cerrar.

¿Cómo estaría ahora? ¿En quién se habría convertido?

Estuvo tentado de llamarla en ese mismo instante, pero se frenó sabiendo que esa era la peor decisión posible. Podría denunciarlos o desaparecer. Nada le aseguraba que quisiera volver a saber de ellos.

Habían encontrado a Amanda.

¿Y ahora qué?

CUARENTA Y DOS

¿Sabes por qué estás aquí?

Ponce miró a los dos policías que estaban delante de él y luego a su madre. Esta contenía las lágrimas lo mejor que podía. Detrás de ella había un señor mayor que no abrió la boca en ningún momento.

—Fernando, ¿sabes por qué estás aquí? —repitió el policía más joven.

—Por el niño que salió en el telediario.

—¿Por qué lo matasteis?

La madre miró sorprendida el cambio de tono del funcionario.

Ponce intentó defenderse.

—Nosotros no… nosotros no lo hemos matado.

—Sabemos que habéis sido vosotros, solo quiero que nos cuentes cómo ocurrió.

—Nosotros no hemos hecho nada.

—Tus amigos dicen que fuiste tú el que tiró las piedras.

—¡Eso es mentira! Yo no fui el primero.

—No fuiste el primero. ¿Fuiste el segundo? ¿El tercero?

Ponce rompió a llorar.

—Yo no fui. Nosotros no fuimos. Igual fueron unos niños mayores…

—Fernando —dijo el policía acercándose un poco y bajando la voz—, tenemos las imágenes de las cámaras de seguridad de la calle. Tenemos su sangre en tu chaqueta y en tu zapatilla. Por favor, no me mientas.

—¡Yo no fui! ¡Yo no fui!

—¿Quién entonces?

—No lo sé.

—No tengas miedo de lo que te puedan hacer tus amigos. Ellos no pueden verte. Nadie va a saber lo que digas aquí.

—No lo sé, yo no vi nada.

—¿Nada de qué?

Ponce lloraba cada vez más.

—No vi nada.

—Sabemos que estabas allí con Gustavo y con Amanda. ¿Qué pasó?

—Algo muy malo, no puedo decirlo.

—¿Qué hicisteis?

—No puedo decirlo.

—Fernando, ¿qué hicisteis?

—No lo sé, yo no vi nada. No lo sé.

—Acabas de decir que hicisteis algo muy malo. ¿Qué fue?

—¡Quiero irme a mi casa!

Ponce abrazó a su madre, que lloraba sin decir una palabra, horrorizada al imaginarse a su hijo cometiendo semejante atrocidad.

—Fer, tienes que responder.

—¡Quiero irme a casa! ¡Yo no sé nada!

El policía mayor le habló más calmado.

—¿De quién fue la idea de coger al niño?

Al notar que le presionaban menos, Ponce se tranquilizó un poco.

—Se vino solo. Estaba en la calle y se vino solo.

—Fernando, sabes que eso no es verdad.

—Se vino solo.

—¿Y de quién fue la idea de matarlo?

Ponce rompió a llorar más fuerte que antes.

—Vito.

—¿Gustavo?

Ponce asintió y se sorbió los mocos.

—No le gusta que le llamen Gustavo.

CUARENTA Y TRES

Al salir del hotel donde se alojaba, Fernando se dio cuenta de que había un tipo mirando dentro de su furgoneta. Se escondió detrás de un coche antes de que lo viera. El tipo tendría unos cincuenta años, era extremadamente delgado y llevaba el pelo corto para disimular una ligera calvicie en la parte de arriba.

Fernando maldijo en voz baja sin dejar de observar cómo el extraño le hacía una foto al morro de la furgoneta y luego entraba en el hotel. Con cuidado, cambió de escondite para poder ver mejor. El tipo le enseñaba algo (Fernando supuso que una placa) al recepcionista. Este movía los brazos en lo que parecía una descripción física de Fernando.

No le hizo falta ver más. Se marchó de allí.

Toni volvía de comer con Lidia cuando vio a su amigo apoyado en un coche cerca de la puerta del taller. Le dijo a la chica que enseguida entraba y se acercó a Fernando.

—¿Qué pasa?

—¿Esa es tu churri? Vaya pibón.

—Si vuelves a hablar así de ella, te arranco la cabeza.

Por algún motivo, a Toni no le gustaba compartir su vida personal con su amigo. No es que desconfiara de él, pero sentía que debía mantener las cosas separadas.

—Perdona, tío —dijo Fernando con cuidado.

Toni le golpeó en un hombro.

—Es una broma. Un día de estos te la presento. ¿Qué pasa?

Fernando se recompuso en un segundo y esgrimió su mejor sonrisa de vendedor.

—¿Nos vamos a ver a Amanda?

—¿Cuándo?

—Ahora. Bueno, ahora no, cuando salgas de trabajar.

Dentro de Toni se desencadenó un conflicto que apenas exteriorizó.

—No es tan fácil. Me tienen que dar los días libres en el trabajo y eso no es tan sencillo de un día para otro. Podríamos ir el puente.

Fernando se vino abajo, faltaba más de un mes. No podría permanecer en Cartagena tanto tiempo ahora que lo habían localizado.

—Pensaba que tenías las mismas ganas que yo.

—Y las tengo, pero lo que no tengo es la misma libertad que tú.

—Tienes la libertad que quieras tener.

Toni sonrió.

—¿Eso es de un libro de autoayuda que estás leyendo?

—Va, no me jodas. Seguro que si le dices al jefe que tienes a un familiar enfermo o algo así te da una semanita. ¿Va a despedirte y a buscar a otro que trabaje tan bien como tú solo por eso? —argumentó Fernando.

Esta vez sí dejó a su amigo pensativo de verdad.

—Voy a planteárselo, pero no prometo nada.

—Yo voy a ir igual. Tú decides si te apuntas. Si no, nos haremos unas selfis y te las enseño luego.

Toni sonrió, le empujó y se fue hacia el taller.

—Luego te llamo.

Fernando sonrió mientras lo veía alejarse.

Ya sabía cuál sería la respuesta.

Ahora solo le faltaba vender la furgoneta y conseguir otro vehículo.

CUARENTA Y CUATRO

No pude hacer nada, lo siento.

—¿Lo intentaste?

—Por supuesto, pero ellos son chicos y son más fuertes que yo.

Amanda se sentía cómoda en el interrogatorio. Sentada entre sus padres, que la creían a ciegas, notaba que llevaba las riendas de la conversación.

Estudió a los dos policías y enseguida notó que el mayor mostraba más empatía por ella, quizá porque tenía una nieta de su edad, o una hija, daba igual, el hecho es que si tenía alguna oportunidad era con él.

El policía joven era mucho más profesional, más neutro, incluso un poco agresivo. Amanda dedujo que no controlaba bien sus nervios. Podría ser divertido sacarle de sus casillas. Por otro lado, se dio cuenta de que trataba de engañarla con equívocos y contradicciones, así que decidió centrarse en el mayor para evitar cometer ningún desliz.

Al fondo de la sala había un señor mayor, Amanda supuso que sería el fiscal de menores, porque si fuera su abogado habría intervenido ya, pero nadie se lo presentó.

—Fernando ha dicho que fuiste tú la que tuvo la idea de llevaros al niño —dijo el policía joven.

Amanda lo miró, posiblemente eso fuera mentira. No debía caer en esas trampas.

—No creo que Fernando haya dicho eso, es un buen chico y nunca dice mentiras.

—Pero tú has dicho que ellos te obligaron a colaborar en el asesinato del bebé —siguió el policía joven con tono de triunfo al haberla pillado en una contradicción.

—¿Un bebé? Creo que se equivocan. Nosotros no hemos visto a ningún bebé.

—Hasta que cumplen tres años se les considera bebés —le aclaró el policía mayor.

Amanda consideró eso un pequeño triunfo, había conseguido meter al mayor en la conversación.

—¿Y cuántos años tenía el bebé? —preguntó directamente al policía mayor.

—Dos años y tres meses —le aclaró.

—Vaya… Cuánto lo siento.

El policía joven intervino.

—Amanda, no has respondido a mi pregunta.

—Ah, disculpe. ¿Cuál era la pregunta?

—Tú has dicho que Fernando es un buen chico que nunca dice mentiras, pero por otra parte que te obligaron a colaborar en el asesinato del bebé.

—Pero eso no es una pregunta —contestó ella.

—¿Nos tomas por tontos? —dijo el policía joven alterándose.

Amanda miró hacia atrás y vio al señor de la silla tenso, luego se dirigió al policía mayor.

—Los chicos pueden ser brutos, pero nunca dicen mentiras, al menos Fernando. Sus padres le dieron una educación muy rígida. Van todos los domingos a misa.

El policía joven intervino de nuevo.

—Si nunca dicen mentiras y dicen que fuiste tú quien tuvo la idea de secuestrar al bebé, entonces ¿es que fuiste tú?

—Eso es lo que me extraña. No es cierto, por lo que supongo que habrán tomado ustedes mal las notas.

—No son notas, lo tenemos grabado.

—Se equivocaría Fernando, entonces.

—¿Y de quién fue la idea?

—No lo sé. De uno de ellos, pero no sé cuál.

—¿No estabas allí?

—Sí, pero no me enteré bien.

El policía vio que así no iba a ninguna parte. Probó de otro modo.

—¿Sabes que vas a ir a la cárcel muchos años y que solo tendrás reducción de condena si colaboras?

—Sí, señor. Me encantaría poder colaborar para que se haga justicia y los padres del pobre bebé puedan descansar tranquilos.

Al ver que las tácticas de su compañero no funcionaban, el policía mayor trató de entrarle por otro sitio.

—¿Por qué lo matasteis?

—No sé por qué lo hicieron.

—¿Tú no estabas allí?

—Sí, pero no sé por qué hacen las cosas.

—Tú colaboraste, hay sangre en tu ropa y encontramos tus huellas en el cadáver y en algunos objetos que le rodeaban.

—Sí, es posible —respondió Amanda sin inmutarse—. Ya dije que los chicos me obligaron a colaborar. Me dio miedo que hicieran conmigo lo mismo que con el pobre bebé.

—¿Quién es el cabecilla?

—Disculpe, pero no sé qué es un «cabecilla». —Por supuesto que lo sabía, pero así ganaba tiempo para encontrar una respuesta.

—El líder del grupo, el que te amenazó de muerte.

—Nadie me amenazó de muerte, señor. Pero yo temía por mi vida.

El policía joven volvió a intervenir, cansado de la paliza que les estaba dando una niña de diez años.

—Si nadie te amenazó, entonces colaboraste de manera voluntaria. Eres igual de culpable que ellos.

—No, señor. ¿Usted no vio lo que le hicieron al niño, perdón, al bebé? ¿No hubiera tenido miedo?

CUARENTA Y CINCO

La cabeza de Toni era un torbellino. A cada decisión que tomaba, otra ocupaba su puesto, y así una y otra vez.

Estaba tan ensimismado que no notó que Lidia se encontraba justo a su lado.

—¿Todo bien?

—Sí —respondió Toni.

Ninguno de los dos se lo creyó.

—¿Algo que te ha dicho tu amigo?

—Un amigo común, de cuando éramos pequeños. Le han diagnosticado cáncer.

—¡Qué putada!

—Ya…

Toni cogió las herramientas para seguir desmontando la caja de cambios del Civic que se suponía que estaba arreglando.

—¿Está en Toledo? —preguntó ella.

—Sí.

—¿Vas a ir?

Toni respondió sin sacar la cabeza del capó.

—Me gustaría. A ver si llego antes de...

—¿Tan mal está?

—Por lo que me han dicho, sí.

Lidia le puso la mano en el brazo. Este tuvo el impulso de retirarlo, le costaba acostumbrarse a que le tocaran.

No lo hizo.

—Cuando acabe con esto voy a hablar con Paco.

—Claro. Supongo que no te pondrá problemas.

Pero se los puso.

Apenas terminó de volver a montar la caja de cambios, Toni fue a la oficina del dueño del taller. En contra de lo que pensaban Lidia y él, Paco no quería saber nada de dar vacaciones no programadas a nadie.

—¿Por qué no te vas el fin de semana?

—Porque no sé si llegará.

El dueño del taller negó con la cabeza como si le estuviera poniendo en un aprieto.

—Ya tuviste tus vacaciones. Si te doy otra semana, mañana los tengo a todos aquí «que si mi abuela...», «que si mi prima...».

—Paco, no te estoy poniendo excusas. Te estoy diciendo que mi amigo se está muriendo y quiero ir a verlo.

—Mira, todos tenemos problemas, y yo debo llevar un negocio.

Toni dejó pasar unos segundos para calmarse y no saltar por encima de la mesa de su jefe y destrozarle la cabeza con el aparatoso teléfono lleno de teclas que adornaba la oficina.

—Si no me das permiso, prepárame los papeles —dijo lo más fríamente que pudo.

—¿Me estás diciendo que si no te doy una semana de vacaciones te vas? ¿En serio? ¿Dónde vas a ir?

Ahora sí, Toni no pudo contenerse, alargó la mano por encima de la mesa y agarró a su jefe por la camisa. Después lo atrajo con violencia hasta que las dos caras quedaron prácticamente pegadas.

—Me voy a ir a Toledo. Empieza a buscar otro mecánico.

Luego lo empujó hacia un lado tirando la mitad de las cosas que había encima de la mesa, aunque su jefe (ahora exjefe) no llegó a caer.

Toni abrió la puerta rápido y salió de la oficina antes de que Paco recuperara el habla. Delante de él se encontró a varios trabajadores que se habían acercado al oír el alboroto, entre ellos Lidia.

—Luego te llamo —le dijo Toni, y abandonó el taller.

CUARENTA Y SEIS

Fue Ponce el que lo hizo.

—¿Él mató al bebé?

—Sí, señor. Nos encontramos al niño perdido en la calle y tratamos de llevarlo a la policía, pero Ponce se volvió loco y empezó a tirarle ladrillos a la cabeza. Cuando vimos que el niño estaba muerto...

Vito trató de llorar, pero sus lágrimas no salían. Hizo como que sollozaba esperando que en algún momento sus ojos le respondieran.

—Cuando vimos que estaba muerto, nos entró mucho miedo y por eso lo escondimos.

Y siguió forzando el llanto. Los policías miraban el espectáculo sin decir nada al respecto.

La madre de Vito, agotada de tanto llorar en su casa, escuchaba a su hijo como si fuera un extraño.

—Una testigo dice que el bebé ya tenía heridas en la cara cuando lo vio con vosotros —dijo el policía mayor.

—Es que se cayó. Como era pequeño y andaba mal, se tropezó y se cayó.

—¿Y por qué no pedisteis ayuda a la señora?

—Era una desconocida, preferimos llevarlo a la policía.

—Preferisteis matarlo.

—¡Fue Ponce!

—Él dice que fuiste tú.

—¡Mentira! ¡Yo no he hecho nada!

Vito intentó llorar de nuevo, pero sentía que cada vez le salía peor.

—Tienen que salvar a mi hermana.

El policía joven intervino.

—Aquí no estamos por tu hermana. Habéis matado a un niño.

—Pero ella está en peligro.

Los dos policías miraron a la madre de Vito.

—Últimamente está obsesionado con eso. Como saben, atacó a otro de mis hijos unos días antes de…

—¡Mamá!

—Si no les importa, prefiero esperar fuera mientras hablan con él —dijo la madre de Vito.

—Lo siento, al ser menor tiene que estar presente un adulto todo el tiempo —le dijo el policía mayor, sin duda poniéndose en el lugar de ella—. Si lo prefiere, puede sentarse al fondo de la sala.

La madre de Vito hizo un gesto de agradecimiento, cogió su silla y se sentó junto a la puerta, cerca de un señor mayor que estaba allí callado.

Vito supo que estaba solo.

—Gustavo, hemos enviado a una persona de servicios sociales a tu casa y no ha encontrado nada raro. Es mejor que dejes ya las falsas acusaciones contra tu padre y nos centremos en lo que has hecho.

—¡Que no he sido yo!

Desde la distancia, la madre no tuvo más remedio que intervenir:

—Por favor, Gustavo, bastante daño has hecho ya.

Vito se levantó de la silla y se giró hacia su madre.

—¡Por tu culpa va a pasar algo muy malo!

El policía joven obligó a Vito a sentarse.

—¿Te parece poco el mal que has causado? No solo has destrozado a la familia de Antonio, porque el niño al que habéis matado tenía un nombre, Antonio, sino que también pareces empeñado en destruir la tuya.

El policía mayor cogió el testigo de su compañero.

—En tus manos y en tu ropa hemos hallado restos de esmalte de uñas azul. Tenemos las imágenes de la cámara de seguridad donde se te ve robando ese pintauñas.

Vito trató de calmarse.

—Le pinté la cara jugando, como hacen esos de los centros comerciales en Navidad. Al niño le gustó que le pintase.

—¿Con esmalte de uñas?

—Es lo que tenía de color.

El policía cogió un informe de encima de la mesa.

—Según el examen del forense, las pinturas se aplicaron por encima de las heridas. Tuvo que escocerle mucho y seguro que se puso a llorar. ¿A eso llamas tú jugar?

Vito guardó silencio.

—¿Por qué lo matasteis?

El niño continuó sin decir nada y bajó la cabeza.

—Gustavo.

Vito alzó la vista despacio y miró a los policías.

—¿Van a ayudarme con lo de mi hermana?

Los policías se miraron entre ellos, agotados.

—Creo que eso ya lo hemos hablado.

Vito asintió y se dirigió al hombre sentado al fondo de la sala.

—Estoy cansado, no voy a hablar más.

CUARENTA Y SIETE

¡Bienvenido a bordo!

Fernando estaba encantado. Había recibido el mensaje de Toni y no había tardado ni diez minutos en plantarse delante de su casa para recogerlo.

—Vámonos —dijo Toni de mal humor.

—¿Qué pasa?

—Nada. Vámonos.

Fernando arrancó y empezó a circular por las calles de Cartagena.

—¿Has cambiado de furgoneta?

—Sí, la otra estaba muy cascada y vi esta tirada de precio, así que vendí la vieja y la pillé.

En ese momento sonó el teléfono de Toni. Era Selmo.

Toni bajó el volumen de la radio y le dijo a Fernando que aparcara a un lado y apagara el motor.

—¿Sí?

—¿Qué ha pasado? —preguntó Selmo muy serio.

—¿Ya te has enterado?

—Por supuesto. Creo que deberíamos hablar.

—Sí, claro. Te cuento…

—Prefiero que vengas, ¿puedes?

Si algo le molestaba a Toni era que le cambiaran los planes, pero sabía que si no iba podría tener problemas.

—En quince minutos estoy allí.

Dieron la vuelta y Fernando lo dejó a dos manzanas del despacho de Selmo. Toni le pidió que no se acercara más por si él estaba mirando por la ventana.

Apenas se bajó de la furgoneta sonó el móvil de nuevo. Esta vez era Lidia. Toni respondió con urgencia; estaba empezando a agobiarse.

—Ahora te llamo —dijo sin saludar siquiera.

—Vale. ¿Estás bien? —preguntó ella.

—Sí, ahora no puedo hablar, te llamo en quince minutos.

Y colgó sin esperar respuesta.

Selmo lo recibió muy serio. Esta vez no hubo café.

Toni fue directo al grano.

—Supongo que te habrá llamado Paco. Llevamos un tiempo en que está en plan negrero. Le he pedido unos días libres y se ha puesto como un animal, insultándome y diciendo que todos queremos robarle y cosas así.

—No es eso lo que me ha dicho.

—Puedes creer a quien quieras.

—Dice que quieres ir a Toledo a visitar a un amigo enfermo de cáncer. Los dos sabemos que eso es mentira.

Le había pillado. Toni solo quería marcharse de ahí, no soportaba que lo acorralasen. Trató de respirar tal y como el propio Selmo le había enseñado.

—Sí, eso no era verdad —admitió—. Le dije lo de Toledo porque últimamente he estado haciendo muchas horas extras que me ha dicho que no piensa pagarme. Quería tomarme los días que me pertenecen.

—¿Tiene algo que ver con la chica con la que me dijiste que estabas?

Toni se relajó, si preguntaba por Lidia es que no sospechaba que Fernando hubiera vuelto o que fueran a ver a Amanda.

—No. Al contrario, ella también trabaja ahí. Al dejar el trabajo la voy a ver menos. Es que no soporto que me traten como a un esclavo.

—Pero no puedes ir por ahí con mentiras para conseguir tus propósitos. Si tienes problemas con alguien, lo hablas claramente y ya después tomas tus decisiones, pero así no.

Toni fingió arrepentimiento y asintió.

—Tienes razón, lo siento.

Selmo pareció un poco más relajado.

—¿Quieres un café?

—Hoy no. Quiero ir a casa y estar tranquilo.

—Si quieres, llamo a Paco e intercedo para que vuelva a contratarte.

—Prefiero que no. Ya te he dicho que no me gusta cómo nos trata a los mecánicos. Mañana mismo empiezo a buscar otro taller.

Selmo quedó conforme y Toni consiguió salir del despacho antes de que se cumplieran los quince minutos que pronosticó.

Aún le faltaba hablar con Lidia. En cuanto pisó la calle, la llamó.

—Hola —dijo sin saber bien cómo afrontar la conversación.

—¿Cómo estás? —preguntó ella.

—Siento el numerito de antes. Perdona.

—No te preocupes, alguien tenía que cantarle las cuarenta. Me alegro de que hayas sido tú.

Toni sonrió. Lidia le gustaba mucho, pero necesitaba saber qué había pasado con Amanda.

—Estoy un poco… nervioso, pero creo que bien. Cuando vuelva buscaré otro trabajo.

—¿Cuánto tiempo estarás fuera?

—No sé, creo que no mucho, una semana o así.

—Tómate el tiempo que necesites, yo estaré aquí.

Durante un segundo Toni se sintió mal por mentirle, pero al segundo siguiente entendió que era necesario y ya no tuvo más remordimientos.

—En cuanto sepa algo te aviso.

—En cuanto me avises, tendré un regalo preparado para tu vuelta —dijo divertida.

—Un regalo, ¿eh? —añadió él siguiéndole el juego.

—Sí. Pero hasta que no vuelvas no sabrás lo que es.

—Tendré que regresar pronto, entonces.

—Eso espero.

Los dos se quedaron callados unos segundos, valorando cómo terminar esa breve despedida. Lidia estuvo a punto de decir algo cariñoso. Toni, de poner alguna excusa. Los dos se cortaron.

—Bueno, tengo que volver a trabajar —dijo ella.

—Muy bien. Intenta no insultar demasiado a Paco.

—No será por falta de ganas. Buen viaje.

—Gracias.

Toni colgó. Sabía que si hubiera respondido algo más, la conversación se habría alargado otros cinco minutos, y quería emprender el camino cuanto antes.

CUARENTA Y OCHO

Blanco llegó hasta la puerta del hotel Alfonso XIII. Efectivamente, tal y como le habían dicho, la furgoneta estaba allí.

Se acercó a mirar el interior, pero no vio nada destacable. Hizo varias fotos al morro del vehículo y entró en el hotel.

Se presentó al recepcionista como policía, aunque en ese momento no lo era, y le enseñó su antigua placa. A pesar de que la furgoneta no estaba en el aparcamiento del hotel, el empleado pudo describirle bastante bien al dueño. También le enseñó la ficha de admisión.

Blanco apuntó el nombre, Ángel López Gómez, y el número de DNI. Preguntó si podía entrar a ver la habitación, pero el empleado dijo que a eso no podía acceder. Necesitaba una orden del juzgado y, en cualquier caso, eso tenía que determinarlo el gerente. Él solo era el recepcionista.

En cuanto volvió a su coche, Blanco pulsó el botón de llamada en el volante. Sonaron cuatro tonos. Estaba a punto de cortar cuando respondieron.

—¡Blanco! ¿Cómo vas?

—¿Puedes comprobarme un carnet?

—No me jodas, que me vas a meter en un lío —dijo la voz al otro lado del teléfono.

—Sabes que por mirar un carnet no te metes en líos —respondió Blanco.

—Lo que no quiero es que te metas tú.

—Tú no te preocupes por mí.

Blanco le pasó los datos. Tras cinco segundos, su antiguo compañero le dio el mismo nombre que le había facilitado el recepcionista del hotel.

—Pero hay algo raro —dijo—. Antes de los diecinueve años, esta persona no existía.

—No me jodas. ¿Es falso?

—O falso y metido en el sistema, o protección de testigos.

—¿Tienes manera de averiguarlo?

—Necesitaría un par de días. Tengo que remover unas cosas.

—Dos cervezas si lo consigues.

—Me debes ya dos barriles.

—Entonces tres barriles.

Al otro lado se oyó una pequeña carcajada.

—Ve con cuidado, por favor.

—Descuida.

Blanco colgó pensativo. Igual el tipo que estaba buscando era un profesional. Debería andarse con ojo.

Miró la fachada del hotel. Desde donde estaba se veía tanto la puerta como la furgoneta.

Esta vez no se le iba a escapar.

CUARENTA Y NUEVE

Yo solo le pinté la cara de azul, el resto lo hicisteis vosotros! Ponce, Vito y Amanda estaban sentados delante de los dos policías. Tras varios días de interrogatorios donde los chicos habían ido cambiando una y otra vez sus versiones, los policías habían decidido juntarlos en un careo para ver si sus propias contradicciones los enfrentaban y conseguían sacar algo en claro.

Lo único que sabían con seguridad era que Vito había pintado al bebé con el esmalte de uñas. En todo lo demás, los niños no se pusieron de acuerdo.

Al fondo de la sala, las madres de Vito y Ponce y los padres de Amanda escuchaban encogidos y agotados la discusión de sus hijos.

—¡Eso es mentira! ¡Fuiste tú el que tiró la primera piedra! —gritó Ponce.

—Yo no lo recuerdo así —intervino Amanda—. Yo creo que la primera piedra la tiró Ponce.

—Pero ¿qué dices? ¡No seas mentirosa! —se defendió este.

Mientras hablaba, Amanda y Vito se miraron un par de segundos que desde fuera parecieron pocos, pero que ellos vivieron como una eternidad.

Vito entendió el mensaje.

—No estoy de acuerdo —dijo Vito—. Recuerdo que la tiró Amanda.

—¡Eres un cerdo! —respondió ella—. Yo no tiré ninguna de las piedras, solo ayudé a enterrarlo.

—Yo estaba allí y lo vi —dijo Vito—. El que lo enterró fue Ponce. Las piedras las tiraste tú.

Ponce vio a sus dos amigos enzarzados, se quitó las lágrimas y decidió meter baza.

—¡Los dos mienten! Vito tiró las piedras y... y entre los tres lo enterramos.

En los ojos de Amanda asomó una sonrisa casi imperceptible que solo Vito pudo apreciar.

—¡No intentes proteger a Amanda! Sabes que fue ella la que lo hizo —gritó Vito.

—A mí no tiene que protegerme nadie porque yo no hice nada. Ponce, sabes que fuiste tú, no lo niegues.

—¡Que yo no fui! A ver si vas a ser tú y no Vito...

Los policías los observaban esperando el momento en el que se traicionaran a sí mismos.

—¡Eso no es cierto! —dijo Vito, y miró a Amanda—. Se tiró él solo las piedras y luego nosotros le enterramos, por eso nos manchamos de sangre.

Ponce soltó un amago de carcajada.

—¡Eso es! Tiró las piedras hacia arriba y le cayeron en la cabeza —añadió.

—Sí, eso es lo que pasó, señores policías, yo estaba allí y lo vi —dijo Amanda.

—Es que como era muy pequeño era muy torpe —dijo Ponce conteniendo la risa.

—Sí. No le gustó como le pinté, quiso tirarme una piedra y acabó dándose a sí mismo —apostilló Vito.

—Eso es correcto. Se tiró cincuenta ladrillos en la cabeza de torpe que era —añadió Amanda.

—Sí, los tiraba para arriba y... —Ponce no pudo continuar porque se ahogó en su propia carcajada.

Los padres estaban descompuestos. Nadie había esperado un espectáculo así.

El señor mayor de la silla se puso en pie. Aunque no dijo nada, parecía a punto de explotar.

Los policías llamaron a unos funcionarios para que se llevaran a los niños. Ellos intentaron abrazarse, pero se lo impidieron. Tuvieron que sacarlos a empujones de la sala.

—¡Os quiero! —gritó Amanda mientras se la llevaban—. Siempre vais a ser mis mejores amigos.

—¡Siempre juntos! —gritó Ponce.

—¡Los mejores amigos! —añadió Vito.

Cuando por fin abandonaron la sala donde se había producido el intento de interrogatorio, solo dejaron atrás desolación, tristeza y vergüenza.

CINCUENTA

Los primeros kilómetros fueron los dos callados. Toni porque seguía con una tormenta dentro de la cabeza, Fernando por miedo a meter la pata.

Pero ya se sabe que es difícil luchar contra la propia naturaleza, de modo que Fernando no tardó en abrir la boca.

—¿Qué tal te ha ido?

¿Qué tal le había ido?

Toni pensó que con Selmo la cosa podría haber sido peor, y que Lidia se lo estaba poniendo fácil porque estaba a favor de todo lo que a él le pasara. Si la pregunta era qué tal había ido con ellos dos, la respuesta parecía bastante sencilla.

Por otro lado, acababa de dar un salto mortal; había abandonado su rutina y una vida totalmente organizada para buscar, junto con una persona que distaba mucho de estar equilibrada, a alguien que probablemente no quisiera ver a nadie que le recordara lo que hizo a los diez años.

La pregunta realmente no era qué tal le había ido, sino qué tal le iría.

Y para eso no tenía respuesta, obviamente.

—Normal —respondió por decir algo.

—¿Se ha puesto muy bruto tu psicólogo?

Toni no quería pensar en lo que dejaba atrás.

—¿Sabes algo más de Amanda?

Fernando sonrió con picardía.

—Algo sé, pero no te lo pienso contar.

—¿Cómo que no?

—Es sorpresa.

—Sabes que puedo obligarte a hablar —dijo Toni entrando en el juego infantil que tantas veces habían repetido.

—Inténtalo, a ver si tienes huevos.

Toni se abalanzó sobre Fernando. Este, por la sorpresa, dio un volantazo que estuvo a punto de sacarlos de la carretera.

—¿Estás loco?

—Dime todo lo que sepas.

—La verdad es que no sé demasiado —dijo Fernando sonriendo—. Cuando di con su nombre empecé a buscar por redes sociales. No estoy seguro, pero intuyo cosas.

—¿Sabes si tiene pareja?

—¡Qué cabrón! ¡Para eso vienes! Para acabar lo que dejaste a medias.

—No seas imbécil. Si no nos dio tiempo ni a empezar.

—Primero: no me llames imbécil —contestó Fernando—. Segundo: ¡eres una máquina de follar! Yo de mayor quiero ser como tú.

—No te pases, que te reviento.

—Si me tocas, tiro la furgoneta contra un puente.

Toni levantó las manos en son de paz.

—La verdad es que no lo sé. Espero que no —siguió Fernando.

—Y yo —añadió Toni.

—Si está soltera, no me dejéis apartado, no me jodas, que el que la ha encontrado he sido yo.

Toni se rio.

—Con tal de perderte de vista haría lo que fuera.

—¿Hasta follarte a un callo?

—Hasta follarme a tu madre.

Fernando levantó un dedo amenazante, aunque con gesto burlón.

—¡Cuidado con lo que dices!

Toni se rio y no contestó nada. Buscó alguna emisora en la radio en la que pusieran música decente.

—¿Estará buena?

—¿Te imaginas que es modelo? —preguntó Toni.

—¿Te imaginas que es un trol? —dijo a su vez Fernando.

La furgoneta avanzaba por la carretera.

Cada vez estaban más cerca.

CINCUENTA Y UNO

Lo necesito.

—Ahora mismo no es posible. Podríamos solicitarlo para después del juicio, pero antes no te dejarán hablar con ellos.

Chema miraba a su mujer hablar con el abogado sentado en una de las sillas del despacho. Todo a su alrededor le parecía muerto: la decoración, las sillas tapizadas en cuero, la mesa de madera rancia, él mismo. Todo formaba un conjunto armónico carente de vida en el que lo único que desentonaba era Rebeca.

Ni el dolor más insoportable conseguía que rebajara su determinación. Chema sabía que ella había desplazado su tristeza transformándola en odio contra los niños que habían matado a Antonio, y ese odio lo encauzaba en una exposición pública que a Chema no le gustaba nada, pero que había decidido apoyar en un intento de que al menos su relación sobreviviera a la tragedia que vivían.

—Necesitamos encontrar el modo de verlos cara a cara. Que me expliquen qué pasó, por qué lo hicieron —dijo Rebeca dando vueltas por el despacho.

—Podría enviarle un escrito a la jueza, pero quiero que tengamos todos claro que será inútil. Solo servirá para que conste, porque no lo va a aprobar —replicó el abogado.

—Hazlo, y que sea ella la que diga públicamente que no puedo hablar con los asesinos de mi hijo.

Rebeca había asumido el rol mediático de azote de los criminales. Tras unos días de total reclusión, sin poder dormir ni comer y tomándose las pastillas que le había recetado la psiquiatra pagada por el ayuntamiento, llamó ella misma a los medios para dar su versión de lo sucedido. Chema fue el primer sorprendido. Al comentárselo, ella argumentó que, aunque ya no podía hacer nada por Antonio, sí podía moverse para que no hubiera más «Antonios».

Durante las últimas dos semanas, Rebeca se había paseado por diversos platós de televisión reclamando que se juzgara a los asesinos de su hijo como adultos o que se cambiara la ley para que los crímenes cometidos por menores no se trataran como simples travesuras.

La convicción y la fuerza de Rebeca a la hora de transmitir su dolor y su ira, unidos al gusto por la carroña por parte de las televisiones, habían hecho que no se hablara de otra cosa. A cualquier hora se podía encontrar la foto de su hijo fallecido en todas las cadenas y medios impresos. El nombre de Antonio estaba en boca de todos los locutores radiofónicos. Su dolor estaba en la mente de todo el país.

El problema para Chema no era solo la excesiva exposición a la que lo sometía su pareja, sino que, cuando estaban en casa, el trabajo de Rebeca no cesaba. Ahora ya no existían momentos juntos que pudieran calmar (nunca curar) las heridas; ahora solo había una obsesión, y era conseguir hacer el mayor daño posible a quienes se lo habían causado a ellos (aunque Rebeca se comportara como si fuera la única víctima).

Se había transformado en un espectador de su mujer. Su vida se reducía a asistir a sus llamadas, sus entrevistas y sus visitas al abogado en busca de una mayor repercusión de su caso; a ver cómo ella se derrumbaba cada noche convirtiéndose en poco más que un trozo de carne empastillado para poder dormir y cómo resucitaba cada mañana movida por el rencor.

Chema se había convertido en un figurante de su propia vida.

CINCUENTA Y DOS

Lo siento, no hemos reparado esa furgoneta aquí.

Blanco ya había visitado cinco talleres y el resultado había sido siempre el mismo.

Ninguno.

Tras pasarse todo el día vigilando la furgoneta y el hotel, llegó a la conclusión de que el tal López lo había descubierto de algún modo. No hallaba ni rastro del tipo, así que empezó a buscar pistas para descubrir dónde podría haber ido.

Lo primero que se le ocurrió fue que en algún sitio le habrían arreglado los golpes del morro de la furgoneta. Sacó de internet un listado de los talleres de Cartagena, se creó un itinerario para hacer los mínimos desplazamientos y comenzó a visitarlos uno a uno con bastante poco éxito hasta que se topó con el de Paco.

Le enseñó la antigua placa de policía y el dueño del taller se mostró encantado de tener a alguien con quien hablar.

—Sí, esa furgoneta la arreglamos aquí. —Paco sacó el parte de reparación y se lo mostró a Blanco—. Tenía el morro destrozado, como si se dedicara a aparcar de oído.

—¿Le cambiaron las piezas? ¿Tienen aquí las antiguas?

—Las enviamos al desguace. Igual puede localizarlas allí, o no, porque el Lechuga tiene siempre un caos en el que es imposible encontrar nada.

Blanco le pasó una libreta abierta por una hoja en blanco.

—¿Puede escribirme aquí la dirección del desguace?

Paco abrió un cajón, sacó una tarjeta y la puso sobre la página.

—Está llegando a Torre Pacheco. Se ve desde la carretera.

Blanco cerró el cuaderno con la tarjeta dentro.

—¿Algo más que recuerde sobre el vehículo o el conductor?

—Ahora que lo dice, sí.

El expolicía lo miró esperando a que continuara.

—El dueño de la furgoneta se acercó varias veces a hablar con uno que trabajaba aquí, Toni. No sé qué le diría o qué pasó, pero Toni se volvió gilipollas y me amenazó si no le dejaba irse unos días por ahí.

—¿Ya no trabaja aquí?

—Cuando le dije que no le daba vacaciones se puso hecho un animal y estuvimos a punto de llegar a las manos, ya me entiende. Por supuesto, lo despedí.

—¿Tiene algún dato sobre este Toni?

—Sí, un momento.

Paco se levantó y se asomó a la puerta.

—Lidia, tráeme el contrato de Toni y lo que haya de él de seguridad social y eso. —Volvió a su mesa sin dejar de hablar—. Le contraté porque me pidió el favor Selmo, uno que es psicólogo y a veces trabaja con los del juzgado. En qué momento… Seguro que ha estado en la cárcel o algo así.

—¿No le mostró el certificado de penales?

—No me mostró una mierda. Selmo me pidió el favor, y, como el chico tenía pinta de callado y trabajaba bien, lo contraté.

Lidia entró en el despacho con una carpeta, que dejó sobre la mesa.

—¿Tú sabes dónde está Toni? Este señor es policía y querría hablar con él.

—No. Desde que se marchó de aquí no he vuelto a saber nada —mintió ella, y salió.

—¿Puede darme el contacto de…? ¿Cómo era?

—Selmo. Anselmo, pero todos lo llamamos Selmo. Fuimos al colegio juntos. Sí, un momento.

Mientras Paco buscaba la tarjeta en su cajón, Blanco miró el encabezamiento del contrato.

Antonio López Gómez.

Los apellidos eran los mismos que los del tipo de la furgoneta. Blanco buscó entre sus papeles la documentación sobre Ángel que le habían enviado desde la comisaria.

No tenía familia.

¿Qué estaba pasando?

CINCUENTA Y TRES

Mientras Fernando echaba gasolina, Toni fue a tomar algo.

Entró en un pequeño restaurante disfrazado de mesón que había justo detrás de la gasolinera. Dos de las cinco mesas estaban ocupadas por parejas y no se veía a ningún camarero. Se quedó junto a la barra a la espera de que saliera alguien de la cocina.

Una familia con un niño de unos cinco años entró en el establecimiento. Toni los siguió con la vista.

—¿Qué le pongo?

Se volvió hacia el camarero como si lo hubieran pillado haciendo algo malo.

—Una cerveza y un sándwich mixto.

—Siéntese y ahora se lo llevo —dijo el empleado, y se metió de nuevo en la cocina.

Toni obedeció.

Nada más acomodarse en una mesa junto al ventanal, sonó el teléfono.

Era Lidia.

Aunque le fastidiara que le llamara tan pronto, Toni respondió.

—Hola.

—Hola, perdona que te llame, pero creo que tienes que saberlo.

Toni se incorporó un poco en la silla.

—¿Qué ha pasado?

—Ha venido un policía al taller y ha preguntado por la furgoneta de tu amigo. Paco le ha hablado de ti.

—¿Qué le ha dicho?

—Desde fuera no he podido escucharlo bien, pero he oído que le decía que os conocéis y que desde que apareció te has vuelto gilipollas.

—¿Nada más?

—Creo que quiere hablar contigo.

—¿No sabes de qué?

—No. Ni idea —dijo Lidia. Parecía lamentar no tener más información.

—Vale, gracias.

—Toni —dijo apresurada antes de que él colgara.

—Dime.

—¿Has... habéis...?

—¿Si hemos hecho algo malo para que nos busque la policía?

Lidia se quedó callada.

—No hemos hecho nada, al menos yo —prosiguió Toni—. Cuando vuelva, me acercaré a la comisaría por si puedo ayudar en algo.

Ella, que quería creerlo, se quedó mucho más tranquila.

—Te dejo, que tengo que cerrar un par de cosas antes de salir.

—Claro. Si quieres, esta noche te llamo y charlamos más tranquilamente.

—Me encantaría.

—Perfecto. Luego hablamos. Y gracias por decirme lo del policía.

—Seguro que es una tontería —respondió ella, y se maldijo por pensar mal de su pareja.

—Seguro que sí —dijo él, con ganas de matar a Fernando. Colgó.

Cuando por fin apareció su amigo, Toni casi había acabado su sándwich.

—¿Por qué te sigue la policía? —le preguntó sin darle tiempo a pedir.

Este miró hacia la puerta, sobresaltado.

—A mí no me sigue la policía —se defendió.

—Acaba de ir uno al taller preguntando por tu furgoneta.

—No es policía, aunque se identifique con una placa.

—¿Lo conoces?

—Deja que pida una cerveza y te cuento.

Fernando fue a levantarse, pero Toni lo cogió del brazo e hizo que se sentara de nuevo.

—Como me metas en un lío, te mato. Te lo juro.

Fernando se quedó mudo porque sabía que cuando Toni decía algo así no bromeaba.

—¿Qué está pasando?

—En Vigo tuve una movida con unos que no salió bien… Intentaron estafarme y cuando fui a reclamarles lo mío empezaron a pegarme. Si no llego a irme corriendo, habría ocurrido una desgracia.

Toni lo escuchaba en silencio.

—Estaba…, me volví loco. Tú sabes cuando se me pira, ¿no?

Pero su amigo no respondió.

—Cogí la furgoneta y me tiré contra ellos. Le di a dos y choqué contra las motos. Por lo visto, a uno le enganché bien y murió. El tipo que va de policía es el hermano de uno de esos. Era madero, pero lo pillaron en algo de contrabando o drogas o algo así y lo echaron.

—Y ha seguido la furgoneta.

—Sí. Lo vi esta mañana delante del hotel. He dejado la furgo allí y he comprado otra. Ahora no tiene forma de rastrearme.

—¿Y si ha sacado tus datos del hotel?

—Seguro que sí, pero es el nombre que me pusieron al salir del centro. Yo tengo papeles con mi nombre real también. No tiene modo de seguirme.

Toni asintió preocupado.

—Nada de tonterías. Si hay cualquier riesgo, quiero saberlo.

—No hay nada más —respondió su amigo—. Nada de qué preocuparse. Venga, anímate, vamos a pasarlo bien.

Fernando se levantó.

—Vámonos, que aún podemos tirar un par de horas antes de parar a dormir.

—¿No ibas a pedirte una cerveza?

—Bah, luego me tomo tres para compensar.

Toni sabía que Fernando era incapaz de mentir. Podía hacer cualquier cosa en un arrebato, pero mentir no. Esperaba que eso no hubiera cambiado.

Cuando montaron en la furgoneta vieron que, en el otro extremo de la gasolinera, dos chicas de apenas veinte años miraban el motor de su coche sin saber qué hacer.

—¿Te animas? —preguntó Fernando.

—¿Ahora?

—Bueno, son un poco mayores para mí, pero la aventura es la aventura. El mecánico eres tú, así que tú decides.

Toni pensó en Lidia y en Amanda, había sido un día muy largo y estaba cansado.

Pensó que con Fernando estaba recuperando la adolescencia que no había tenido.

Pensó que no estaba seguro de querer una adolescencia tardía y también que no estaba seguro de no quererla.

Pensó varias cosas más que no llegaron a fijarse en su cerebro y dejó de pensar.

Bajó de la furgoneta y fue hacia las chicas.

CINCUENTA Y CUATRO

¡OJALÁ TU MADRE HUBIERA ABORTADO! ¡HIJO DE PUTA!

Vito salió del coche de la policía que lo llevaba al juzgado. Cientos de personas esperaban la llegada de los tres niños.

¡TENDRÍAIS QUE ESTAR VOSOTROS MUERTOS! ¡NO SOIS MÁS QUE ANIMALES!

A pesar de que iba escoltado por seis agentes, Vito pensó que lo matarían ahí mismo. Algo pasó volando junto a él y no le dio en la cabeza por centímetros. Vito no llegó a identificar qué era.

No sabía dónde estaba la puerta del juzgado, no sabía cuánto tiempo podría aguantar la policía protegiéndolo, todo eran empujones e insultos.

¡HIJO DE PERRA! ¡ESPERO QUE TE VIOLEN EN LA CÁRCEL Y LUEGO TE MATEN!

Por un instante se le pasó por la cabeza que quizá alguno de los policías pensaba como aquella gente y dejaría que lo matasen. O quizá lo mataba directamente con su pistola.

Un coche se detuvo detrás de él. Se giró y vio salir a Ponce escoltado por otro grupo de policías.

Al menos la gente ya tenía a dos objetivos para insultar y no se centrarían solo en él.

Un bote de cerveza lleno le dio en un brazo. Sintió cómo se le dormía y un dolor punzante le subía hasta el hombro. Uno de los policías lo cubrió con su cuerpo mientras los otros luchaban por contener a la multitud. Lo estaban pasando mal también ellos.

¡ASESINOS DE MIERDA! ¡ESPERO QUE MATEN A TODA TU FAMILIA!

Vito miró las caras desencajadas de la gente, los hilos de baba saliendo de sus bocas, los cuellos tensos llenos de venas, igual que las sienes. Le pareció un espectáculo tremendo. De pronto se sintió como en una peli de zombis.

Pero no podía pararse a contemplarlos. La policía lo zarandeó tratando de abrirse paso.

Vito se giró para ver cómo le iba a Ponce. Llevaba la cara agachada y se protegía la cabeza con los brazos. Una señora trató de pegarle con un palo, pero un policía la paró.

Vito buscó a Amanda, pero no vio que vinieran más coches. Pensó que quizá había llegado ya.

¡OJALÁ TE DEJEN PARALÍTICO EN LA CÁRCEL A HOSTIAS! ¡NO MERECÉIS VIVIR NINGUNO DE LOS TRES!

Ya estaban en las escaleras. A pesar de las vallas había gente por todas partes. Empezaron a escupirle, primero una persona, luego varias. A Vito le pareció que aquello era demasiado. Que le insultaran e intentaran agredirle hasta cierto punto lo veía normal después de lo que habían hecho, pero escupir era una guarrada.

Bajó la cabeza para que no le dieran en la cara y pensó que antes del juicio pediría que le dejaran ir al baño para lavarse. ¿Cómo podía ser la gente tan asquerosa?

Intentó correr y, aunque el brazo le dolía mucho, empezó a empujar a la gente para conseguir avanzar. La policía también apretó el paso con él. Vito no volvió a mirar a Ponce hasta que cruzó la puerta.

Una vez dentro del edificio, lo pararon junto al control de acceso. Uno de los policías se adelantó para hablar con los de seguridad. Vito miró al que tenía justo a su derecha.

—Me duele mucho aquí —dijo señalándose el brazo—. Me han dado con una lata.

—Cuando lleguemos a la sala donde vas a esperar, llamamos a un médico para que te lo mire —respondió el policía muy serio, casi sin mirarlo.

—Gracias.

Como no obtuvo más respuesta, Vito se giró de nuevo hacia la puerta. Ponce ya había conseguido entrar y estaba rodeado de policías varios metros detrás de él. Tenía el pelo lleno de escupitajos y lloraba.

—¡Ponce!

Pero antes de que pudiera decirle algo para animarlo, un policía lo empujó y lo hizo avanzar por el pasillo.

Por el camino, Vito siguió buscando a Amanda con la mirada, pero no estaba por ninguna parte. ¿Le habría pasado algo?

Sentía pinchazos en el brazo. Se lo tocó y miró al policía con el que había hablado en el control de acceso, pero este no le devolvió la mirada.

Cuando pasaron por delante de unos aseos, Vito pidió entrar para lavarse un poco. Nadie dijo ni sí ni no, simplemente un policía entró para asegurarse de que no había nadie y luego le dijeron que podía pasar.

Escoltado por dos policías, Vito se lavó la cara y se empapó el pelo.

Por fin pudo asearse.

¡Qué asco de gente!

CINCUENTA Y CINCO

Me gustaría hablar con usted sobre Antonio López Gómez.

Selmo le hizo un gesto para que continuara.

En circunstancias normales le incomodaba hablar de sus pacientes, pero en este caso se trataba de su proyecto personal, por lo que se sentía doblemente incómodo.

—Es paciente suyo, ¿correcto?

—Sabe perfectamente que no puedo hablar sobre mis pacientes salvo que esté justificado en un caso muy concreto y a través de una orden del juez.

—Los dos sabemos que lo es, esa no es la cuestión.

—¿Y cuál es la cuestión?

Blanco sopesó sus opciones. El psicólogo no parecía dispuesto a ponérselo fácil. Decidió intentar involucrarlo de otra manera.

—Tengo indicios de que puede estar conectado con un asesinato en Vigo.

Selmo bajó la guardia por un momento, eso no se lo esperaba.

—¿Un asesinato? ¿Qué ocurrió?

—Un atropello con fuga.

—¿Un atropello es un asesinato?

—En este caso sí. Fue intencionado.

Toni involucrado en un asesinato… Al psicólogo le costaba aceptarlo. Conocía el historial de Toni y sabía lo que había hecho de pequeño, pero estaba rehabilitado y reinsertado. Por otra parte, los últimos hechos en el taller le inquietaban. Que hubiera dejado salir la violencia, aunque fuera verbalmente, no era buen síntoma.

—Ya veo… ¿Cuándo fue? ¿En qué fecha?

—Hace tres semanas.

Selmo respiró aliviado.

—Me consta que Antonio no salió de Cartagena en esa fecha —dijo.

El expolicía asintió.

—Sí, eso lo sabemos. Creemos que ha dado cobijo al principal sospechoso.

—Ignoro lo que hace ninguno de mis pacientes en su casa.

Blanco sonrió tratando de buscar la complicidad del psicólogo.

—Ya, imagino. ¿Ha notado algún comportamiento sospechoso en su paciente?

Toni no había cometido ningún asesinato, pero estaba claro que algo estaba pasando. Tenía que hablar con él tan pronto como le fuera posible. Si había algún problema, debía atajarlo antes de que se le fuera de las manos.

—Como he dicho, no voy a comentar nada acerca de mis pacientes.

—¿Prefiere usted colaborar con un cómplice de asesinato a colaborar conmigo?

Selmo se levantó. A Blanco le sobresaltó ver esa montaña de dos metros moverse hacia él.

Pero el psicólogo no fue hacia él. Pasó de largo y se dirigió hacia la puerta.

La abrió.

—Muchas gracias por su visita, espero que su investigación tenga éxito.

Ante la poco sutil invitación a marcharse, Blanco se levantó y se acercó a Selmo.

—Creo que se equivoca de enemigo.

Selmo sonrió.

—Yo no tengo enemigos —dijo y volvió a su silla—. Por favor, cierre al salir.

En cuanto se quedó solo, Selmo llamó por teléfono a Toni, pero este no respondió.

«¿En qué te has metido?», dijo para sí.

Cogió la chaqueta y salió a la calle.

En menos de diez minutos estaba delante del portal de Toni. Llamó al telefonillo. Nadie contestó.

Volvió a llamar por teléfono.

Nada.

CINCUENTA Y SEIS

Es un poco cutre, ¿no? —le dijo Ponce a Vito al oído. La sala era bastante más pequeña que el salón de actos de su colegio. Los tres niños estaban sentados en sillas en el centro. Justo delante se encontraban la jueza y unas personas que ellos no sabían quiénes eran. A la derecha, los tres abogados de oficio que los representaban; las familias no habían podido pagar abogados buenos (aunque Vito pensaba que realmente no habían querido), y esos eran los que les tocaron. A la izquierda, el señor que estuvo presente en los interrogatorios acompañado de más personas.

Detrás de ellos había sillas, pero todas se encontraban vacías. La jueza decidió que la vista se celebrara a puerta cerrada, así que no había público.

—Es todo muy pequeño. Nada que ver con los de las pelis —respondió Vito.

Amanda tocó con la punta de los dedos la mano a Vito. Este la miró y tuvo que contenerse para no darle un beso.

—Por favor, ¿pueden separar a los acusados? —dijo la jueza—. Esto no es un club social.

Varios policías hicieron levantar a los tres amigos y separaron sus sillas un metro, de modo que no pudieran tocarse.

Vito miró a la jueza, estaba repasando unos papeles y en ese momento le dio la palabra al abogado de la acusación.

Este empezó a decir lo malos que eran. Explicó todo lo que había pasado, pero pintándolos como si fueran los hijos del demonio. Ponce se puso a llorar. A Vito le pareció injusto que una persona a la que no había visto en la vida hablara así de él, pero el abogado continuó contando cómo engañaron a la señora con la que se cruzaron, cómo llevaron al pobre bebé a un edificio abandonado y cómo lo mataron sin piedad y con saña.

Amanda levantó la mano.

—¿Quería decir algo? —preguntó la jueza.

—¿Qué es «saña»?

La jueza respiró hondo y se pasó la mano por la cara antes de contestar.

—Insistencia cruel en un daño.

Ante la cara de incomprensión de la niña, la jueza lo intentó de otro modo.

—Hacer daño una y otra vez solo por hacer daño. ¿Así sí?

—Sí, gracias —respondió Amanda.

—Muy bien. Puede proseguir —le dijo la jueza al abogado.

Vito miró a Amanda, que seguía muy atenta la explicación del abogado, como si se encontrara en clase.

Cuando este terminó de hablar, empezó uno de sus abogados defensores, luego el otro y a continuación el último. Vito pensó que para decir los tres las mismas tonterías, mejor que hubieran tenido solo uno y habría sido menos pesado. Los abogados hablaron de la sociedad, de los videojuegos (lo cual le sorprendió porque ninguno de los tres tenía consola, aunque les hubiera encantado), de la violencia en la televisión y de un montón de chorradas más. A Vito le costaba prestar atención y se descubrió más de una vez pensando en su hermana o en el beso con Amanda en el mercadillo.

Ponce no dejaba de llorar. A Vito ya estaba empezando a cansarle. Se inclinó un poco hacia él.

—Para ya, ¿no?

—Es que hicimos una cosa muy mala.

—Sí, pero ya está hecha, no sirve de nada llorar.

—Les recuerdo que no tienen permitido hablar entre ustedes. Si continúan, me veré obligada a separarlos más —dijo la jueza.

Ponce sorbió los mocos e intentó no hacer ruido al llorar.

Cuando los abogados terminaron de hablar, unos funcionarios pusieron unas mamparas a los lados y delante de los chicos.

—¿Qué está pasando? —le preguntó Ponce a Vito.

Este se encogió de hombros. Ahora ya no podían ver ni a la jueza ni a ninguno de los abogados. Solo un guardia se había quedado detrás de ellos.

Los amigos oyeron pasos de varias personas y ruido de sillas delante de ellos, al otro lado de las mamparas, luego la voz de la jueza.

—¿Puede decirme su nombre completo?

Hubo un silencio muy largo. Los chicos se mantuvieron expectantes ante la duda de quién sería el «invitado sorpresa».

—Rebeca Castilla Cuevas —respondió otra voz.

Amanda miró a sus amigos y en voz baja les indicó que era la madre.

—Por favor, ¿podría contarme lo más objetivamente posible los hechos del día en que desapareció su hijo?

Hubo otra pausa demasiado larga.

—Quería comprarme un vestido… hacía mucho tiempo que no me compraba un vestido…

Los tres amigos se miraron entre ellos. Parecía que la mujer iba borracha. Hablaba extremadamente lenta y tenía la voz rara.

—La… me probé uno, pero no era mi talla y la chica que estaba en la tienda…

La madre del bebé se paró unos segundos.

—¿Se encuentra en condiciones de declarar? —preguntó la jueza.

—Sí, disculpe. Me he tomado la medicación por… la medicación que me ha dado la psiquiatra.

—Si lo prefiere, podemos aplazar su declaración.

—Sí, por favor —dijo una voz masculina—. Si pudiéramos aplazarlo hasta mañana. Le ha venido todo encima con lo del juicio…

—¡No! He venido a hablar y no quiero retrasarlo —respondió la madre alterada.

Esta frase provocó un gran silencio en toda la sala. Los chicos, al no tener posibilidad de ver nada de lo que pasaba, miraban muy fijos el muro que les habían puesto delante.

—Me despisté unos segundos buscando una talla más grande para el vestido y ellos me robaron a Antonio —dijo la voz de la madre de carrerilla—. Ellos me lo robaron.

Empezó a hacer un ruido muy raro. A Vito al principio le pareció que se reía, pero luego se dio cuenta de que sollozaba.

Observó a sus amigos.

Ponce había dejado de gimotear y miraba hacia la mampara con interés.

Amanda trataba de no dejar salir una sonrisa que se le adivinaba por la comisura de los labios.

—Ya no sé nada más. Yo no los vi. Busqué a Antonio, pero… Luego vino la policía…

—Muchas gracias —dijo la jueza tratando de ahorrarle sufrimiento.

—No los deje en la calle, por favor. Tiene que haber un modo de que no vuelvan a pisar la calle. No permita que se acerquen a ningún niño más. Por favor.

Hubo un pequeño forcejeo. A Vito le pareció oír la voz del hombre musitando algo y algunos movimientos bruscos.

—¡No permita que vuelvan a salir! —gritó la mujer.

Vito vio a Ponce con los ojos como platos. Se inclinó hacia él y, susurrando para que no le oyera la jueza, le dijo que no se preocupara, que en España no podían hacer eso.

—¿Seguro?

—Sí, eso solo pasa en Estados Unidos.

Ponce no contestó, siguió con la cabeza agachada escuchando cómo la madre del bebé lloraba y pedía que los tuvieran para siempre en la cárcel.

La jueza trató de hacer entender a la madre que no tenía potestad para cambiar la ley y que comprendía su dolor. Le explicó que, por muy atroz que fuera el asesinato que habían cometido, debían atenerse a la legislación y que dentro de ella aplicarían el castigo más contundente posible si se demostraba la culpabilidad de los acusados.

—¿Algo más que quieran preguntarme? —añadió la madre cortando a la jueza.

Nadie quiso sumar más dolor al dolor de la madre, así que no hubo más preguntas por parte de los letrados.

—Qué asco de abogados, no nos defienden nada —le susurró Amanda a Vito.

—Ya te digo.

Quitaron de nuevo las mamparas y ya no estaba la madre. A Vito le pareció un truco de magia barato.

El juicio continuó con la declaración de los policías que, por lo visto, habían llevado a cabo la investigación.

Esta parte de la vista sí tuvo a Vito bastante entretenido, era como asistir a un capítulo de una serie de investigadores. Contaron cómo rastrearon todos los posibles caminos entre la tienda y el edificio abandonado. Detallaron las cámaras de seguridad que los habían captado y las personas con las que se habían cruzado. Vito se sorprendió de todas las pistas que habían dejado a su paso. Pensó que si lo volviera a hacer debería tomar muchas más precauciones, pero enseguida se riñó a sí mismo por pensar eso en mitad del juicio.

Ponce había dejado de llorar hasta que los policías contaron que habían encontrado la chocolatina con ADN de la víctima y muchas huellas y ADN del acusado Fernando Ponce. Entonces se puso a gimotear como si se sintiera peor por eso. Amanda y Vito lo miraron mal, ya un poco hartos de su ñoñería.

Los agentes añadieron que habían encontrado sangre de la víctima en las ropas de los acusados, además de huellas de sus zapatos y dactilares en algunos objetos situados tanto donde le mataron como donde le sepultaron.

Declararon que no tenían ninguna duda de que los tres habían intervenido, aunque ignoraban cuál era el autor intelectual.

Luego interrumpieron la vista para comer. Se los llevaron a cada uno a un sitio distinto. Al pasar junto a Vito, Amanda extendió la mano y le tocó furtivamente un dedo.

Él comió solo en una sala pequeña acompañado siempre por dos guardias. Patatas con costilla, albóndigas y un yogur.

Estaba muy bueno.

Tras el descanso lo volvieron a llevar a la sala. Ponce por fin había dejado de llorar.

Un forense declaró que eran tantas las heridas de la víctima que les resultaba imposible determinar cuál le había provocado la muerte. Mostró un gráfico con los más de setenta traumas que había recibido el pequeño, y estuvo casi una hora detallándolos todos. Vito reconoció algunas de las heridas como hechas por él, pero empezaba a estar cansado de escuchar hablar todo el rato de lo mismo, así que se puso a pensar en sus cosas.

Luego declararon los dos policías que habían hecho los interrogatorios. Los tacharon de frívolos, maquiavélicos y carentes de arrepentimiento. Pusieron grabaciones de los interrogatorios. Vito se sorprendió de que su voz sonara así, él pensaba que era más grave. Por lo demás, le divirtió verse en la tele del juzgado.

El psicólogo con el que los tres estuvieron hablando tras el interrogatorio dijo que mostraban una alarmante falta de empatía. Contó que eran capaces de discernir el bien y el mal y que no había detectado ningún síntoma de enfermedad mental que les impidiese comportarse racionalmente. De hecho, destacó que Gustavo y Amanda mostraban una inteligencia superior a la media.

Vito se inclinó un poco hacia Ponce y le susurró:

—Tú ni caso, que no tiene ni puta idea. Además, tú eres el más fuerte de los tres.

Ponce sabía que eso no era verdad, pero agradeció a su amigo que tratara de reconfortarlo.

Cuando el psicólogo respondió a todas las preguntas, dieron por terminada la jornada. En cuanto la jueza se fue, Vito se apresuró a darle un beso a Amanda.

—Mañana nos vemos —dijo a sus amigos.

—Portaos bien —pidió Amanda.

—Como si pudiera portarme mal con todos estos encima —respondió Vito.

Ponce no dijo nada. Los guardias se apresuraron a separarlos.

—Somos menores, no pueden hacernos nada —le dijo Vito—. Estate tranquilo.

—Y no estés toda la noche llorando. Diles que te den un libro y así te distraes —añadió Amanda.

—Leer es un coñazo —respondió Ponce.

—¡No seas tonto, leer es bueno para ti! —dijo Vito.

—¡Como vuelvas a llamarme tonto…!

Amanda sonrió al ver a sus amigos comportarse como cuando estaban fuera.

Los guardias se llevaron primero a Amanda, luego a Ponce.

Durante unos segundos Vito se quedó solo en la sala del juicio. Miró las mesas vacías y viejas, las luces…

Realmente era muy cutre.

CINCUENTA Y SIETE

La reparación fue muy sencilla.

Como agradecimiento, las chicas los invitaron a una cerveza en el pub del pueblo.

—¿No querías tirar un par de horas más? —le preguntó Toni a Fernando.

—¿Me lo estás preguntando en serio? Amanda no se va a mover del sitio y algo así no pasa todos los días, al menos a mí.

—Como quieras —respondió Toni.

La verdad es que él prefería llegar cuanto antes, pero por otra parte le apetecía disfrutar de ese viaje de reencuentro con Ponce.

Reservaron una habitación en un pequeño hotel que había en la carretera, a la entrada del pueblo, y se dirigieron al sitio que les habían indicado las dos chicas.

—¿Y si cuando lleguemos no están? —preguntó Fernando mientras recorrían el pueblo.

—Si no están, nos tomaremos unas cervezas a su salud.

Fernando lo miró con picardía.

—¿Y si están?

Toni sonrió.

—Si están, entonces nos tomaremos unas cervezas a su salud… con ellas.

El pub era poco más que un pequeño bar con apenas luz y cuatro pósters de películas en las paredes. Encima de la puerta había un cartel luminoso en el que se leía: PUB HOLLYWOOD.

Vieron a las chicas sentadas al fondo. Se habían cambiado y maquillado y ya estaban tomando unas copas.

—Pensábamos que no ibais a venir —dijo una.

—Nunca rechazaríamos una cerveza con unas mujeres como vosotras —respondió Fernando dándole dos besos a cada una.

Toni se vio obligado a saludar también con dos besos. De pronto le apetecía estar en otro lugar.

—¡Jefe! ¡Dos tercios aquí! —le dijo Ponce al camarero, un chico de apenas veinte años con un tatuaje que le asomaba por debajo de la camisa hacia el cuello—. ¿Queréis algo?

—Ya hemos pedido, gracias —señaló con una sonrisa una de las chicas.

Fernando cogió las dos botellas de la barra y se giró para darle la suya a Toni.

—Me pido a la gordita —le indicó sin que ellas lo oyeran.

A Toni le hizo gracia el tono adolescente en el que se lo dijo.

—Claro, toda tuya —respondió sonriendo.

Fernando le guiñó un ojo y se volvió hacia las chicas.

—Bueno, ¿y a qué os dedicáis?

Antes de que Toni se acabara la primera cerveza, su compañero ya había conseguido quedarse en un aparte con la chica que había elegido.

Él, en cambio, estaba de pie junto a la otra sin cruzar palabra. Como no sabía qué hacer, bebía de su cerveza y miraba de vez en cuando (no demasiado para no parecer un pervertido) cómo Fernando le decía cosas a la chica, que reía y a su vez le devolvía confidencias.

—¿Y a dónde vais?

La pregunta le pilló por sorpresa. La chica que estaba a su lado lo miraba en un intento desesperado de salvar la noche o al menos de no traumatizarse con el autista que tenía delante.

—De viaje, a ver a unos amigos —dijo Toni.

Y eso es todo lo que la conversación dio de sí.

La chica miró el reloj, a su amiga y de nuevo el reloj. Toni no encontraba nada de lo que hablar con ella. Solo se le ocurrían tonterías que no iban a ningún lado, por lo que optó por quedarse callado.

La conversación entre Fernando y su nueva amiga se iba calentando. Ahora ella le cogía del cuello o del brazo para hablarle. A él se le veía feliz, en su salsa.

«¿De qué hablarán?», se preguntó Toni.

Y de pronto sintió envidia de Fernando.

Del amigo nervioso al que Amanda y él despreciaban porque lo consideraban el menos inteligente.

Del niño al que gastaban todo tipo de bromas crueles solo porque las aguantaba mejor que nadie.

De la mascota del grupo.

Miró a la chica que estaba a su lado. Ella ya no esperaba nada de él, había sacado el móvil y estaba mirando algo que Toni no alcanzaba a ver.

—Me voy a estrenar el hotel. En media hora estoy aquí. Si tardo más, puedes dormir en la furgoneta.

Fernando se rio de su propio chiste y se dirigió hacia la salida seguido a un metro por la chica.

Toni se sintió atrapado. No podía ir al hotel y no quería quedarse en el pub. Siempre podía meterse en la furgoneta, pero enseguida recordó que la llave la tenía Fernando.

Junto a la puerta, Fernando se giró a decirle algo a la chica y tropezó con un lugareño cargado con tres gin-tonics, que se le derramaron sobre los brazos y la camisa.

—¿A ti qué te pasa?

—Perdona, no te he visto. Te pago una ronda —dijo Fernando tratando de calmarlo.

—¿Y me vas a pagar también la ropa? —respondió el otro mientras señalaba su pantalón manchado.

Fernando miró el pantalón.

—¿Eres imbécil o qué te pasa? —preguntó el de los gin-tonics.

Desde el otro lado del bar, Vito vio a Fernando contraer los dedos de un modo muy raro.

—Te he dicho que te pago una ronda, ¿te parece poco?

—O sea que, además de imbécil, eres sordo.

El chico iba a decir algo más, pero apenas vio venir el taburete con el que Fernando le dio en la cara. Cayó al suelo con la nariz torcida en un ángulo imposible y chorreando sangre.

Sin dar tiempo a que nadie reaccionase, Fernando cogió una botella de cerveza de encima de la barra, se tiró encima del tipo y empezó a golpearlo en la cara ferozmente. El tercio se rompió, pero eso no frenó a Fernando, que continuó golpeándolo con la botella rota.

La chica estaba agachada en el suelo, llena de cerveza y aterrada.

Toni salió corriendo y se tiró contra Fernando para evitar que siguiera, pero este estaba enloquecido e intentó pegarle. Toni lo inmovilizó junto a la barra, pero un vaso le dio en la cabeza. Los amigos del chico empezaron a lanzarles botellas, vasos y todo lo que encontraban, que por suerte no era mucho. Toni cogió un taburete alto y se lanzó contra ellos. Fernando lo imitó empuñando otra botella que encontró en la barra.

Los otros se retiraron hacia el fondo del local y se encerraron en el baño. Fernando tiró la botella contra la puerta y luego arremetió contra la misma con puñetazos y patadas.

—¡Hijos de puta, salid, os voy a matar a todos!

—¡Vámonos! —le dijo Toni.

Pero Fernando no escuchaba.

—¡Os voy a reventar las putas caras de paletos que tenéis!

Toni lo cogió de la camisa.

—¡Vámonos ya! —Y lo empujó hacia la salida.

Solo al ver el destrozo que habían hecho en el bar, Fernando reaccionó y corrió hacia la salida pasando por encima del chico ensangrentado, que continuaba en el suelo sin moverse.

Caminaron hasta el hotel lo más rápido posible. Al llegar, Toni se dio cuenta de que Fernando estaba lleno de sangre. Tenía las palmas de las manos llenas de cortes del cristal de la botella y la camisa ensangrentada. Le sacó las llaves del bolsillo y abrió la parte de atrás de la furgoneta.

—Quédate aquí y no toques nada.

Toni subió rápidamente a la habitación tratando de que no lo vieran, cogió las bolsas del equipaje y metió todo en el vehículo.

—Vamos a buscar un sitio donde lavarnos.

CINCUENTA Y OCHO

Selmo no dejaba de pensar en Toni. Se culpaba por no haber sabido anticipar que iba a tener este cambio. Llevaba años tratándolo. ¿Por qué no había notado nada?

Por otra parte, lo único que sabía era que había dejado el trabajo diciendo que iba a ver a un amigo, aunque a él se lo había negado, y esa era una señal bastante mala. También que un conocido de Toni tenía problemas con la policía, pero no él.

Igual se estaba preocupando en vano.

Pero se había ido de Cartagena sin avisar, y eso sí que era raro. Jamás lo había hecho.

O al menos él no se había enterado, y eso le preocupó todavía más.

Se levantó con cuidado para no despertar a su mujer.

Fue al despacho y cogió el archivo con toda la documentación de su caso. Se sentó a la mesa y encendió el flexo.

No había nada que no hubiera leído cien veces. Se sabía el expediente de Toni casi de memoria, era su proyecto personal. Miró los informes por encima, pero no encontró nada que le llamara la atención.

Cogió el móvil, enchufó los auriculares para poder oírlo a buen volumen y empezó a escuchar, de la última a la primera, todas las sesiones de Toni del último año.

Algo tenía que habérsele escapado durante sus charlas, algo que el subconsciente de Toni no hubiera podido retener. Tenía que ser capaz de captar las mentiras u omisiones en su discurso. Al fin y al cabo era su terapeuta, a él le había contado cosas que nadie más sabía.

Y aun así le había engañado.

La puerta del despacho se abrió.

—¿Qué haces? —preguntó su mujer adormilada.

Selmo estuvo a punto de esconder el móvil y el expediente como si fuera un adolescente sorprendido con una revista porno, pero se contuvo.

—Tengo un paciente nuevo mañana y estaba repasando su expediente.

—Eres demasiado profesional. No te merecen. No tardes mucho en acostarte, que mañana vas a estar muerto —dijo antes de volver a la cama.

Selmo se sintió raro por mentir a su mujer, pero las palabras habían salido solas de su boca.

Miró el reloj. En hora y media tenía que levantarse y no había encontrado nada. Después de escuchar dos veces las últimas cinco sesiones no había captado ningún indicio que le dijera en qué andaba metido Toni o dónde estaba.

No tenía nada.

Desconectó los auriculares, guardó el expediente en el cajón para repasarlo al día siguiente y apagó el flexo.

El único sueño que tuvo fue de Toni torturándolo. Estaba delante de él desnudo con un cuchillo muy grande. Él tenía la mano atada a una mesa. Toni se acercaba muy despacio y, con suavidad, le cortaba los dedos, uno a uno.

Por suerte, cuando despertó sobresaltado no recordaba nada.

Se duchó y se tomó dos cafés antes de recibir al primer paciente. Tuvo que hacer un gran esfuerzo para no perder el hilo de lo que le contaron los tres que le visitaron durante la mañana.

Se sintió raro hasta la hora de comer. Luego se le pasó.

CINCUENTA Y NUEVE

Lo siento mucho…

Toni había buscado una zona de merendero en un monte cercano con la esperanza de que hubiera una fuente en la que lavarse.

La había.

—Empezó él, lo juro, yo no quería…

Fernando gimoteaba mientras se cambiaba de ropa y se lavaba.

—Se me ha ido… Lo siento mucho, lo siento.

Toni no dijo nada. Sabía que si abría la boca sería peor. Lo único que le apetecía era reventarle la cabeza en el borde de piedra de la fuente.

—Perdóname, por favor, he jodido el viaje…

—¡¡Cállate!!

Fernando cerró la boca inmediatamente.

Toni vio que la mano de su amigo no dejaba de sangrar. Se acercó y lo cogió por la muñeca para observarla con más detenimiento. Había, al menos, siete cortes que le cruzaban la palma en todas direcciones. Tres eran muy profundos y no había manera de parar esa hemorragia.

Se la envolvió con la camiseta que acababa de quitarse.

—Sube a la furgoneta.

Fernando obedeció sin atreverse a preguntar a dónde iban.

Toni condujo hasta el siguiente pueblo y buscó la farmacia. Aparcó delante esperando que nadie del sitio que dejaban atrás hubiera visto su furgoneta ni apuntado su matrícula.

Un vehículo de la Guardia Civil pasó despacio por delante de ellos. Uno de los agentes los miró, pero más con la curiosidad de quien mira a un extraño en su pueblo que porque buscaran a unos sospechosos.

En cuanto perdieron de vista el vehículo, Toni entró en la farmacia y compró todo lo necesario para curar las heridas de Fernando.

Salieron del pueblo y aparcaron en la zona de descanso de una gasolinera.

Tras limpiar la mano con una botella de agua, le echó agua oxigenada, lo que hizo que Fernando gritara y que la palma se llenara de una espuma que les impedía ver nada. Toni tuvo que volver a echarle agua mientras el herido rabiaba por el escozor.

—¡Sopla, sopla! —gritaba tratando de retirar la mano, pero Toni se la tenía fuertemente cogida por la muñeca.

Toni no sabía si tenía que poner primero el Betadine o los puntos, así que le aplicó Betadine, luego unos puntos adhesivos por las tres heridas más profundas y de nuevo Betadine.

Cuando acabó, colocó dos gasas en la palma y lo rodeó todo con esparadrapo para que no se cayera.

—Muchas gracias, enfermera —le dijo Fernando apenas terminó.

Toni no respondió, simplemente se sentó tras el volante de la furgoneta.

Fernando se acercó por la ventana.

—Si quieres, conduzco yo.

—Sube y vamos a buscar un sitio donde dormir.

—Lo siento, se me ha ido la pinza.

Como su compañero no le contestó, dio la vuelta a la furgoneta y subió.

Condujeron hasta las afueras de Albacete. Toni aparcó delante de un hotel de polígono y apagó el motor, pero no se movió del asiento.

Fernando no dijo nada durante un minuto que le pareció eterno.

—Si vuelves a hacer una gilipollez así, me vuelvo a Cartagena —dijo Toni sin mirarlo.

Fernando asintió.

—¿Lo has entendido? —Esta vez lo miró a los ojos.

—Sí, lo siento.

—Ni una puta vez más.

—No volverá a ocurrir.

—Bien —dijo Toni, y bajó de la furgoneta.

Fernando lo siguió bastante aliviado al ver que todo continuaba más o menos igual.

—¿Pillamos la habitación y luego cenamos algo? —preguntó Toni.

—¿Vamos a compartir habitación?

—¿Tienes dinero para dos?

Fernando le dio la razón.

—Vale, pero sin mariconadas.

—Que te follen —concluyó Toni.

Entraron en el hotel.

SESENTA

Nos encontramos ante un acto sin justificación posible, con unos acusados de una maldad extrema y sorprendentemente faltos de empatía.

La jueza parecía enfadada mientras emitía el veredicto. A Vito le pareció que debería, al menos, aparentar ser más imparcial.

—Serán separados e internados en distintos centros de reforma donde se les tratará y educará hasta que cumplan la mayoría de edad. En ese momento, un tribunal evaluará si continúan siendo un peligro para la sociedad o si están en condiciones de ser reinsertados.

Ponce se levantó y trató de acercarse a la jueza para pedir perdón, pero dos guardias se interpusieron entre él y su objetivo.

Vito y Amanda se miraron. Iban a estar ocho años, como mínimo, sin verse. No pudieron ni acercarse, el revuelo organizado por Ponce había atraído a todos los policías hacia ellos.

Vito vio cómo se llevaban a Amanda. No se dijeron ni una palabra de despedida, pero no dejaron de mirarse hasta que la sacaron de la sala. Entonces Vito se dio cuenta de que Ponce tampoco estaba, supuso que con el escándalo que había armado se lo habían llevado el primero.

Buscó a la jueza, que se encontraba de pie recogiendo sus papeles. Al contrario de lo que imaginaba con todo lo que había oído en el juicio, no lo miraba con cara de odio. En sus ojos solo había tristeza, mucha tristeza.

Vito recordaría esa mirada durante años, pero luego la olvidaría y en su recuerdo solo quedó la no despedida con Amanda.

Dos guardias lo cogieron de los brazos. Él no opuso ninguna resistencia, simplemente se dejó llevar.

En vez de dirigirse hacia la salida, le indicaron que entrara por una puerta que llevaba a unas escaleras. Por un momento a Vito se le pasó por la cabeza que iban a ejecutarlo en el sótano para vengar al bebé. No pensaba dejarse matar, se defendería con todo lo que pudiera. Según bajaban fue localizando posibles armas. Pasaron junto a una papelera, pero se le antojó demasiado grande para poder utilizarla. Un extintor colgado de la pared parecía perfecto, pero pasaron de largo y llegaron a un aparcamiento bastante oscuro.

Le hicieron montar en la parte trasera de un coche de policía. En otras circunstancias hasta le hubiera hecho gracia, pero saber que ese vehículo era el que le iba a alejar de sus amigos, posiblemente para siempre, hacía que la experiencia perdiera todo su encanto.

El coche salió a la calle y enseguida se vio rodeado de gente enfurecida. Después de lo que había vivido a la entrada del juzgado, Vito estaba bastante tranquilo a pesar de los golpes al coche, los insultos y los escupitajos. Dentro de la seguridad del vehículo, se sintió como si estuviera viendo un documental sobre gorilas locos. Lo único que le pesó fue no poder compartir el chiste de los gorilas con sus amigos.

El resto del camino lo hizo serio, curioso por saber cómo sería su nueva vida.

SESENTA Y UNO

Selmo se levantó pronto, canceló sus citas del día y tomó la autovía hacia Madrid.

Pasó por delante del pueblo donde Fernando casi mata a un lugareño por hablarle mal y por el hotel donde los chicos desayunaban, pero como no sabía que estaban allí, continuó su camino hacia Madrid.

Cuando llegó a la puerta del Juzgado de Menores, no hacía ni una hora que había abierto sus puertas. Se fue directamente al archivo.

Un funcionario con cara de llevar varios años suplicando su jubilación le recibió con la alegría del que no está acostumbrado a tener visitas.

—Buenos días —comenzó Selmo tratando de mostrarse simpático y cercano—. Tengo un problema y seguro que usted puede ayudarme.

—Si es del archivo, puede. Si es para venderme un coche, debo decirle que con el sueldo que tengo no me da.

El funcionario rio su propio chiste. Selmo lo secundó esperando que ese humor acabara jugando a su favor.

—Entonces nada —dijo, y fingió que se iba, lo que provocó otra carcajada en el archivero.

Selmo hizo un gesto de disculpa por su broma y puso encima del mostrador el expediente de Toni.

—Trabajo como psicólogo y asistente social para los juzgados de Cartagena. Hace unos dos años pusieron bajo mi tutela a Gustavo Cabrera Muñoz y me enviaron esta documentación para que me familiarizara con el caso.

Selmo abrió la primera página para que los informes corroboraran su versión.

—Como puede ver, es un caso muy delicado ya que le dieron una nueva identidad para favorecer su reinserción.

El funcionario pasó las primeras páginas en busca de los datos principales con la habilidad de sus cuarenta años metido entre archivos.

—Recuerdo este expediente. Terrible.

—Por suerte, gracias al trabajo que hicieron en el centro de reforma y la propia madurez del chico, se encuentra totalmente rehabilitado, tiene un trabajo estable y se ha integrado a la perfección en la comunidad.

—En Cartagena… —dijo el funcionario.

Selmo sabía que podía tener problemas por revelar esa información, pero necesitaba la complicidad del archivero, y por eso tenía que darle algo para que confiara en él.

—Sí, pero esto no puede salir de aquí, me estoy jugando el puesto.

—Claro, claro, estoy acostumbrado a manejar información sensible. ¿Qué necesita exactamente?

Selmo abrió el informe por el final, donde faltaban algunas hojas.

—Revisando el caso esta semana me he dado cuenta de que el informe está incompleto. Me gustaría saber si puede conseguirme las páginas que faltan para no tener que pedirlas de forma oficial.

El archivero examinó los folios rápidamente.

—Qué extraño. Es casi imposible que justo falten estas. Hacemos las copias en bloques y nadie nos ha informado nunca de un fallo así.

—No sé qué decirle —dijo Selmo temiéndose que todo su plan se cayera antes de empezar.

—¿Y no se dio cuenta de esto cuando se lo enviaron? —preguntó el funcionario a la vez que revisaba todos los documentos por si se hubieran cambiado de lugar.

Selmo se acercó un poco, buscando que el funcionario empatizase con él.

—Sí, pero no le di importancia. Y justo en la sesión de la semana pasada surgieron temas relacionados con la documentación que falta y la necesito para tratarle como debe ser. Puedo solicitarlo oficialmente, pero quedaría constancia del error y no quiero que nadie salga perjudicado.

El funcionario lo miró unos segundos mientras valoraba todas las implicaciones que podría tener el caso. Estaba convencido de que era casi imposible que él hubiera cometido un error así, pero, al fin y al cabo, el tipo que estaba frente a él tenía el resto del expediente, no había motivos para desconfiar.

—¿Me deja ver su DNI?

Selmo sacó su carnet y lo dejó sobre el mostrador. El archivero memorizó el nombre y se metió en su laberinto de expedientes. El psicólogo sentía sus palpitaciones en las sienes y había empezado a sudar, lo que le ponía todavía más nervioso y hacía subir aún más sus pulsaciones.

El funcionario volvió con varias carpetas. Abrió una y cotejó el nombre de Selmo con el que aparecía al final del sumario, en la adenda de la libertad condicional.

—Sí, supongo que no me engaña.

—Si fuera para venderle un coche, todavía, pero por unos papeles…

El funcionario se rio y abrió una carpeta para buscar qué documentos faltaban en el legajo de Selmo. No tardó en encontrarlos; Selmo había dejado en el coche solo los del final para facilitarle el trabajo.

—¿Cómo hacemos? —preguntó Selmo con fingida ignorancia.

—Si no tiene mucha prisa, se los puedo fotocopiar ahora. Tardaría unos diez minutos.

—Si lo sé, le traigo unos cruasanes o algo.

—Para la próxima que no se le olviden. Vuelvo en un momento.

El funcionario se fue con los papeles hacia la oficina. Apenas lo perdió de vista, Selmo abrió una de las carpetas y buscó las adendas al fallo, donde constaba la revisión de los casos cuando los chicos llegaron a la mayoría de edad. Rápidamente buscó los destinos de los amigos de Toni y fotografió las hojas con la cámara del móvil. Como vio que el funcionario no volvía, rebuscó en las carpetas hasta que encontró un puñado de fotos policiales. Fotografió a ciegas todo lo que pudo hasta que oyó que regresaba. Dejó las carpetas como estaban y fingió mirar el móvil.

—Desde que existen los móviles uno ya no se aburre nunca, ¿eh? —dijo el archivero.

—Tristemente es así. Nos vamos a olvidar de cómo hablar con las personas cara a cara.

—Son un cáncer —concluyó el funcionario entregándole las hojas—. Aquí tiene, y espero que le vuelvan a faltar hojas pronto.

—Aunque no me falten, cuando vuelva a subir a Madrid le traigo unos cruasanes que prepara artesanalmente mi cuñado —mintió Selmo; ni su cuñado sabía hacer cruasanes ni tenía cuñado.

—Le tomo la palabra.

Selmo se despidió de su nuevo amigo y se marchó.

El archivero lo miró mientras se iba, y deseó que todas las visitas fueran como la que acababa de tener.

SESENTA Y DOS

¡Pobre alma sola!, no te entristezcas,
deja que pasen, deja que lleguen
la primavera y el triste otoño,
ora el estío y ora las nieves;

que no tan solo para ti corren
horas y meses;
todo contigo, seres y mundos
deprisa marchan, todo envejece;

Blanco sentía que le faltaba el aliento. «Tengo que hacer más ejercicio», pensó, pero enseguida abandonó el pensamiento para que no se le fueran de la cabeza los versos de Rosalía de Castro.

que hoy, mañana, antes y ahora,
lo mismo siempre,
hombres y frutos, plantas y flores,
vienen y vanse, nacen y mueren.

La prostituta que se hallaba debajo de Blanco no entendía por qué decía esas cosas tan cursis, pero ya se había acostumbrado casi a todo. Al fin y al cabo era mucho mejor eso a que le dieran azotitos en el culo o que la cogieran del cuello como si fueran a ahogarla, de modo que hizo como que le excitaba que le hablara así.

Cuando te apene lo que atrás dejas,
recuerda siempre
que es más dichoso quien de la vida
mayor espacio...

Blanco no pudo acabar el verso. Se derrumbó sobre la chica mientras ella fingía un gran orgasmo que, seguro, dejaría a su cliente satisfecho.

El expolicía le dio el dinero pactado y se vistió.

—Vuelve cuando quieras, me han gustado mucho tus poemas —dijo ella.

Él no respondió ni volvió a mirarla. Simplemente salió de la habitación y cerró la puerta tras él.

Esa noche durmió poco. Hacía ya un par de años que se despertaba a las cinco de la mañana y no conseguía volver a coger el sueño. Al encender el móvil (no le gustaba que le molestaran mientras dormía), encontró un mensaje de audio de casi cuatro minutos de su colega de la policía de Vigo. Blanco maldijo a su amigo y a todos los que dejaban mensajes en el contestador como si fueran libros de Camilo José Cela y pulsó para escucharlo. Le contaba que un tipo que encajaba con la descripción del que él buscaba había provocado un altercado en un pueblo a menos de doscientos kilómetros de Cartagena. Decía que huyó en una furgoneta con un acompañante y que tenía el número de matrícula.

Blanco lo llamó por si hubiera alguna información extra, pero básicamente todo lo que se sabía era lo que le decía en el mensaje. Le pidió que monitorizara ese número de matrícula, le dijo por enésima vez que no se preocupara por él, le dio las gracias y le repitió que le debía una muy grande.

Colgó.

Sacó sus notas para transcribir la información nueva y se dio cuenta de que o había cambiado las matrículas o había cogido otra furgoneta. En cualquier caso, estaba claro que lo había descubierto en Cartagena y que había huido junto a su amigo.

¿A dónde irían? Todo apuntaba que a Madrid, pero podría ser a cualquier lado, incluso de vuelta a Galicia.

Blanco decidió ir hasta la capital y esperar noticias sobre la furgoneta. Con suerte los tendría cerca y podría, por fin, vengar a su hermano.

SESENTA Y TRES

Toni conducía despacio detrás de un camión esperando el lugar idóneo para adelantar. Después de lo que había pasado en el pueblo decidieron que era más seguro salirse de la autovía, evitar las carreteras con cámaras que pudieran identificar la furgoneta y cambiarla por otra en cuanto tuvieran ocasión.

Fernando, medio adormilado, miraba distraído el paisaje. Toni pensó que quizá no debería haber hecho este viaje con él. Su falta de control acabaría metiéndolo en algún problema tarde o temprano. Tendría que haber cogido la dirección de Amanda e ido solo.

Pensó que le convenía deshacerse de Fernando, y que este podía ser un buen momento para matarlo. Podría meterse por cualquiera de los caminos de tierra que salían a ambos lados de la carretera con la excusa de buscar un sitio donde mear, golpearlo cuando estuviera despistado y acabar con él. Luego era tan fácil como dejarlo medio escondido y deshacerse de la furgoneta.

—¿Ponemos algo de música? —preguntó Fernando ajeno a los pensamientos de Toni.

—Pon lo que quieras —respondió Toni todavía metido en los suyos.

Fernando buscó por todo el dial, pero no había nada que le gustara y apagó la radio. Miró a su amigo, que conducía con la mandíbula apretada.

—¿Estás bien? —le preguntó.

Toni asintió sin mirarlo.

—¿Sigues enfadado por lo del tipo ese? —insistió Fernando.

—No.

—Entonces ¿qué te pasa?

Toni se tomó un momento y respondió sin dejar de mirar al camión.

—Estaba pensando en matarte y dejarte tirado en un campo de estos para evitar que me metas en problemas, así podría ir a ver a Amanda sin preocuparme de nada.

Fernando se quedó unos segundos congelado y luego explotó en una sonora risotada.

—¡Qué cabrón! ¡Me has puesto los huevos aquí! Tío, das mucho miedo cuando te pones así.

Toni lo miró y le guiñó un ojo antes de fijar de nuevo la mirada en la carretera.

—A ver quién duerme ahora de aquí a San Sebastián —exclamó Fernando disfrutando de su propio susto sin saber lo cerca que había estado de morir.

Toni adelantó al camión.

SESENTA Y CUATRO

Al llegar al centro de reforma, Vito dejó que le tomaran las huellas, que le fotografiaran, que le desnudaran y revisaran toda la ropa y el cuerpo sin abrir la boca. No opuso resistencia cuando lo enviaron a darse una ducha antes de devolverle su propia ropa lavada y desinfectada. Caminó sin decir nada hasta el cuarto que le asignaron junto a otro chico y se sentó en la cama hasta que los adultos se fueron.

Cuando su compañero de cuarto se acercó a hablar con él, Vito se dio la vuelta, se tumbó con la cara contra la almohada y lloró hasta quedar dormido.

Cuando despertó era de noche; su compañero dormía. Vito se acercó a él. Tendría unos quince años y varias cicatrices en la cara. Miró, sin tocar, las cosas del chico, pero nada le llamó la atención. Se tumbó de nuevo en la cama y decidió no volver a llorar. Lo cumplió.

SESENTA Y CINCO

Nadie respondía al timbre. Selmo revisó en las fotos de su móvil el documento donde aparecía la dirección de la familia de Toni y volvió a pulsar.

Se había colado en el edificio mientras una vecina mayor salía empujando lentamente un carro de la compra. Al ver a alguien tan grande como él, lo miró un poco temerosa, pero cuando Selmo sujetó la puerta para que ella terminara de salir, le dio las gracias y se alejó muy despacio.

Pulsó de nuevo el timbre. Nada.

—¿A quién busca?

El psicólogo se giró y vio que la vecina de la puerta de enfrente se asomaba apenas por una rendija.

—Hola, buenos días —dijo sin acercarse.

—Buenos días. ¿A quién busca?

—Estaba buscando a la familia de Gustavo Cabrera.

—Ya no viven aquí, hace mucho. Qué pena.

Selmo se vio tentado a acercarse, pero para no asustar a la mujer se quedó pegado a la puerta de enfrente.

—¿Por qué pena?

—Qué lástima de familia, es como si les hubiesen echado una maldición.

—¿Qué pasó?

—Mejor sería preguntar qué no pasó.

A Selmo le dieron ganas de cruzar el rellano y sacarle las palabras.

—¿Podría contarme un poco?

—Huy, prefiero no hablar de eso.

—¿Ni una pista?

—¿Tan mayor y jugando a las pistas? No conocerá mucho a la familia si no sabe que no viven aquí desde hace mucho.

—Cierto, trabajo para el Ministerio de Justicia —mintió él—. No los conozco personalmente.

—Ya…, pues lo siento, no puedo ayudarle.

Y la señora cerró la puerta.

Selmo se maldijo por no haber previsto que en esos barrios trabajar para un ministerio, y más el de Justicia, no despertaba muchas simpatías. Puestos a mentir, podría haberse inventado algo mejor.

Salió del portal desorientado, sin saber dónde ir. Se dirigía hacia su coche cuando se le ocurrió una idea. Miró un mapa en su móvil, giró ciento ochenta grados y caminó unos veinte minutos hasta llegar a su destino.

La iglesia seguía prácticamente igual que once años antes. Selmo atravesó sin problema la valla agujereada y entró con precaución en la nave central del edificio medio derruido. Estaba llena de escombros, montones de piedra y basura, pero ni rastro de Toni. Se lamentó, pues sabía que existía una posibilidad muy grande de que hubiera vuelto al lugar donde mataron al bebé.

Pero no era así.

Selmo caminó despacio, sintiendo el silencio y buscando algo que le indicara dónde ocurrió el asesinato, pero no había nada.

Sacó su móvil y buscó entre las fotos que había tomado en el archivo del juzgado. Había varias con detalles del niño muerto. Selmo las pasó rápidamente hasta que dio con una del lugar donde le encontraron. Miró alrededor y ubicó el sitio a poco más de quince metros de donde se hallaba. El montón de piedras había desaparecido y no había nada más que un par de botellas de ginebra de marca desconocida. Se acercó a la pared y trató de reconstruir dónde ocurrió todo, pero no era capaz. Buscó la foto de la mancha de sangre en el suelo. Caminó tres metros con la imagen delante de los ojos hasta encontrar el sitio exacto donde pasó.

El corazón le latía con fuerza. Imaginó a los niños lanzando los ladrillos y las piedras, el bebé junto a sus pies. Caminó los pocos pasos que separaban el lugar donde murió de donde lo escondieron. El bebé no debía de pesar mucho, pero seguro que no les resultó fácil moverlo.

Empezó a marearse. Le costaba asimilar que estaba en el lugar de un crimen, y no de uno cualquiera, sino del que llevaba informándose casi dos años. Aquello era como la sensación de morbo culpable al ver una serie de *true crime*, pero multiplicado por mil. No sabía si se debía a que había hiperventilado o porque le había dado una especie de síndrome de Stendhal, pero tuvo que sentarse en el suelo antes de caerse redondo.

Trató de calmarse. Apenas notó que el sudor dejaba de brotar y las manos de temblar, miró a su alrededor; desde donde estaba podía abarcar toda la escena. Con la mano aún temblorosa sacó de nuevo el móvil y empezó a pasar muy despacio las fotos fijándose en todos los detalles. Poco a poco toda la escena cobró sentido, casi como si la estuviera viendo en directo. No volvió a sudar ni a hiperventilar, se metió tanto que fue como si hubiera tomado una máquina del tiempo y fuera un espectador privilegiado de algo prohibido.

Solo el hambre le sacó de ese trance una hora más tarde.

Cuando se levantó notó que se le había dormido una pierna y le hormigueaba cada vez que apoyaba el pie.

A los pocos pasos ya caminaba bien, pero supo que no volvería a ser el mismo. No después de lo que acababa de sentir.

SESENTA Y SEIS

Llegaron a San Sebastián por la tarde. El sol empezaba a ponerse al fondo de la Concha creando un espectáculo impresionante con mil matices de rojos distintos en el cielo, pero Toni y Fernando no habían ido a ver puestas de sol, de modo que no hicieron ni caso y buscaron el camino más corto hacia la dirección que tenían de Amanda.

Cuando llegaron a una urbanización de chalets se dieron cuenta de que, al menos a uno de los tres, le estaba yendo bastante bien.

Nerviosos, se pararon delante de la puerta, se miraron y Fernando llamó al timbre.

—¿Sí? —contestó una voz de hombre.

Toda la excitación de los dos se esfumó. En sus planes no había sitio para otro tío.

—Hola, buscamos a… —De pronto a Fernando se le fue de la cabeza el nuevo nombre de Amanda. Sacó un papel del bolsillo y lo miró—. A Sofía.

—Un segundo —dijo la voz masculina.

Se separaron un metro de la puerta mientras esperaban el momento en el que esta se abriera y apareciera por fin Amanda. ¿Cómo sería?

Pero el que apareció fue un hombre de unos treinta años, casi dos metros muy bien proporcionados, rubio y con ojos claros. Por un instante los chicos dudaron de que fuera español.

—Sofía no está —dijo con un fuerte acento vasco—. Debe de estar en la sede.

—Somos amigos del colegio —dijo Toni, y se arrepintió de inmediato. Él mismo había mentido a todo su entorno sobre su procedencia, no sabía si se estaba metiendo en un problema.

—¿De Madrid? —preguntó el gigante rubio.

Toni dudó antes de responder, cosa que aprovechó Fernando para meter baza.

—Sí, íbamos hacia Francia y hemos pensado pasar a verla.

—Se va a poner muy contenta. Habla mucho de sus amigos del colegio y todas las trastadas que hacía. ¿Alguno de vosotros es Vito?

Toni se inquietaba cada vez más. ¿Le habría contado Amanda lo que hicieron con el bebé?

Tímido, levantó un dedo.

El tipo se giró hacia Fernando.

—Entonces tú tienes que ser Ponce.

Fernando sonrió y asintió.

—Me ha contado tantas cosas de vosotros que pensé que se las estaba inventando.

—Si eran malas, seguro que se las inventaba. Si eran buenas, sí, éramos nosotros —dijo Fernando con su habitual gracia para las relaciones.

Toni, mientras, miraba al tipo tratando de adivinar si sabía lo del niño.

Este soltó una carcajada.

—Sois tal y como me ha contado. Se va a poner como loca. ¿Cuánto hace que no os veis?

—Uf, un montón de años. Espero reconocerla.

—Te reconocerá ella, no se le escapa una. Estará en la sede, pero no tardará en salir. ¿Queréis esperar dentro?

Ahí fue Toni el que se adelantó porque vio que Fernando empezaba a andar hacia la casa.

—No, nos acercaremos a la sede si nos pasas la dirección. Tenemos que seguir camino. Vamos a ver a un amigo que está enfermo y no queremos llegar demasiado tarde.

—No jodas, ¿quién? Seguro que Sofía me ha hablado de él.

Toni miró a Fernando para asegurarse de que los dos no hablaban a la vez diciendo nombres distintos.

—Toni —dijo Toni—. Tiene un cáncer de páncreas.

—Qué putada —dijo el novio de Sofía, de Amanda.

Les dio la dirección de la sede y un abrazo a cada uno.

—Cuando volváis, pasad a comer o algo.

—Lo intentamos. Gracias…

—Josu.

—Gracias, Josu.

Y se fueron.

La sede estaba en la otra punta de San Sebastián. Metieron la dirección en el navegador del móvil y siguieron las instrucciones en silencio. Fernando para no perderse entre las calles de la ciudad y Toni porque el torbellino de su cabeza le impedía articular palabra.

Amanda le había hablado de ellos a su novio, lo cual indicaba dos cosas: la primera, que tenía novio y que tenía mucha confianza con él, lo cual le hacía sentir muy raro. La segunda, que si podía hablar con esa distancia de su infancia, cosa que ni Fernando ni él habían conseguido, es que había logrado superarlo todo y tener una vida normal.

Toni pensó que no había muchas posibilidades de que se alegrara de verlos.

Cuando llegaron a la dirección que les había dado Josu creyeron que se habían equivocado; correspondía a la sede de un partido político ultraderechista que estaba últimamente en auge. Miraron tres veces la dirección y los portales colindantes antes de decidirse a entrar.

Dentro había un chico detrás de un ordenador. Toni se acercó a él.

—Hola, buscamos a Sofía López.

—En el auditorio —dijo casi sin mirarlos, y señaló una puerta.

El supuesto auditorio consistía en una sala diáfana con unas veinte sillas, la mayoría ocupadas por chicos menores de treinta años. En un extremo había una pizarra blanca reescrita y mal borrada mil veces y, junto a la pizarra, Amanda.

Estaba de pie con un rotulador azul en la mano y hablando sin casi moverse del sitio, con vehemencia, llena de entusiasmo.

—Tenemos que luchar contra el odio, no nos queda otra. El odio de los que se dedican a demonizarnos con etiquetas que ya a finales del siglo xx se habían quedado antiguas. El odio de los que anteponen el bienestar económico de unos pocos a costa de sacrificar nuestra cultura, nuestra religión y, lo que es más importante, nuestra identidad. Y contra ese odio no hay más remedio que defenderse.

No había ninguna duda. Los mismos ojos de fuego, el mismo modo de hablar sin apenas mover las manos fiándolo todo a la mirada, el mismo pelo con sus ondas salvajes, aunque más largo. Era ella, con cuerpo de mujer, con un traje de marca y con un discurso político que ninguno de sus amigos había oído nunca.

—Y nos defenderemos, por supuesto que nos defenderemos, pero con cabeza. No les daremos el gusto de que nos tachen de violentos o intolerantes, no juguemos a su juego, seamos inteligentes.

Sus oyentes la miraban con los ojos inyectados en sangre y proferían pequeños comentarios al final de cada frase. Los más jóvenes no llegaban a los quince años y eran los que con más entusiasmo seguían el discurso. Al fondo, dos tipos de más de cincuenta (a Toni le resultaba difícil adivinar la edad de todos los que pasaban de esos años) contemplaban más calmados que el resto y asentían con leves movimientos de cabeza.

—Por supuesto que ante la violencia no nos arrugaremos y responderemos. Pero seamos cuidadosos, porque hay demasiados ojos sobre nosotros. Sabemos que somos muy molestos porque tenemos razón y representamos una amenaza. Usemos las palabras, no las porras. Multipliquémonos, difundamos nuestro mensaje. Ellos son viejos, son antiguos, las redes son nuestras y cada vez somos más. Si cada uno de nosotros consigue que dos personas despierten de la anestesia del fútbol y de las series de Netflix y empiecen a pensar por sí mismas, y cada una de ellas despierta a otras dos, y así sucesivamente, no tendrán más remedio que ceder ante nosotros...

Toni dejó de escuchar, solo miraba a su antigua amiga, analizando sus gestos, su modo de pronunciar, sus manos...

Cuando la charla acabó, los chicos del público se acercaron a Amanda para comentar con entusiasmo lo que más les había llegado y diversas ideas que les habían surgido a raíz de sus palabras.

Toni y Fernando salieron a la calle y esperaron en la acera de enfrente. El primero miraba abstraído el suelo tratando de asimilar lo que acababa de presenciar, pero la voz de su amigo le sacó de su ensimismamiento.

—¿Qué te ha parecido?

¿Qué le había parecido? Un millón de pensamientos se agolpaban en su cabeza. Estaba sorprendido por la militancia de Amanda, orgulloso de verla manejarse tan bien delante de tanta gente, impresionado al reconocer a su amiga en esa persona, cohibido del poder que emanaba de ella, contento de volver a verla...

—A mí me ha puesto palote —dijo Fernando resumiendo en una sola frase sus propios sentimientos.

Toni se rio, más de sus propios líos mentales que de la vulgaridad de su amigo.

—Somos unos *pringaos* comparados con ella —siguió Fernando.

—Para ti no es tan difícil. Ya eres un *pringao* comparado con cualquier cosa —respondió Toni.

—Qué gracioso…

Los dos se callaron cuando la puerta del local se abrió y apareció Amanda con cuatro personas más, tres chicos jóvenes y uno de los mayores que estaban sentados al fondo del auditorio. Los chicos se fueron y Amanda se quedó comentando algo con el más mayor bajo la nerviosa mirada de Toni y Fernando, que luchaban contra sí mismos para no cruzar la calle corriendo.

Por fin el tipo se fue y Amanda los vio. Los dos estaban congelados bajo la mirada de la que fue su amiga. Cuando Toni consiguió ordenar a su cuerpo que se moviera, se dio cuenta de que ella se acercaba despacio con mirada seria. Miró a Fernando, que estaba como un conejo ante los focos de un coche.

Amanda se paró delante de ellos.

—¿De verdad sois vosotros?

Toni asintió. Amanda cambió la expresión y se tiró a su cuello, en un abrazo que casi le dejó sin aliento.

—¡Cómo os he echado de menos!

Toni la abrazó y sintió sus nuevos atributos de mujer contra su cuerpo. Fernando se movía inquieto a su lado.

—¿Para mí no hay o es que solo extrañabas a uno?

Amanda se separó de Toni y lo miró seria.

—A él todavía, pero a ti ¿por qué debería haberte echado de menos?

Fernando se quedó sin palabras. Ella soltó una carcajada y lo abrazó.

—¡No has cambiado nada! ¡Eres igual de tonto!

—¡A mí no me llames tonto! —respondió Fernando dejándose abrazar.

SESENTA Y SIETE

Selmo pasaba foto tras foto y las ampliaba con dos dedos en busca de alguna pista que le permitiera encontrar a Toni.

—¿Sabe ya lo que quiere?

Estaba tan enfrascado que no se enteró de que el camarero se encontraba a su lado hasta que le habló.

Miró rápidamente la carta y pidió una hamburguesa, que fue lo primero que vio, y una cerveza. El camarero se fue.

Selmo siguió pasando fotos hasta que vio la hoja del expediente con la información de Fernando Ponce, pero supuso que no habría ido a Cartagena a buscar a Toni solo para llevárselo a Madrid a visitar a su propia familia, así que la pasó por alto. Guardó esa foto para encontrarla con facilidad si alguna vez la necesitaba y continuó buscando el expediente de la chica.

Una cerveza apareció delante de él. Bebió un largo trago sin dejar de mirar el móvil.

Empezó a preocuparse, temía no haber fotografiado el expediente de ella y no creía que encontrara una excusa para volver al archivo. Estaba casi seguro de haberla hecho, pero no la veía por ninguna parte.

Justo cuando le sirvieron la hamburguesa apareció la foto.

A Amanda Garrido le habían asignado el nombre de Sofía López. En la actualización de la sentencia constaba una dirección de San Sebastián.

Selmo se bebió la cerveza de un trago y pidió que le pusieran la hamburguesa para llevar.

SESENTA Y OCHO

No me puede importar menos la política y mucho menos todas esas mierdas racistas que se traen estos, pero ahora hay mucha gente invirtiendo en la extrema derecha y se mueve bastante dinero. ¿Por qué no cogerlo yo antes de que se lo quede cualquier nazi retrasado?

En la mesa había ya cuatro cervezas y un par de copas de vino blanco vacías.

—¡Tú sí que sabes! Tendría que haberlo pensado antes de meterme en lo de la compraventa por internet —dijo Fernando, que no conseguía quitarse la sonrisa de la boca.

—No sé yo si tú valdrías para aguantar a estos. A veces, hasta a mí me cuesta no saltar.

—Soltamos a Fernando ahí y se acaba la ultraderecha en España en dos semanas —añadió Toni riendo.

—No me jodas, Vito, que me dejáis sin trabajo.

—Toni.

—Es que no me acostumbro. Sigues teniendo cara de Vito.

—Prefiero Toni.

—Vale, Toni. —Amanda bebió un sorbo de su vino sin dejar de mirar a Toni—. Estás guapo, estáis guapos los dos. ¿Tenéis novia?

—Yo no, voy picoteando por ahí, pero este sí —se apresuró a decir Fernando.

Amanda se giró hacia Toni con una sonrisa.

—Así que tienes novia… ¿Cómo es? —preguntó a sabiendas de que eso incomodaría a su amigo.

—Llevamos muy poco, trabaja conmigo y, bueno…

—Está muy bien, yo la he visto y tiene donde agarrar —le cortó Fernando tocándose el pecho.

—¿Te gustan con pechos grandes? —preguntó Amanda, luego se cogió los suyos aparentando tristeza—. Vaya, no tengo nada que hacer.

—Igual si te operas… —intervino Fernando.

—Toni —dijo ella remarcando el nombre—. ¿Crees que debería operarme?

—Sois unos cabrones —dijo él, y le dio un trago a su cerveza tratando de ocultar el rubor que sentía en las mejillas.

Amanda y Fernando soltaron una carcajada y chocaron sus bebidas.

—Oye, Amanda… Sofía —empezó a decir Fernando.

—Para vosotros siempre seré Amanda —dijo, pero mirando a Toni.

—Amanda, ¿y el vikingo ese que tienes en casa?

—Josu. Es un cielo, está totalmente loco por mí. Es hijo de un empresario que está forrado. Yo creo que en unos seis meses ya lo habré amortizado, y entonces lo echaré de la casa y a vivir.

—Yo de mayor quiero ser como tú —le dijo Fernando, y volvió a chocar su botella de cerveza con la copa de ella.

Se produjo un silencio en el que los tres se miraron. Las preguntas se amontonaban de tal modo en sus cabezas que no sabían cómo empezar a sacarlas.

—¿Sabes algo de tus hermanos? —preguntó Amanda.

Toni iba a beber de su botella, pero volvió a dejarla en la mesa.

—Ana se suicidó cuando yo tenía dieciséis.

La noticia cayó como una bomba en la mesa. Los amigos de Toni recordaban perfectamente a esa aspirante a hada, siempre medio disfrazada y viviendo en su mundo particular.

—¿Qué…? —empezó a decir Amanda, pero Toni negó con la cabeza para que dejara el tema.

—Vamos a ir a Madrid, ¿vienes? —soltó de improviso Fernando tratando de cambiar de tema.

Amanda miró sorprendida a Fernando.

—¿A qué?

—No sé, a ver si *exorcisa… exorci… exorsizamos…* A ver si consigo sacarme los demonios de la cabeza. No puedo dejar de pensar en lo que hicimos.

—¿Lo que hicimos? ¿Lo del niño? —preguntó Amanda de un modo tan neutro que hasta sacó a Toni del recuerdo de su hermana.

—Claro —respondió Fernando—. Desde entonces tengo pesadillas y no puedo dormir.

—¿No lo trabajaste con el psicólogo del centro? —quiso saber ella.

—Sí, por supuesto, pero sigo despertándome en mitad de la noche. He pensado que si vamos los tres al sitio donde lo hicimos, podríamos…, no sé, podríamos pasarlo.

—Yo ya lo he pasado hace mucho.

—Pero podrías ayudarme a…

Amanda negó con la cabeza, sacó un billete de veinte euros de su monedero y lo dejó encima de la mesa.

—Tengo que irme ya.

—Amanda, por favor.

Ella se apoyó en la mesa, acercándose a sus amigos.

—Yo tengo una vida, no quiero que me metáis en vuestras mierdas, ¿entendido?

—Espera, vamos a hablarlo —dijo Toni levantándose.

—No hay nada que hablar. Me ha alegrado mucho veros.

Y salió del bar.

Toni se sentó derrotado en su silla y miró a Fernando, que empezaba a enrojecer.

—La he cagado, me cago en mi puta madre. ¡Soy imbécil! —gritó.

Los clientes se giraron hacia su mesa. Toni lo cogió de un brazo.

—¡Cállate!

—¡Soy lo peor, me cago en la puta, no podía estar con la boca cerrada!

—¡Que te calles de una vez!

Fernando empujó la mesa, volcándola y tirando las botellas y los vasos que estaban encima. El dueño del bar salió de la barra alterado.

—¿Qué estáis haciendo?

Fernando lo cogió por el cuello.

—Métete en tus putos asuntos.

Sin que a ninguno de los dos le diese tiempo a reaccionar, Toni le pegó un puñetazo en la mandíbula a Fernando que lo tiró al suelo. Como un ciclón, lo cogió del pelo y lo sacó del bar ante la atónita mirada del dueño.

—¡Suéltame, joder! —gritaba Fernando—. Me estás haciendo daño, gilipollas.

Toni lo empujó dentro de un pequeño callejón que había al doblar la esquina. Fernando se encaró con él.

—¿Estás tonto o qué te pasa?

Fernando recibió otros dos puñetazos en la cara que lo tiraron al suelo. Cuando intentó levantarse, una patada en las costillas le hizo retorcerse de dolor. No sabía cómo parar la tormenta de golpes que le estaban cayendo. Toni siguió pegando a su amigo, que se cubrió la cabeza con las manos, luego se sentó encima de él, cogió su cabeza y empezó a golpearle contra el suelo.

—¡Que te calles! ¡Que no vuelvas a abrir la boca! —le gritaba.

Fernando sentía que todo se diluía, estaba a punto de desmayarse. Toni le cogió del cuello y apretó con fuerza.

Las venas de Fernando empezaron a hincharse, no podía respirar, y no conseguía apartar las manos de su amigo. Vencido, se dejó ir.

Toni lo soltó y se sentó a su lado.

Cuando pudo moverse, Fernando lo miró. Toni estaba con los ojos fijos al frente, sin mover un músculo.

—Lo siento —balbuceó Fernando.

—Sabíamos que podía negarse.

—Podría haber esperado a…

La mirada de Toni lo frenó en seco. Fernando se dio cuenta de que sangraba por la nariz. Se tocó la cara y notó que tenía un corte en el pómulo.

Empezaron a oír la sirena de un coche de policía.

—Vamos a la furgoneta y te curo —dijo Toni.

Fernando asintió. Los dos salieron del callejón cuando la policía entraba en la calle. Dieron un rodeo para llegar al vehículo sin que los viesen.

La hemorragia de la nariz se cortó enseguida y el corte del pómulo resultó no ser demasiado profundo, poco más que un arañazo.

—Busca un hotel y envíame la dirección —dijo Toni, y abrió la puerta para bajarse de la furgoneta.

—¿Dónde vas? —preguntó Fernando con cautela.

—A hablar con Amanda. Vuelvo en un rato —respondió serio.

Fernando asintió.

—Siento eso… —dijo Toni señalándole la cara.

—Te quiero, tío.

Antes de que Toni pudiera responder, Fernando se abalanzó sobre él y lo abrazó. Este le respondió al abrazo y se fue.

Fernando giró el espejo retrovisor y se miró la cara. Nunca había sentido una furia como la de Toni.

Cada vez lo admiraba más.

SESENTA Y NUEVE

Vito se miró en el espejo y se encontró raro, cambiado. Supuso que era por las luces del cuarto de baño común en el que se estaba lavando los dientes.

Llevaba tres días en el centro de reforma y aún no había hablado con nadie; tampoco tenía ningún interés en hacerlo.

No dejaba de pensar en su hermana. En cuanto dejaran de mirarlo todo el tiempo por ser el nuevo, encontraría un modo de escaparse para ir a buscarla. Tenía que sacarla de esa casa como fuera. Intentaría llevarse también a Felipe, porque no podían vivir el uno sin el otro, no porque corriera un riesgo real. Al fin y al cabo, Felipe era chico y lo único que tendría que aguantar era alguna paliza de vez en cuando, pero nada que no se pudiera soportar. En cambio Ana...

Vito se maldijo por haber sido tan imbécil. Si no se hubiera dejado llevar con lo del niño, ahora seguiría en su casa y podría proteger a su hermana.

La había dejado sola con una manada de lobos.

Se sintió despreciable. Una gran ira creció en él. Quería golpear el espejo y rajarse con uno de los trozos, castigarse por su estupidez, hacerse todo el daño posible.

Un golpe en el hombro lo sacó de sus pensamientos. Era un chico de unos quince o dieciséis años con una bolsa de aseo. Se colocó a continuación de Vito para lavarse los dientes.

—Perdona.

Vito lo miró sin decir nada.

—¿Qué has hecho para que te traigan aquí?

Con un movimiento explosivo, Vito clavó el mango del cepillo en el hombro del chico, que se partió por la violencia del golpe. Le hubiera gustado clavárselo en el cuello, pero sabía que provocar otra muerte le traería problemas.

El chico retrocedió por el dolor y la sorpresa. Vito lo empujó con todas sus fuerzas y le propinó una patada en los genitales. El chico cayó al suelo redondo.

Vito le dio una patada en la cara y, aprovechando que se giraba por miedo a recibir otra, cerró con fuerza la puerta de los retretes pillándole medio cuerpo dentro. Luego abrió y cerró con fuerza la puerta, alternándolo con fuertes patadas en las costillas, hasta que el chico empezó a sollozar sin oponer resistencia.

Recogió el trozo de cepillo de dientes del suelo, se subió sobre el chico y acercó el extremo roto hasta casi tocarle el ojo. El chico cerró los ojos, pero Vito le dio un bofetón.

—Mírame.

El chico seguía llorando con los ojos muy apretados.

Vito le dio otro bofetón.

—He dicho que me mires.

Abrió los ojos. La sangre de la cara se le mezclaba con los mocos de un modo repugnante.

Había terror en su mirada.

Vito se levantó, fue hasta los lavabos y se enjuagó la boca para quitarse los restos de espuma.

Se marchó.

Nadie le preguntó sobre este hecho.

Vito comprendió el poder del miedo.

SETENTA

Toni caminaba por San Sebastián sin saber qué le diría a Amanda cuando llegara a su casa. Sentía que no había conseguido hablar de verdad con ella y necesitaba hacerlo.

Después de dejar a Lidia en Cartagena y cruzar el país, no se conformaba con haber echado unas risas en un bar antes de que Fernando abriera la boca y la espantara.

No esperaba que fuera a Madrid con ellos ni que quisiera volver a verlo, pero sentía que después de todos estos años tenía que haber algo más.

Toni se paró en mitad de la calle. ¿Para qué iba a verla? ¿Qué esperaba que sucediera?

Entonces se dio cuenta de que nunca había estado con ella a solas. De pequeños siempre estaban los tres, como grupo, nunca con uno o con el otro en solitario, o al menos él no lo recordaba.

¿Qué estaba haciendo?

Se dio la vuelta para regresar, pero no sabía a dónde tenía que ir. Fernando aún no le había enviado los datos del hotel en el que se suponía que dormirían.

Dio la vuelta de nuevo. Decidió que llegaría hasta la casa de Amanda, y allí vería si llamaba o se volvía. Al menos, el paseo le serviría para alejarse de la intensidad de Fernando, que, aunque le gustaba mucho porque le devolvía a su infancia, le resultaba agotadora.

Cuando llegó delante de la casa, sacó su móvil. Seguía sin noticias de Fernando. Toni pensó que quizá estaba molesto por lo que había ocurrido en el bar y se había ido o simplemente se había despistado, como solía hacer con frecuencia, y en el momento más insospechado volvería a dar señales de vida.

Las luces del salón estaban encendidas, pero no se veía movimiento en el interior de la casa.

—¿Qué estás mirando?

Toni se giró sobresaltado. A unos veinte metros estaba Amanda con un *pitbull terrier* marrón atado con una correa.

—Cuánto has tardado, ya no sabía dónde más llevar a Máximo —dijo Amanda aparentando estar aburrida.

El perro miraba a Toni fijamente. Se acercó a él hasta que la correa se tensó.

—Creo que le gusto —respondió Toni sin apartar la mirada del perro.

—Quién sabe...

Amanda avanzó poco a poco hacia Toni hasta que el perro quedó a solo diez centímetros de su entrepierna.

—¿Cómo sabías que iba a venir? —preguntó Toni dando medio paso hacia detrás para distanciarse del morro de Máximo.

—No lo sabía, pero quería averiguar cuántas ganas tenías de que fuera a Madrid contigo.

—¿Y bien?

Amanda dio otro paso hacia Toni. Este apartó el morro del perro, pero Máximo empezó a gruñir.

—O me lo quitas de encima o vamos a tener un problema —dijo Toni, que había decidido no retroceder ni un paso más.

Amanda sonrió y tiró de la correa de Máximo.

—Mañana a las diez en la puerta de la sede.

Toni sonrió.

—¿Te vienes?

Amanda también sonrió. Se acercó a él y le besó en los labios. No fue un beso lascivo, sino más bien un recordatorio del que se dieron justo antes de que los separaran.

—Nos vemos mañana —dijo ella.

Sin esperar respuesta se encaminó hacia su casa.

Toni, a quien aún le palpitaban los labios por ese beso, la miró hasta que entró por el portal.

Ella no se giró ni una sola vez a mirarlo.

SETENTA Y UNO

Estaremos juntas para siempre.

Amanda abrazaba a Marta mientras las dos lloraban de la emoción.

—Nada podrá separarnos —respondió la niña.

Doce meses antes, Amanda llevaba ya casi cuatro años en el centro de reforma. Su educación y su predisposición a colaborar en todo lo que fuera necesario habían propiciado que se convirtiera en la favorita de la dirección. No tardó en conseguir una habitación para ella sola, acceso a los ordenadores y otros privilegios.

Amanda empezó a aburrirse. No había ahí dentro nada que le interesara y todavía le quedaban, al menos, cuatro años más, entre que llegaba a la mayoría de edad, la evaluaban y se cumplimentaba todo el papeleo. Demasiado tiempo para estar simplemente vagando por el centro.

Entonces llegó Marta. Tenía trece años, había tenido graves trastornos alimentarios y llevaba un par de años coqueteando con las drogas. Su padre nunca había existido y su madre estaba en la cárcel por intentar matar a un cliente que no quiso pagarle después de prostituirse con él en un coche.

Y Marta se convirtió en el nuevo proyecto de Amanda.

Enseguida la adoptó y se hicieron inseparables. Los funcionarios del centro notaron una gran mejoría en la niña en cuanto a alimentación y comportamiento, lo que provocó que todos calificaran esa nueva relación como «beneficiosa».

En apenas unos meses esa alegría se convirtió en melancolía.

Amanda mostró sus debilidades a la niña, le transmitió la poca esperanza que tenía en recuperarse de lo que pasaba en su interior. Marta, a su vez, se sinceró con ella y le contó el pánico que tenía a ser como su madre. Le aterraba convertirse en esa persona violenta y egoísta con la que había convivido, y algún arrebato ocasional le daba la razón.

Las dos sabían que eran desechos de la sociedad y que lo mejor que podía pasar era que no volvieran a la calle. Durante varios meses hablaron y pensaron distintas alternativas, pero al final la que siempre prevalecía era la más obvia: para que nadie más fuera dañado, ellas tenían que desaparecer.

Cada una se convirtió en la confesora de la otra, y en su paño de lágrimas. Menos para dormir, ya que no compartían habitación, pasaban todo el día juntas. En el centro empezaron a llamarlas «las siamesas».

Y así es como decidieron terminar, juntas.

Aprovechando que la compañera de cuarto de Marta había vuelto con su familia, enrollaron unas sábanas, las colgaron del enganche de la lámpara y se abrazaron durante una hora.

La noche anterior habían hecho pruebas con las sábanas y la improvisada sujeción. Las dos se engancharon con los brazos al mismo tiempo para comprobar la resistencia y evitar encontrarse sentadas de culo en el suelo en el momento crucial. Ese fue el último instante de risas que disfrutaron. Al verse las dos colgadas como monos, con sus cuerpos pegados, chocando el uno contra el otro, a Amanda se le ocurrió decir que las iban a encontrar como si fueran morcillas en una bodega. Marta rompió a reír, se soltó de la sábana y cayó. Amanda también se soltó y estuvieron más de diez minutos sin poder controlar la risa floja que les entró a causa de la tensión.

El día señalado estaban nerviosas pero tranquilas. Debían comportarse como siempre para que nadie sospechara nada. Cuando todos se acostaron, Amanda fue a la habitación de su amiga con la sábana escondida debajo de la sudadera. Colgaron las telas tal y como habían ensayado la noche anterior, se sentaron en la cama y se abrazaron.

—Has sido la mejor amiga que nadie puede soñar —dijo Marta.

Sus lágrimas mojaban el hombro de Amanda. Intentó limpiarlas, pero ella la detuvo.

—Quiero que las lágrimas con tu ADN estén en mi ropa. No las quites.

Deshicieron el abrazo, una sentada frente a la otra.

—¿Vamos? —preguntó Amanda.

—Vamos.

Se colocaron tal y como habían practicado. Marta sobre la única silla de su habitación y Amanda al borde de la cama. Cada una tomó su sábana y metió el cuello en el nudo que habían aprendido a hacer en YouTube. En medio, un hueco de un metro, donde las dos se juntarían en el momento de dar el paso.

—Te quiero —dijo Marta con los ojos llenos de lágrimas.

—Te quiero —respondió Amanda emocionada.

Entre los ojos de las dos amigas había un puente tan sólido que un ejército entero podría haberlo cruzado dando saltos y no se hubiera movido ni un milímetro.

—Una... —empezó Amanda.

El corazón parecía que iba a salírsele del pecho. Marta sonreía con gratitud.

—Dos... —continuó Marta.

Amanda se mordía el labio de la excitación. Ninguna parpadeaba.

—¡Y tres! —dijeron las dos sin gritar mucho para que nadie las descubriese hasta la mañana siguiente.

Amanda hizo un pequeño movimiento hacia el vacío, y se paró. Marta sí completó su paso y se quedó balanceándose a escasos centímetros de su amiga.

Entonces se dio cuenta de lo que había pasado.

Amanda abrió un poco el nudo y sacó la cabeza sin esfuerzo. Marta trató de soltarse, pero el peso de su propio cuerpo le apretaba cada vez más la garganta. Vio cómo la que suponía su amiga se bajaba de la cama, apartaba la silla para que no tuviera oportunidad de apoyarse y se sentaba en el suelo, junto a la pared. Marta intentó agarrarse a la sábana de Amanda, pero no le quedaba fuerza en los brazos. Sentía que la cabeza le iba a estallar, que los ojos se le hinchaban. Se había dado cuenta de la traición y luchó porque no quería morir sola.

Pero era inútil.

Sentada contra la pared, Amanda vio con admiración que un líquido caía por la pierna de Marta; era verdad que los ahorcados se orinaban encima.

Primero las piernas y luego los brazos de la niña dejaron de moverse.

Cuando Amanda estuvo segura de que no iba a pasar nada más, se subió a la silla y soltó su sábana. Por suerte no se había manchado del pis de su amiga.

Se acercó a la puerta y comprobó que no hubiera ningún ruido fuera. Sería una pena que después de dedicarle casi un año a esto, alguien la pillase y todo se echara a perder.

Miró por última vez su obra y abrió con cuidado. Fue a su habitación sin hacer ruido, volvió a poner la sábana en la cama y se acostó.

Ya solo le quedaban tres años.

SETENTA Y DOS

Como Toni seguía sin noticias de Fernando, decidió volver hasta donde habían aparcado la furgoneta.

El vehículo seguía en el mismo sitio en que lo dejaron, pero no había rastro de Fernando por ninguna parte. Toni pensó que quizá, en un arrebato, había cometido alguna locura. Si era así, llegaba demasiado tarde.

Sacó su móvil y marcó. El teléfono daba señal, pero nadie contestaba.

Toni se acercó al bar donde habían tenido el altercado por si hubiera regresado para terminar de armarla. Pensó que era mejor no entrar y miró por el ventanal, pero no lo vio; el bar mantenía su rutina como si ellos nunca hubieran pisado el local.

Fue al callejón donde había estado tentado de matarlo. Tampoco estaba allí. Como no sabía qué hacer, dio una vuelta por los alrededores; si encontraba a Fernando, perfecto y, si no, se iría solo con Amanda a Madrid.

No tardó ni tres minutos en dar con él. Justo al girar la esquina, en el primer bar de la siguiente calle, Fernando se reía con una cerveza en la mano acompañado de dos chicos. Toni dudó si entrar o no, pero Fernando lo vio y lo llamó a gritos. Su cara llena de heridas y la expresividad sobreactuada fruto del alcohol le daba un aspecto lamentable, pero eso no parecía importarles a sus nuevos amigos que no dejaban de reír a cada frase que decía.

—¡Mi mejor amigo! —gritó Fernando mientras Toni se acercaba.

—Hola —dijo Toni. Se mostró prudente porque no sabía qué les habría contado Fernando a los dos borrachos con los que estaba.

—¿Los has encontrado? —preguntó uno de los chicos.

Toni miró a Fernando.

—Espero que les hayas devuelto a esos fachas hijos de puta lo que me han hecho —dijo señalándose las marcas de la cara.

—Se me han escapado. Han montado en un coche y no he podido pillarlos —contestó Toni.

—¡Qué cabrones! Ya podrían, dos contra él. Y tú qué huevos tienes de ir tras ellos —añadió el otro chico.

Toni se encogió de hombros.

—¿Te tomas una? —le preguntó Fernando.

—Estoy un poco cansado. Me gustaría irme a dormir.

—Va, una y nos vamos. Lo prometo. Después de lo que has hecho por mí es lo mínimo. Además, así recuperas el líquido que has perdido persiguiéndolos —sentenció mientras se levantaba para ir a la barra.

Toni se quedó solo con los dos chicos. Sentía que las mil cervezas que habían tomado y él no constituían una barrera insalvable para la comunicación.

—¿Cómo eran? —preguntó uno.

A Toni no le apetecía nada hablar.

—Fachas, ya sabes…

—Sí, tío. Esto cada vez está peor. Tendríamos que ir a quemar el nido de nazis que tienen ahí —dijo el chico señalando la sede del partido de Amanda.

—Claro, como sois de fuera no sabíais que este barrio es ahora zona nacional —añadió su compañero.

—Un día se va a liar parda aquí, entre los unos y los otros —concluyó el primero.

Toni pensó que era una suerte que tuvieran más ganas de escucharse entre ellos que a él, así lo dejaban en paz.

Estuvieron un rato así hasta que volvió Fernando con cuatro botellines. Los chicos se apresuraron a terminar el que tenían en la mano para coger el nuevo.

—¡Por Vito! ¡El mejor amigo que se puede tener! —gritó Fernando levantando su botellín para que los demás brindasen con él.

—¡Por Vito! —corearon los chicos.

Toni chocó su botella sin saber si a Fernando se le había escapado su verdadero nombre porque iba muy borracho o si había sido lo suficientemente listo como para dar los nombres antiguos y así evitar que los pudieran rastrear.

Una hora y tres botellines después, Toni y Fernando llegaron a la furgoneta.

—¿Cómo te ha ido con Amanda?

—Hemos quedado mañana a las diez con ella.

Fernando lo miró con admiración, aunque la luz de las farolas y las heridas le daban un aspecto psicótico.

—¿Cómo lo has hecho?

—Ni idea, pero viene, que es lo importante.

Fernando asintió sonriendo. Metió la llave en el contacto al cuarto intento y arrancó el vehículo.

Lo paró.

—¿Dormimos en la furgo? —preguntó Fernando—. Voy muy borracho para conducir.

Por un momento a Toni se le pasó por la cabeza que Fernando quisiera vengarse por la paliza y que intentara matarlo mientras dormía.

—Tengo colchones —añadió Fernando malinterpretando la cara de duda de su amigo.

Toni pensó entonces que Fernando era demasiado impulsivo y no sabía mentir. No le hubiera hecho ese recibimiento al llegar al bar.

—Como quieras. Por mí bien —respondió.

Fernando se alegró como si le acabaran de invitar a su primera fiesta de pijamas.

Abrieron la puerta lateral, tumbaron dos colchones y Fernando sacó unas mantas. Por suerte no hacía demasiado frío.

—¿Cómo estás? —preguntó Toni una vez que se hubieron acostado.

—Borracho.

Toni vio que no era el momento de hablar. Quizá lo intentara al día siguiente, con la suficiente distancia. Giró la cabeza y se dispuso a dormir.

Oyó un ruido a su espalda y se dio la vuelta dispuesto a defenderse. Fernando estaba sentado en su colchón, en absoluto en actitud amenazante.

—Gracias por lo de antes, me lo merecía. He estado a punto de cargarme todo el viaje —le dijo.

Toni no supo bien cómo reaccionar, de modo que lo hizo como cuando eran pequeños.

—Que te follen.

—Y tú que lo veas.

Fernando se volvió a acostar.

—Buenas noches.

—Buenas noches.

SETENTA Y TRES

S omos los de Cáritas que venimos a que nos deis un donativo.

Ponce se rio de su propia broma, en cambio a los niños no les hizo ninguna gracia. Buscaron entre sus cosas algo de dinero y se lo dieron al cobrador.

—Muchas gracias, con esto salvaremos a muchos niños negros de África.

Ponce se volvió a reír y salió de la habitación seguido por La Roca, un niño de catorce años con un problema de crecimiento que le provocaba gigantismo. Aunque Ponce ya tenía los dieciocho, apenas le llegaba por el pecho. Le gustaba ir con él a cobrar, porque, aunque no tenía muchas luces, su presencia impedía que surgieran problemas.

Entraron en la siguiente habitación. Solo había un niño de unos doce años.

—Hola, somos los de Cáritas. Aflojando que es gerundio.

Según los vio, el niño rompió a llorar. Ponce se acercó a él.

—¿Qué pasa?

—Este mes no puedo pagaros.

Ponce le dio una colleja.

—Tú sabes qué día es hoy, ¿no?

El niño asintió sin dejar de llorar.

—Y nosotros estamos haciendo nuestra parte, ¿no?

El niño volvió a asentir.

—¿Entonces?

Como seguía llorando, Ponce le dio otra colleja.

—¿Entonces?

—Necesito… Quiero comprar un regalo para mi madre.

—¿Es su cumpleaños?

—Sí.

—¿Dónde está?

—En casa. Si se porta bien, en un par de meses me dejarán estar con ella.

Ponce paseó por el cuarto pensativo.

—¿Qué le vas a comprar?

—Unos pendientes.

—¿Unos pendientes?

El niño asintió y se encogió de hombros.

—No se me ocurre nada.

—Ya… La verdad es que a mí tampoco. Supongo que unos pendientes están bien.

Ponce se dirigió hacia la puerta.

—Lo que te sobre me lo traes tú, que no tenga que venir a pedírtelo.

El niño se sorbió los mocos.

—Gracias.

—Gracias, gracias… —repitió burlón Ponce.

Y se marchó.

Cuando terminaron la ronda, fueron a la habitación de Sueco a dejar los «donativos». La luz estaba apagada, así que Ponce se dio la vuelta para salir, no quería que nadie pensara que había entrado a coger algo.

—¡Sorpresa!

Ponce dio tal salto que varias monedas se le cayeron al suelo. Se encendió la luz y Sueco y Miki salieron de sus escondites.

—¿Qué…?

—Recoge el dinero y entra —dijo Sueco.

Este sacó de debajo de la cama una magdalena de chocolate con una vela encima y unas botellas de cerveza. Ponce dejó la recaudación sobre la mesa, junto a su improvisado pastel.

—Roca, cierra la puerta.

El gigante obedeció. Miki sacó un mechero y encendió la vela.

—¿Cómo sabíais que era mi cumpleaños?

—Sueco lo sabe todo —dijo Sueco—. Dentro de nada tendrán que echarte de aquí. ¿Cárcel o calle?

—Creo que calle, pero no pienses que lo tengo del todo claro. Tienen que hacerme la evaluación el mes que viene.

—Miki te ayudará a prepararla. Se sabe todos los trucos —añadió el jefe.

Miki abrió su cerveza con los dientes y echó un poco por encima de la magdalena.

—¡Feliz cumpleaños, capullo!

Ponce sonrió, pero una parte de él estaba triste. Se había hecho tanto a la vida del centro que le iba a dar mucha pena dejarla.

SETENTA Y CUATRO

Blanco estaba de muy mal humor. Se encontraba cansado de conducir toda la noche y enfadado porque no había podido terminar de recitarle unos preciosos versos de Rosalía de Castro a una mulata de veintipocos años en un club a las afueras de Madrid.

Su móvil se puso a sonar mientras declamaba «Busca y anhela el sosiego… / mas… ¿quién le sosegará?», y todo se fue al carajo. Si ya era difícil concentrarse haciendo dos cosas a la vez, cuestionarse quién podría estar llamando a esas horas hizo que se convirtiera en imposible. El que llamaba era su contacto en la policía. La furgoneta que buscaba había sido localizada en San Sebastián, aparcada en la calle.

El expolicía sabía que si no quería seguir dando vueltas por el país persiguiendo al tipo que mató a su hermano, tenía que darse prisa y llegar antes de que moviera el vehículo. Se despidió de la mulata con la promesa de volver.

El camino se le hizo eterno, incluso durante una parte del trayecto fue dando cabezadas hasta que paró en una gasolinera a tomar un café y meterse algo que le permitiera llegar sin dormirse.

No eran todavía las seis de la mañana cuando apareció en la dirección que le había enviado su amigo. Pasó con el coche muy despacio al lado de la furgoneta y aparcó en la siguiente calle. Sacó la pistola de la guantera, se la guardó en uno de los bolsillos de su chaqueta y se acercó a inspeccionar el vehículo.

SETENTA Y CINCO

Toni se despertó desorientado. Al principio no sabía dónde estaba y tardó unos segundos en reconocer la parte de atrás de la furgoneta de Fernando. Vio algo moverse en el exterior y se incorporó un poco. Alguien estaba asomándose por las ventanas delanteras, pero estaba a contraluz y no podía verle la cara.

Con mucho cuidado despertó a su amigo.

—¡Mierda! —dijo Fernando al reconocer la figura—. ¿Cómo coño nos ha encontrado?

Los dos se agazaparon.

El tipo rodeó el vehículo asomándose a todas las ventanas, mientras que Toni y Fernando se pegaban a las paredes moviéndose despacio y sin hacer ruido.

Cuando parecía que ya no se asomaba más, Toni miró con cuidado. El expolicía se había alejado de la furgoneta y la controlaba a distancia apoyado en un coche.

—Creo que está esperando a que lleguemos.

Fernando se asomó junto a él.

—Si arrancamos la furgo, no le da tiempo a pillarnos.

—Pero yo he quedado con Amanda ahí.

Toni señaló la sede. Blanco estaba justo a mitad de camino entre ellos y la puerta.

—Faltan tres horas, tenemos tiempo de pensar algo —continuó Toni.

—Con suerte se aburre antes y se va a tomar un café —dijo Fernando.

Pero no hubo suerte. A las diez de la mañana Blanco seguía apoyado contra el coche sin perder de vista la furgoneta. Estaba tan pendiente del vehículo que no vio a una chica pararse a escasos diez metros de él.

Un acelerón revolucionó el motor de la furgoneta. Blanco se tensó y dio dos pasos hacia ella. Entonces el vehículo arrancó y desapareció a gran velocidad por la primera calle.

El expolicía salió corriendo hacia su coche.

Amanda contempló toda la escena, entonces se dio cuenta de que Toni salía de detrás de un coche y se acercaba a ella.

—¿Ese era Ponce? —preguntó.

—Nos llamará apenas pueda.

—El tipo que estaba aquí, ¿quién era?

—Un tema de Fernando. Creo que le debe dinero de apuestas o algo así —mintió Toni—. En cuanto lo despiste nos llama.

Amanda lo miró como si supiera que estaba mintiendo.

—Bien, así tenemos un rato para nosotros.

La chica lo llevó al café donde habían armado el jaleo la noche anterior. El dueño lo reconoció, pero como iba acompañado por Amanda, una cliente habitual, no dijo nada.

Los dos se quedaron mirándose, tratando de reconocerse, hasta que el camarero con los cafés cortó el encanto.

—¡Sigues igual! Es increíble, no has cambiado nada —dijo Amanda.

—Tú, en cambio, estás muy distinta.

—¿Mejor o peor?

Toni sonrió y le dio un sorbo a su café para tener tiempo de pensar la respuesta.

—Más… apabullante. Creo que la palabra es esa. De pequeña ya se veía que ibas a ser algo serio, pero ahora hasta impones.

—¿Te impongo? —preguntó Amanda divertida.

—Un poco, pero eso es bueno. Me gusta.

—O sea que te gusto…

Toni sonrió.

—Me gusta que sigas siendo igual de malvada, y me gusta cómo has aprendido a manejar tus armas.

—Entonces ¿te gusto o no?

Él respiró hondo, y el móvil sonó.

—Es Fernando —dijo antes de darle al botón—. ¿Qué tal?

Mientras Toni escuchaba la explicación de Fernando, Amanda observó a su amigo. Seguía habiendo algo muy oscuro en él, y ella quería llegar hasta ahí.

—No te muevas de donde estás.

Toni colgó.

—Está cerca del velódromo. ¿Vamos?

—No me has contestado —dijo Amanda con una sonrisa inocente.

—Lo sé —respondió Toni—. Vamos.

—Se va a enterar Ponce cuando lo pille —dijo en voz baja Amanda y apuró su café.

SETENTA Y SEIS

*B*uenos días, traigo un certificado para Sofía López.

—No está ahora. Si quiere, déjemelo a mí, soy su pareja —contestó Josu.

—Lo siento, tengo que dárselo a ella en persona. ¿Sabe cuándo volverá?

—Estará fuera unos días, no sabría decirle.

—De acuerdo. Ya volveré la semana que viene.

—Si llega antes, ¿puede ir a recogerlo a algún sitio?

—Vendré yo, no se preocupe.

Cuando Josu cerró la puerta, Selmo se dirigió contrariado hacia su coche. Si Amanda no estaba, eso significaba que Toni y el otro chico ya la habían encontrado, y estando los tres juntos, lo más lógico es que volvieran al lugar del crimen.

Selmo se maldijo. Se había dejado llevar por las ganas de ver el lugar del asesinato y no tuvo en cuenta la secuencia lógica de los movimientos de los chicos. Eran muy previsibles y él muy torpe.

Pensó que lo mejor era ir a comer algo y luego coger la carretera hacia Madrid.

El navegador del móvil le indicó un restaurante con muy buenas reseñas a menos de diez minutos andando. Dado que iba a pasarse las cinco próximas horas en el coche, decidió ir dando un paseo.

Era una zona residencial bastante agradable, aunque parecía casi un barrio dormitorio. No había apenas ningún negocio y las calles estaban desiertas. Selmo miró el reloj. Era un poco pronto para comer, pero esperaba que la cocina ya hubiera abierto.

De pronto, todo se volvió negro.

SETENTA Y SIETE

lanco estaba pensando que le hacía falta otro café y otra raya (no necesariamente en ese orden) cuando la furgoneta se puso en marcha y salió a toda velocidad. Estuvo tentado de sacar la pistola y reventarle las ruedas, pero con tanta gente alrededor no era prudente, así que echó a correr hacia su coche. Aunque este estaba a escasos trescientos metros, antes de llegar a la mitad sintió que se ahogaba y tuvo que pararse para tomar aire. Llegó dando grandes bocanadas de aire, arrancó y salió en la dirección en la que se había perdido la furgoneta.

No había demasiado tráfico, pero no la veía por ninguna parte. Decidió tomar la autovía. Se imaginó que quizá huyeran de vuelta a Madrid, y condujo veinte kilómetros a gran velocidad para alcanzarlos.

Fue inútil.

Blanco cambió de sentido y volvió a la ciudad. Callejeó por la zona hacia la que parecía que se dirigía la furgoneta sin resultado, hasta que algo le llamó la atención.

Caminando por la acera, despacio, vio al psicólogo del chico. Que él se hubiera desplazado hasta allí significaba que estaba con ellos. Después del encuentro que tuvieron era imposible que fuera una casualidad que se hallaran los dos tan lejos de Cartagena.

Sabía que si le preguntaba directamente le respondería como en su despacho, con evasivas y trucos mentales de psicólogo, así que tenía que usar otro método.

Por suerte no había nadie en la calle, de modo que aparcó justo detrás del tipo, sacó una pistola táser de la guantera y salió del coche confiando en que el arma funcionara con un cuerpo tan grande.

Funcionó.

Acercó el coche cuanto pudo mientras rezaba para que no apareciera nadie por la acera y, con gran dificultad, metió al psicólogo en el maletero.

SETENTA Y OCHO

Cuando Selmo volvió en sí, notó que tenía las piernas dormidas. Estaba metido en el maletero de un coche, aunque la puerta estaba abierta. Asomó la cabeza con precaución y vio al policía que unos días antes se presentó en su despacho buscando a Toni. Estaba sentado en una gran mesa de madera de un merendero en medio del bosque. Con gran torpeza, en parte porque tenía las piernas dormidas, en parte porque no había hecho deporte desde que tenía diecisiete años, Selmo consiguió salir del vehículo.

—¿Qué significa esto? —preguntó muy enfadado.

Blanco sacó su pistola y la dejó sobre la mesa.

—¿Dónde está el chico? —preguntó.

Selmo iba a acercarse, pero se detuvo cuando vio que Blanco ponía la mano sobre la pistola.

—¿Dónde está? Y no me vengas con que tenías la tarde libre y te has venido a hacer turismo.

—No lo sé.

Blanco cogió la pistola y se levantó.

—No me jodas.

Selmo se puso pálido. Desde siempre, cuando veía una película se preguntaba cómo se comportaría si le apuntaran con un arma. Ahora lo sabía: estaba aterrado.

—¡Te lo juro, no lo sé! Yo también lo estoy buscando.

Blanco lo miró con cara de incredulidad, levantó la pistola y le apuntó a la cara.

—¿Cómo sabías que estaba en San Sebastián?

—Baja la pistola, por favor.

Blanco sabía que, a pesar de ser una montaña, el tipo que tenía delante no era una amenaza para él. Dejó de apuntarle.

—Siéntate en el suelo y cuéntame todo lo que sepas.

Selmo obedeció. Le explicó que eran niños asesinos y que por eso tenían dos identidades, cómo había conseguido la información de Amanda en el archivo del Tribunal de Menores y que pensaba que iban a volver a Madrid. En realidad le contó mucho más de lo que hubiera querido, pero el miedo le soltó la lengua.

Cuando creyó que tenía suficiente información, Blanco le dijo a Selmo que se apartara del coche, cerró el maletero y se dirigió hacia la puerta del conductor.

—Déjame ir contigo.

—¿Tú estás tonto o crees que el tonto soy yo?

—Yo conozco a Toni, y tú sabes investigar. Será mucho más fácil encontrarlos los dos juntos.

—¿En serio crees que te necesito? Si ya me has dicho todo, hasta la marca de calzoncillos de tu niño bonito.

—Me da igual lo que hagas con los otros, solo quiero que a Toni no le pase nada.

—¿Estás enamorado de él? Si podría ser tu hijo…

—No lo entenderías.

—Seguro que no. Nos vemos.

Blanco se metió en su coche. Selmo se acercó a su ventanilla.

—Por lo menos acércame a la ciudad.

—Sí, y luego te invito a comer —respondió Blanco con una sonrisa, y arrancó.

Apenas lo perdió de vista, Selmo sacó su móvil para ver dónde estaba.

Con suerte podría llamar a un taxi que lo sacara de allí.

SETENTA Y NUEVE

Parecía uno de los de *Fast and Furious*. Giré por la primera calle y os juro que creí que me comía una moto de esas de reparto que estaba parada, entonces di un volantazo y vi a un abuelo que se había quedado parado en medio de la calle. Metí el freno de mano y la furgo hizo así, levantando las dos ruedas, y luego cayó a plomo. Yo creo que el pobre hombre se cagó encima. Luego metí segunda, giré de nuevo…

—Pero si el que te seguía no podía ni correr. Cuando se montó en el coche tú ya estabas en el velódromo —dijo Amanda.

—¿Y tú qué sabes?

—Estaba allí. Te vi salir como una tortuga, pero, claro, contra uno de la tercera edad ya podrás.

Toni los oía discutir y le parecía volver a cuando tenían diez años. Daba igual cómo los hubiera tratado la vida o lo que hubieran evolucionado, era juntar a Fernando y Amanda y ambos volvían a comportarse como niños.

—¿Sabes lo que te digo? —respondió Fernando—. Que no pienso dejar que me amargues el viaje. Yo sé lo que pasó y punto.

—Como quieras, *Fast and Furious*.

—Además… —añadió Fernando, y se puso a rebuscar en la pequeña guantera que tenía junto al volante—. He traído una cosa para vosotros.

—Haberlo dicho antes y te dejo en paz con tu batallita.

—Interesada.

—Y a mucha honra —respondió Amanda.

Como no tenía respuesta a eso, Fernando se afanó más en buscar en la guantera. Se agachó un poco para mirar.

La furgoneta empezó a irse hacia un lado. Toni enderezó el volante.

—¿Nos lo vas a dar antes o después de matarnos? —preguntó Toni.

—Qué chispa tenéis todos. Viva el club de la comedia —dijo Fernando.

Por fin se irguió, pero mantuvo una mano abajo para que sus amigos no vieran de qué se trataba.

—Cerrad los ojos —les dijo.

—Entonces sí que será después de muertos.

—Ya tengo el volante. Cerrad los ojos.

Amanda y Toni, divertidos, le hicieron caso. Oyeron cómo Fernando trasteaba con la radio y empezaron a escuchar una guitarra que, definitivamente, los trasladó a su infancia.

A través de los altavoces, Platero y Tú empezaron a cantar, y con ellos los tres amigos.

Si ellos hubieran sabido cuando cantaban la canción camino del colegio cómo iban a ser los años venideros, igual habrían actuado de otra forma.

O quizá no, quién sabe.

Y mientras cantaba miró a sus amigos. Amanda y Fernando gritaban con entusiasmo, como si fueran estrellas del rock. No había rastro del tráfico de drogas ni de los ultraderechistas ni de policías asesinos ni de novios florero a los que sacar el dinero… ni de niños muertos.

Eran solo dos amigos de veintiún años cantando en una furgoneta mientras iban de excursión a la ciudad que los vio crecer.

Sus amigos.

—¡Parada técnica! —anunció Fernando.

Y salió de la autovía rumbo a una gasolinera.

Mientras Fernando llenaba el depósito, Toni y Amanda fueron a la tienda.

Toni se dirigió a la nevera donde estaban las botellas de agua cuando Amanda le susurró al oído:

—Cúbreme.

Él se giró como si no la hubiera entendido, pero ella ya se había acercado a la caja y se hizo la distraída mirando los chicles.

Toni cogió tres botellas y fue también a la caja.

—Hola. ¿Esas baterías para móviles funcionan bien? —dijo preguntando por lo primero que le llamó la atención a espaldas del dependiente.

El chico, de unos veinticinco años y pelo cortado imitando a un futbolista famoso, se giró hacia donde estaban expuestas las baterías, a salvo de las manos de los clientes.

Amanda aprovechó para meterse varios paquetes de chicles en el bolso.

Para Toni, todo empezaba a parecerse demasiado al día que mataron al bebé.

—Yo creo que están muy bien —dijo el chico, y puso en el mostrador el modelo más barato para que Toni lo viera.

Toni no llegó a coger la batería.

—He tenido una mala experiencia con una de estas. A la semana ya no cargaba —dijo.

—¿No? —preguntó el dependiente como si le acabaran de descubrir una de las grandes verdades del universo.

—Tuve que tirarla. Prefiero pagar un poco más y que me dure.

El dependiente se dio la vuelta y cogió los dos modelos que le quedaban. Amanda agarró un puñado de chocolatinas y varios paquetes de caramelos mentolados y se alejó del mostrador cruzándose con Fernando, que entraba.

—¿Me cobras el cinco? —dijo Fernando—. No compres eso, en la furgo tengo una mejor.

—He cogido unas botellas de agua —dijo Toni.

—Cóbralas también —le indicó Fernando al dependiente.

Mientras pagaba, Toni se fue a la furgoneta, donde esperaba Amanda con un chicle en la boca. Entraron en el vehículo y Amanda vació todo el botín en el asiento de Fernando.

—¡Qué cabrones! ¡Muy bien! —dijo este cuando llegó. Cogió las cosas y las tiró encima de Toni para poder sentarse—. Ábreme una chocolatina.

—Ábretela tú —respondió Toni.

—Algún día os daréis cuenta de lo mal que me tratáis, y entonces vendréis llorando.

—Algún día… —respondió Amanda tirándole una chocolatina, que Fernando cogió al vuelo.

—Algún día… —repitió Fernando.

Abrió la chocolatina, se la metió entera en la boca y arrancó la furgoneta.

OCHENTA

¿Qué opinas de lo que pasó?

—Fue una atrocidad. No debería haber pasado y lo siento, sobre todo por el dolor que causamos y las vidas que destrozamos. No puedo ni imaginarme el sufrimiento de la familia de... del pequeño Antonio.

Vito estaba muy tranquilo. Todos los años que había tenido que aguantar al psicólogo del centro de reforma le habían servido para hacerse una idea de lo que le preguntarían en la evaluación.

Esperó paciente a que la psicóloga forense escribiera unas notas. Era bastante mayor, casi sesenta años, y le hablaba con cierto desprecio. Toni no sabía si formaba parte de la evaluación o si la señora era así de imbécil con todo el mundo, de modo que trató de no dejarse influir por eso.

—¿Por qué lo hicisteis?

Vito hizo como que pensaba, pero era una de las preguntas que más veces le habían hecho en los ocho años y medio que había pasado en el centro y tenía preparada la respuesta.

—Si le digo la verdad, no lo sé. Supongo que nos fuimos retroalimentando unos a otros y al final los tres nos convertimos en monstruos capaces de hacer esas cosas horribles. La violencia en mi casa supongo que me llenó de ira y no fui capaz de gestionarlo.

—¿Y ahora serías capaz de hacerlo?

De nuevo hizo como que pensaba. Le estaba resultando demasiado fácil la evaluación y tenía que esforzarse para que no se le notara.

—Por supuesto. Llevo ocho años trabajando con Luis para identificar lo que me pasaba y disponer de las herramientas que me ayuden a superar cualquier situación de estrés o frustración. No guardo rencor a mi familia, entiendo que se comportaban así porque no sabían hacerlo de otra manera, tanto por su educación como por el contexto social en el que estaban inmersos. He aprendido a distanciarme de las situaciones que puedan suponer un riesgo y a saber manejarlas.

—Y cuando salgas, ¿qué harás?

Esa la tenía clarísima.

—Lo único que quiero es que se me dé la oportunidad de aportar a la sociedad. Quiero recuperar mi vida, ser un chico normal, trabajar, tener pareja… Nada fuera de lo corriente —dijo Vito, aunque no veía el momento salir, encontrarse con el hijo de puta de su padre y el subnormal de su hermano y aclarar algunas cosas con ellos.

Pero, claro, eso no podía decirlo.

—¿Y por qué estás tan seguro de que no vas a reincidir en ese o cualquier otro tipo de crimen?

Si de algo estaba seguro Vito era de lo contrario, pensaba reincidir.

—Porque gracias a lo que ha pasado y a Luis, ahora soy otra persona. Ya no tengo diez años, pienso de manera diferente.

—¿Cómo sé que todo lo que me dices es verdad y no un discurso que te has preparado? —preguntó la psicóloga con cara de «eres un mentiroso y te he pillado».

A Vito le entraron ganas de tirarse contra la vieja, reventarle la cara a golpes y clavarle la pluma con la que escribía sus tonterías una y otra vez, hasta que se rompiera.

En cambio dijo:

—Porque soy sincero. Si pregunta en el centro, verá que no he tenido un solo problema en ocho años, no ha habido ni una queja de mí. He colaborado en todo lo que he podido y he ayudado a los pequeños y a los nuevos. Espero que me crea, pero eso no está en mi mano. Lo he demostrado con acciones, no con palabras.

La psicóloga volvió a apuntar en su libreta.

Vito solo deseaba que la entrevista acabara pronto, no aguantaba más tanta farsa.

Como si le leyera el pensamiento, la psicóloga cerró su libreta y se levantó.

—Por hoy hemos terminado. En una semana enviaré la evaluación al juzgado.

—¿Cómo ha ido? —preguntó Vito, siendo él por primera vez desde que empezaron.

—Cuando termine el informe lo enviaré al juzgado y ellos serán quienes te lo comuniquen.

La psicóloga se fue. Vito pensó en la vida miserable que debía de tener para ser tan idiota, sonrió y le dio las gracias.

OCHENTA Y UNO

¿Cómo puede haber cambiado todo tanto en solo diez años?

Amanda, Toni y Fernando estaban delante de su antiguo colegio. A un lado del edificio principal habían instalado dos contenedores con ventanas que estaban llenos de niños dando clase, y por todas partes había papeleras de colores para que reciclaran. El patio, antes de asfalto negro, tenía ahora pintadas las líneas de un campo de baloncesto y otro de fútbol sala.

—¿Habéis vuelto alguna vez desde que salisteis? —preguntó Amanda.

Sus dos amigos negaron. Ambos mentían.

—Yo tampoco —mintió ella también.

—¿Qué os apetece hacer? —preguntó Fernando.

—¿En serio vas a empezar con que te aburres? —respondió Amanda.

—Va, no empecéis —intervino Toni—. Vamos al centro.

Amanda y Fernando lo miraron con fastidio por interferir en su pelea.

—¿Desde cuándo eres el jefe? —saltó Fernando.

Toni se rio. Se trataba de una de sus frases recurrentes cuando eran pequeños.

—No seáis pesados. Vamos.

Y echó a andar. Tal y como había previsto, sus amigos le siguieron.

Recorrieron la calle principal comprobando qué comercios habían desaparecido y cuáles no.

La tienda de cosméticos seguía allí.

Entraron sin tan siquiera comentarlo entre ellos.

Amanda iba delante pasando la mano por los expositores, como si no se decidiera entre una marca *low cost* u otra. Toni, que iba detrás de ella, vio los esmaltes de uñas. Se paró a mirarlos. Fernando se detuvo a su lado.

—¿Te acuerdas del esmalte azul? —preguntó Toni.

—¡Claro! —respondió su amigo.

—No lo veo.

Los dos rebuscaron en las estanterías hasta que una voz los interrumpió.

—¿Puedo ayudaros en algo?

Una empleada de la tienda, maquillada como si la obligaran a utilizar todos sus productos a la vez, estaba a escasos dos metros de ellos.

Toni se giró despacio.

—Busco un esmalte de uñas azul.

—¿Sabes la marca? —preguntó la dependienta.

—Ni idea.

La chica echó un vistazo al expositor y cogió un frasquito.

—¿Este?

Toni y Fernando se acercaron a mirarlo sin tocarlo.

—Yo creo que era más... como más claro, no sé, más fuerte —dijo Toni.

—Más eléctrico —intervino Fernando.

Toni hizo un gesto dándole la razón a Fernando.

Amanda se acercó a ellos.

—¿Qué hacéis?

—Buscamos el esmalte —dijo Fernando.

La dependienta sacó dos botes más. Los tres amigos se acercaron a mirar.

—No tengo ni idea —dijo Fernando.

—Creo que era como este —respondió Toni señalando uno.

Amanda lo cogió y lo observó con detenimiento.

—No, era más brillante. Vámonos.

—Espera un momento, seguro que hay uno parecido —insistió Toni.

—Parecido no vale. Tiene que ser igual. Vamos a mirar en otro sitio —resolvió Amanda, y salió de la tienda.

Los dos chicos le hicieron un gesto de despedida a la empleada y fueron tras ella.

—¿Qué te pasa? —preguntó Toni cuando la alcanzaron.

—¡Que sois unos pringados! —respondió Amanda mostrándole el bote de esmalte azul—. ¿Quién es la mejor? A ver, los dos a la vez, ¿quién es la mejor?

—¡Qué bueno! Ni me he enterado —dijo Fernando cogiéndole el bote de las manos—. ¿Cómo lo has hecho?

—«La mejor» nunca revela sus trucos —exclamó Amanda con una sonrisa que le llenaba la cara.

Se paró en seco mirando hacia la acera de enfrente. Los chicos siguieron su mirada.

Un niño de unos tres años jugaba solo en la puerta de una tienda.

OCHENTA Y DOS

A partir de ahora te llamas Antonio. Antonio López Gómez.

Vito miró el DNI que le tendía el funcionario.

—¿Antonio? ¿En serio?

—¿Por qué no? ¿Algún problema?

Vito volvió a mirar el documento con el nombre del bebé al que mató. No pensaba llamarse igual que él.

Antón, Toño, Toni…

Toni…

Podría acostumbrarse a que le llamaran Toni.

—No, no tengo problema. Antonio está bien —respondió Toni.

—Menos mal, porque después de generar todos tus documentos, no creo que te lo cambiaran —dijo el funcionario tratando de ser simpático.

Le dio a Toni un certificado de estudios, tarjeta de la Seguridad Social y un historial médico a nombre de Antonio López. Luego le entregó la carpeta de donde había sacado todo para que guardara ahí los papeles.

—Los siete primeros años no puedes salir del país, por eso no tienes pasaporte. Cuando se cumpla ese plazo y si las evaluaciones siguen siendo positivas, podrás sacártelo.

Toni asintió mientras guardaba lo que le habían dado.

El funcionario sacó otra carpeta de su cartera.

—Vivirás en Cartagena. Durante cinco años tienes prohibido salir de la provincia, luego podrás moverte libremente por el país con dos excepciones: no se te permite volver a Madrid ni ponerte en contacto con Fernando Ponce ni Amanda Garrido.

—Sí, ya me habían comentado —dijo Toni.

—Por favor, tienes que ser muy estricto con eso, porque si te lo saltas irás a la cárcel. Ya eres demasiado mayor para volver al centro de reforma.

—Claro, claro —se vio obligado a contestar Toni para tranquilizar al funcionario.

—Fírmame aquí, por favor.

Toni firmó la aceptación de las normas de la libertad condicional.

—Aunque te acompañaremos hasta el piso, aquí tienes la dirección y las llaves. El pago del alquiler correrá por tu cuenta a partir del sexto mes.

A Toni le daba lo mismo lo que le contaran y las condiciones que le pusieran, solo pensaba en caminar por la calle de nuevo.

—Cada quince días tienes que ir al juzgado a firmar la condicional, y visitar una vez al mes a un psicólogo asignado por el tribunal.

—¿Durante cuánto tiempo?

—Eso no tiene fecha.

—¿Para siempre?

El funcionario leyó el papel por encima y asintió.

—O hasta que el juez instructor de tu caso decida otra cosa por circunstancias excepcionales. Imagina que, por ejemplo, encuentras trabajo en el extranjero, entonces tienes que ponerte en contacto con el juzgado y solicitar que se adapte el proceso a tu realidad.

El funcionario le explicó todo con un cariño al que Toni no estaba acostumbrado, y eso le mosqueó un poco. ¿Por qué era tan amable con él si no lo conocía? ¿Cuál era el truco? ¿Sería esto parte de la evaluación?

—Si se trata de algo así, lo normal es que te liberen de esas cosas. El objetivo es la reinserción, y todos los pasos que se den en esa dirección serán bien vistos por el tribunal —continuó el funcionario.

Le dio un par de papeles más para firmar. Esta vez, Toni se tomó el tiempo de leerlos por si hubiera algo que se le escapaba.

O no lo había o no lo encontró, por lo que firmó donde le indicaron.

—El martes te trasladarán a tu nueva casa.

El funcionario le dio las dos carpetas y las llaves del que sería su piso.

—Te deseo muy buena suerte en tu nueva vida.

OCHENTA Y TRES

Cuando Toni quiso darse cuenta, Amanda ya había empezado a caminar hacia el niño.

Él la siguió sin ningún motivo concreto. De algún modo era como si el destino los estuviese probando. Miró hacia atrás, Fernando se había quedado en la acera dudando si cruzar con ellos o no.

Antes de llegar a la otra acera apareció la madre del niño, lo cogió de un brazo y le riñó por separarse de ella. Los dos desaparecieron dentro de la tienda.

Amanda llegó hasta el sitio donde había estado el pequeño y se paró a mirar el escaparate, como si ese fuera el motivo que la había llevado a cruzar de calle. Toni se detuvo junto a ella. Ella lo miró con media sonrisa excitada.

—¿Crees que me quedaría bien ese poncho?

Toni miró el escaparate. La ropa de baja calidad que exponía no tenía nada que ver con el estilo de ella.

—No creo.

—¿Entramos y me lo pruebo?

Los ojos de Amanda brillaban. Toni dudó si dejarse arrastrar por ella o mantener la calma.

—¿Vamos a la iglesia?

Ambos se giraron. Fernando estaba detrás de ellos. Ninguno de los dos le había oído.

—¿Cómo? —preguntó Amanda.

—¿Os apetece que vayamos a la iglesia?

—Creo que todavía no es la hora de misa —respondió Amanda.

—No, me refiero a la iglesia donde… —intentó explicar Fernando.

—Sé a qué te refieres, te estaba tomando el pelo —le interrumpió Amanda.

Fernando hizo ademán de contestarle, pero, por una vez, consiguió no entrar al trapo. Se giró hacia Toni.

—Por mí, bien —respondió este.

—¡Yo quería probarme ese poncho! —dijo Amanda haciendo un mohín.

—No querías —señaló Toni.

—¿Y tú qué sabes?

Toni la abrazó y le susurró al oído:

—Solo querías ver si el niño se fijaba en ti.

Amanda se separó para mirarle a los ojos. Toni no se dejaba llevar como todos los peleles que la rodeaban normalmente, y eso la desarmaba.

—¿Vamos? —preguntó Toni.

—Vamos —respondió ella.

Los dos echaron a andar. Fernando se unió a ellos.

—¿Qué le has dicho?

—Cuando seas mayor te lo contamos —respondió Amanda.

—Va, no jodas.

Amanda le pasó un brazo por encima del hombro.

—Que luego volvemos y nos compramos un poncho cada uno.

—¿Para qué…? —empezó a decir Fernando, pero se interrumpió al ver la sonrisa de Toni. Se soltó del abrazo de Amanda.

—Va, no te enfades, ahora me invento otra cosa y te la cuento —dijo ella.

—Déjame en paz.

Toni se paró y miró alrededor.

—En esa esquina es donde te manchaste de chocolate y tiraste al niño al suelo.

—Lo tiraste tú —se defendió Fernando.

—¿Yo? —Toni no recordaba que hubiera sido él. Había cambiado tantas veces la versión para los policías que al final se había creado un falso recuerdo—. Juraría que…

—Fuiste tú. Y luego vino la señora a preguntar —intervino Amanda.

Toni empezó a recordar.

—Es verdad. Vino desde ese portal. Seguro que vivía aquí. ¿Seguirá viva?

—¿Llamamos a los timbres a ver si la encontramos? —preguntó Fernando.

—No creo que sea buena idea —dijo Toni.

—¿Cuándo te has vuelto tan aburrido? —le picó Fernando.

—¿Desde cuándo llamar a los timbres es divertido? ¿Tienes nueve años? —intervino Amanda.

Fernando hizo un gesto de desprecio y siguió caminando hacia la iglesia. Toni miró a Amanda, que le devolvió la mirada con un gesto de «no puedo evitarlo». Los dos sonrieron.

—«Iglesia de Santa Ana, me lo hago con tu hermana» —leyó en voz alta Fernando —. Nadie ha escrito nada más en el cartel.

—Cuando un poema es perfecto, no hace falta añadir nada más —dijo Toni buscando por dónde cruzar la valla.

—Exacto —afirmó Fernando divertido.

Los tres entraron en la nave central de la iglesia derruida. Caminaron juntos en silencio hasta llegar al sitio donde enterraron a Antonio.

No había nada, ni un montón de piedras ni un pequeño altar recordando al niño ni una señal de que en algún momento la policía hubiera estado allí.

Nada.

—Qué raro es todo, ¿no? —dijo Fernando mirando en todas direcciones.

—¿Por qué lo dices? —preguntó Amanda.

—No sé. Es como si no hubiera pasado nada.

Amanda y Toni asintieron. Era como si nunca hubiera muerto un niño en ese sitio, como si no hubieran estado ocho años separados en distintos centros de reforma, como si la iglesia fuera un edificio abandonado sin más.

Como si todo fuera una historia que alguien se inventó.

De pronto, los tres estaban desorientados, sin saber qué hacer en ese espacio que no contaba nada.

Toni cogió una piedra y la tiró contra una botella de ginebra que estaba de pie en el suelo. Falló.

—Voy a ir a pedirle perdón a los padres del niño. ¿Venís? —dijo de improviso Fernando.

—¿Estás loco? —saltó Amanda.

Fernando levantó un dedo dispuesto a responder, pero lo bajó.

—Puede que sí —dijo—. Pero si a mí me pasara algo así me gustaría que me pidieran perdón.

—Sí que te hizo efecto el psicólogo del centro —respondió Amanda con tono de desprecio.

—Al revés, no me hizo ningún efecto. Era un gilipollas integral que no tenía ni idea de lo que estaba haciendo. —Fernando tomó un segundo para pensar en cómo explicarse—. Se lo conté a Toni cuando le encontré. Desde que hicimos... esto, me despierto por la noche con pesadillas y no puedo quitármelo de la cabeza.

—¿Y crees que si vas a ver a la familia se te pasará?

—Ni idea, pero creo que tengo que hacerlo.

—Te vas a meter en un lío —intervino Toni.

—O no. Quizá después de tanto tiempo les sirva de algo ver que estamos arrepentidos y puedan pasar página.

—¿Y si ya la han pasado y lo único que hacemos es recordárselo? —preguntó Amanda.

—Si no vamos, no lo sabremos. Pero yo no creo que lo hayan superado. Una cosa así te deja marcado.

Los tres se quedaron callados, mirando cada uno en una dirección.

—Yo voy a ir. Vosotros haced lo que queráis —dijo Fernando decidido.

Toni y Amanda se miraron buscando cada uno en el otro una respuesta.

—Cuando acabe os envío un mensaje y os cuento —concluyó Fernando, y empezó a andar hacia la salida.

Toni tomó aire y se encogió de hombros ante Amanda.

—¡Espera, voy contigo!

Fernando se giró radiante al sentirse apoyado. Miró a Amanda.

—Como nos metamos en un lío os reviento a los dos. Y sabéis que soy capaz —dijo ella caminando hacia Fernando.

Este fue a darle un abrazo, pero Amanda lo empujó.

—Ni me toques —dijo falsamente enfadada—. Luego pagas tú la cena.

—¡Hecho! —respondió Fernando pletórico.

Los tres amigos cruzaron la valla. Fernando buscó en el móvil y señaló una calle.

—Es por ahí, en quince minutos llegamos.

—¿Cómo consigues la dirección de todo el mundo? —preguntó Amanda.

—Esta ha sido muy fácil. Con vosotros sí que sudé sangre.

—Pero ¿cómo lo hiciste? Yo pensé en buscaros cuando salí, pero no sabía ni por dónde empezar —preguntó Amanda.

Los chicos iban tan enfrascados en su conversación que no vieron a Selmo aparcado junto a la iglesia.

Él sí los vio a ellos.

OCHENTA Y CUATRO

Ya solo le quedaba una casa por visitar, y hasta ahora había sido inútil, e incluso un poco patético.

Utilizando la vieja acreditación de cuando era policía y la información que le había dado el psicólogo, Blanco se presentó en el domicilio de la familia de Fernando Ponce. Llamó a la puerta con la excusa de una investigación ficticia que no incriminaba en nada al joven, pero que requería de su ayuda. Se encontró a un hombre de unos sesenta años, pero con arrugas que indicaban que en cada uno de sus años había sufrido por dos, secundado por una señora baja y regordeta, que le dijo que ni sabía nada de su hijo ni quería saberlo. Cuando Blanco intentó explicarles su supuesta investigación para que contactaran con él si lo veían, la pareja le explicó que, para ellos, Fernando estaba muerto y que no volviera a molestarlos.

Cerraron la puerta sin darle la oportunidad de terminar el discurso que traía preparado.

El expolicía fue entonces a casa de Amanda Garrido, más por proximidad a la casa de Fernando Ponce que por otra cosa.

Lo que encontró allí le removió el estómago.

El padre de la chica lo recibió como si llevara años sin tener una visita (probablemente fuera así), le sirvió un café y le contó lo mal que lo había pasado. Sin dejar a Blanco meter baza, hizo un repaso de los últimos once años de su familia: al disgusto por el crimen de su hija, a la enfermedad y posterior fallecimiento de su mujer, a como él se había trasladado a vivir al salón para no tocar ni el dormitorio de Amanda ni el que compartía con su esposa.

Llorando, le pidió al expolicía que encontrara a su hija y la llevara a casa. Quería la oportunidad de recuperar, al menos, una parte de su familia.

A Blanco le dio tanta grima y vergüenza ajena que no quiso contarle su falsa investigación. Le dejó una tarjeta de visita (que había hecho en una máquina en la estación de trenes) con su teléfono y salió de esa casa lo antes que pudo.

No soportaba estar más tiempo con ese hombre.

Con la esperanza de poder contar, por fin, la falsa investigación que tan bien se había preparado mientras conducía hacia Madrid, llegó a la casa de Gustavo Cabrera, pero descubrió que, según le contó una vecina bastante bien informada, hacía años que allí no vivía nadie.

Salió a la calle con una gran impotencia. Sabía que los chicos andaban por la ciudad y tenía que encontrarlos. Como se sentía muy tenso y bastante cansado, decidió buscar un sitio donde dormir, no sin antes haber recitado unos estupendos versos de la gran dama de la poesía gallega, convencido de que por la mañana el instinto, que era lo único que conservaba de cuando era policía, lo llevaría hasta los chicos.

OCHENTA Y CINCO

¡En este país sale muy barato matar a alguien!

Rebeca estaba sentada en el suelo delante del Tribunal Superior de Justicia de Madrid. Encima de ella, entre una farola y el soporte de un semáforo, colgaba una pancarta que rezaba: MI HIJO ESTÁ BAJO TIERRA Y A SUS ASESINOS LES PONEN UN PISO.

A su lado, Chema aguantaba el tipo lo mejor que podía. Los primeros años después de que asesinaran a Antonio habían sido un infierno. Rebeca, que al principio había asumido un gran protagonismo ante la opinión pública, terminó siendo devorada por tanta actividad. La sobreexposición a la que se sometió tratando de conseguir justicia para su hijo provocó que, justo antes del juicio, sufriera su primer colapso nervioso. A este le siguieron varios ataques de ansiedad y una profunda depresión.

Chema dejó su trabajo para cuidar de ella, sin creer que realmente lo estuviera haciendo. La mayor parte del tiempo se sentía como un espectador del deterioro de su mujer.

—¡Si matas a un niño, te mantendrá el Estado!

Durante varios meses, Rebeca estuvo tumbada en su cama sin querer comer ni lavarse. No hablaba, no reaccionaba a nada. Y Chema hizo cuanto pudo para que siguiera con vida mientras luchaba por encontrar un motivo para mantener la suya.

Su relación se había destruido y su casa era una pesadilla, pero a él no le estaba permitido sentirse mal. En el estado en el que se hallaba Rebeca, él solo podía asumir el rol del salvador. Estaba obligado a ser el sostén emocional de la familia, aunque solo quería desaparecer.

Había perdido un hijo, igual que ella, pero siempre sería un personaje secundario de su propio dolor.

Pasados tres años de la muerte de Antonio, Chema no soportaba más esa situación. Empezó a pensar que necesitaba dejar todo aquello o acabaría haciéndose daño o, lo que era peor, haciéndoselo a su mujer. Le costó seis meses convencerse de que tenía que irse y otros seis atreverse a dar el paso.

Sentía vergüenza, más por lo que pudieran pensar los demás de él que por lo que iba a hacer. Sabía que le tacharían de monstruo por abandonarla en ese estado. Posiblemente los pocos amigos que les quedaban le darían la espalda por su egoísmo.

Pero no podía hacer otra cosa.

—¡Si no puedes pagar una casa, mata a un bebé y se solucionarán tus problemas!

Justo la semana en que tenía pensado irse, y como si lo intuyera, Rebeca salió por fin de la cama. Le pidió perdón por no haberse preocupado por él en todo ese tiempo. Le dijo que iba a hacer todo lo posible por curarse y tratar de llevar una vida normal, y que esa vida normal quería que la disfrutaran los dos juntos.

Le prometió que cuidaría de él, que comprendía que debía haberse sentido muy solo y que quería compensarle.

Chema no fue capaz de irse.

Aunque tuvo varias recaídas, Rebeca cumplió su promesa. Siguió distintas terapias y, al cabo de tres años, ya casi no tomaba ningún tipo de medicación.

Sus vidas empezaban a recuperar su rutina, a ser casi normales.

Pero todo se torció cuando recibieron una llamada del abogado en la que les informaba de la próxima excarcelación de los asesinos de su hijo. Al enterarse de las condiciones de la puesta en libertad, Rebeca enloqueció. Todo el terreno ganado en los últimos años se perdió en un instante.

Rebeca olvidó sus promesas y sus buenas intenciones y se embarcó de nuevo en una campaña contra el sistema. Su indignación era tal que decidió regresar a los platós de televisión y hacerse oír. Con un odio renovado y una energía inagotable, Rebeca hizo campaña allá donde se le permitió.

Chema no quería que volviera a eso. Ya lo había vivido una vez y sabía cómo podía acabar, pero Rebeca, en su furia, le dio un ultimátum:

—O estás conmigo o estás con ellos —le dijo un día.

—No todo es blanco o negro... —trató de razonar él.

—En este caso sí. Tú decides —concluyó Rebeca señalándole la puerta.

Chema no encontró las fuerzas para irse, así que tuvo que sumarse a su cruzada.

Sentado al lado de su mujer, rodeados de fotógrafos y cámaras de televisión, coreaba las consignas que ella había preparado la noche anterior.

—¡Cuidado, van a instalar a un asesino en tu barrio!

Pero él solo quería desaparecer.

OCHENTA Y SEIS

Toni se dio cuenta de que Fernando no hablaba desde hacía casi cinco minutos, cosa que no había pasado desde que se volvieron a encontrar.

—¿Estás bien? —le preguntó.

—Llevo años imaginando este momento. Espero no cagarme encima cuando lleguemos.

Toni sonrió. Aunque estuviera nervioso, seguía siendo Fernando.

Era un barrio de adosados donde cada casa se confundía con la siguiente. En algunas fachadas los dueños habían añadido pequeños adornos o detalles en un intento vano de pretender que su casa no era tan igual a todas las demás.

Llegaron hasta el número 42, el que tenían apuntado como la dirección de los padres del bebé.

Fernando subió corriendo las escaleras que llevaban a la puerta. Toni y Amanda se miraron con una sonrisa, quizá esperando que ese encuentro cerrase el círculo y pudieran retomar algo que nunca empezaron, o quizá solo porque les hacía gracia el entusiasmo de su amigo.

Cuando sus amigos, por fin, llegaron hasta la puerta, Fernando tocó el timbre. A Toni le pareció un poco precipitado. No habían hablado de qué iban a decir ni cómo se presentarían.

No pasó nada. Fernando sacó de nuevo el papel del bolsillo trasero de su pantalón y comprobó que el número era el correcto.

Pulsó el timbre tres veces seguidas. Toni pensó que esa no era la mejor manera de anunciar su visita. Quizá estuvieran haciendo algo en la casa y que llamaran tan insistentemente los predisponía en su contra. O quizá no estaban y no importaba que Fernando fuera tan pesado con el timbre.

Oyeron un ruido de pasos arrastrándose detrás de la puerta y el cerrojo abrirse.

Sí estaban.

Abrió el padre. Toni le recordaba de verlo en las noticias, pero se le veía mucho más viejo que los once años que habían pasado. Estaba demacrado y con los ojos hundidos. Tenía el pelo blanco en algunas partes y una barba de días totalmente descuidada.

—¿Sí? —preguntó.

Los chicos se miraron. Era el momento y no sabían cómo empezar.

Fernando dio el primer paso.

—Hola, buenas tardes. Veníamos a...

El padre del bebé levantó una mano para que Fernando no siguiera hablando y los miró uno a uno.

—No deberíais estar aquí —dijo.

Fernando iba a decir algo, pero Amanda dio un paso adelante.

—Lo sabemos, señor, pero queríamos hablar con usted y su esposa.

—No hay nada que hablar —respondió, y empezó a meterse en casa.

—Por favor, solo queremos que nos escuche un momento —añadió Amanda dando un paso hacia delante.

—Lo sentimos mucho, señor —añadió Fernando.

—¡Que os vayáis!

Toni vio cómo, atraída por el alboroto de la entrada, la madre se asomaba desde la puerta del salón y volvía a desaparecer. Supuso que habría ido a llamar a la policía. Si no conseguían que el hombre los escuchara, en pocos minutos tendrían que salir corriendo.

Amanda continuaba tratando de razonar con el hombre, que se mostraba cada vez más nervioso.

—Por favor, espere un momento, déjenos...

—¡Fuera de mi casa! —gritó, y fue a cerrar la puerta, pero Fernando le sujetó de un brazo.

—Hemos venido a pedirles perdón.

—¡No queremos saber nada de vosotros!

En ese momento apareció la madre con un enorme cuchillo de cocina.

—¡Hijos de puta! ¿Cómo os atrevéis a venir aquí?

—Señora… —empezó a decir Fernando, pero Rebeca gritó algo que ninguno entendió y le atacó con el cuchillo. El chico consiguió apartarse, pero aun así recibió un corte en el dorso de la mano.

Durante un instante el tiempo se ralentizó. El padre del niño gritaba a su mujer que parara mientras ella daba cuchilladas al aire tratando de alcanzar a Fernando. Este recibió otra en el antebrazo cuando lo levantó para defenderse.

Y entonces enloqueció.

Fernando saltó hacia la madre y le dio un puñetazo en la nariz, que empezó a sangrar copiosamente. Aprovechó que ella se agachaba por el dolor para quitarle el cuchillo, girarla y apuñalarla en la espalda una y otra vez. Cuando Toni consiguió llegar hasta él y empujarlo para apartarlo de la mujer, ya había clavado al menos ocho veces la hoja en su víctima. Fernando chocó contra un mueble de la entrada y cayó al suelo.

Como si fuera un animal salvaje, se levantó y se lanzó contra el padre, que estaba congelado junto a la puerta. Si no llega a ser por Toni, que ya estaba cerca, le hubiera clavado el cuchillo en la cara.

Toni volvió a pegar a su amigo, primero para alejarlo de su objetivo y luego para retenerlo en el suelo, pero Fernando intentaba escaparse de él, como si estuviera poseído, para atacar al padre, que se había dejado caer junto al cadáver de su mujer.

Harto de que golpear a su amigo no sirviera de nada, Toni cogió el cuchillo que había quedado junto a ellos y lo puso debajo de la barbilla de Fernando.

—¿Te vas a quedar quieto de una vez?

La amenaza no lo frenó, Fernando consiguió quitarse de encima a Toni y levantarse, haciéndose él mismo una herida en el cuello. Cogió al padre, que seguía petrificado, de la camisa y tiró de él para agredirle.

Toni agarró con fuerza el cuchillo, dispuesto a terminar con su amigo, pero entonces se dio cuenta de que Amanda estaba parada en la puerta sin hacer nada, disfrutando del espectáculo, con un atisbo de sonrisa en los labios.

Tiró el cuchillo a un lado para que nadie pudiera cogerlo, agarró a Fernando por la espalda y le estranguló hasta que se quedó inconsciente.

Se levantó con dificultad. Amanda lo miraba con excitación.

—Cierra la puerta —dijo Toni muy seco, cogió al padre por un brazo y lo condujo hacia el fondo de la casa.

Amanda admiró la seguridad de sus movimientos, su modo de ordenar y controlar la situación. Cerró la puerta y caminó hacia él, dejando a Fernando en el suelo a menos de dos metros del charco de sangre en el que yacía la madre del bebé.

Desde su coche, sin parpadear, Selmo vio cómo se cerraba la puerta de la casa. No había conseguido llegar a tiempo, pero acababa de asistir a uno de los hechos más impactantes que iba a contemplar en su vida.

OCHENTA Y SIETE

Aquí tienes los papeles del seguro. Si hay algún problema, llama a este teléfono.

Toni asintió distraído y miró hacia la ventana. Después de pasarse casi nueve años encerrado le hubiera gustado que la casa tuviera vistas al mar.

Pero no se podía tener todo.

—Mañana a las diez tienes que ir a firmar al juzgado. El día 5 otra vez y, a partir de ahí, cada quince días. Si cae en sábado o domingo, el lunes siguiente. ¿Entendido?

Toni asintió.

La casa no era muy grande, pero tampoco necesitaba más espacio. Tenía los muebles justos como para entender que el salón era un salón y el dormitorio, un dormitorio.

El funcionario, un tipo de cuarenta y tantos años con pinta de haber desperdiciado su vida estudiando una oposición tras otra, le señaló un papel que había dejado sobre la mesa del salón.

—Está bastante cerca de aquí.

La cocina tenía de todo, hasta microondas. Toni no sabía cocinar, por lo que pensó que le daría bastante uso.

—Esta es la dirección del psicólogo. Tienes que estar mañana a las once y media, las citas para los siguientes meses te las dará él —continuó el funcionario.

—De acuerdo —respondió Toni sin mirar el papel.

El funcionario se puso delante de Toni para que lo mirase.

—Cualquier movimiento fuera de la ciudad tiene que ser comunicado al juzgado previamente.

—Sí, ya me lo habían dicho.

—Muy bien. Ya tienes mi teléfono. Si te surge cualquier duda, me llamas —dijo el funcionario yendo hacia la puerta.

—Por supuesto —respondió Toni acompañándole.

Cuando llegó la hora de despedirse, se produjo un momento incómodo en el que el funcionario no supo si desearle suerte o advertirle que cumpliera las normas por su bien. Toni se dio cuenta, pero no hizo nada por ponérselo fácil, se quedó quieto esperando a que el otro dijera algo.

—Bueno… Adiós —dijo finalmente, y se fue.

Toni estuvo mirando por la ventana del salón hasta que vio alejarse al pobre hombre. Entonces cogió su chaqueta y salió a la calle.

En la estación de autobuses compró un billete para Madrid.

Cuando llegó, notó la ciudad muy cambiada, pero no podía detenerse a ver las tiendas nuevas o los cambios que

había hecho el ayuntamiento en la plaza; el autobús noctur-
no que le llevaría de vuelta a Cartagena salía en menos de
cuatro horas.

El metro le dejó cerca del bar al que solía ir su padre.
Por suerte no había cerrado en los años en los que él estuvo
fuera. Se asomó a la puerta con precaución para no dejarse
ver demasiado.

Su padre no estaba.

¿Habría cambiado de hábitos?

Caminó hacia la que había sido su casa para buscarlo
allí, pero a poco más de dos calles lo vio.

Andaba muy despacio, como si tuviera un problema en
la rodilla o algo así. Había un par de personas en la calle, pero
estaba bastante tranquila.

Dio un pequeño rodeo y se puso detrás de él.

—Hola.

Su padre se giró sobresaltado y entornó un poco los
ojos.

—¡Gustavo! ¿Cuándo has salido?

A Toni le dio la impresión de que le hacía ilusión verle.

—Hace un par de días. Me han dejado en Cartagena,
hasta dentro de unos años no puedo moverme de allí.

—Pero estás aquí.

—Quería verte.

Su padre sonrió.

—Vamos a tomar una cerveza y me cuentas —dijo, pero
luego dudó—. Bebes cerveza, ¿no?

—Sí, supongo que sí.

Toni se puso a la par de su padre.

—¿Qué tal mis hermanos?

—Bien, están bien. Tommy vive con tu madre y está en la universidad. Le dieron una beca y está terminando Industriales. Juan trabaja en la frutería de Conde Mateo y se ha alquilado un piso con su novia. ¡Ah, eres tío! Marina tuvo un crío hace tres años.

—¿Y Felipe?

—Se fue de casa hace medio año. Creo que tiene un novio o algo así. Ya se veía de pequeño que algo no le funcionaba bien.

Toni se detuvo. El padre tardó un par de pasos en darse cuenta y paró también.

—Oye, que yo no tengo nada en contra de los maricones, pero que le toque a un hijo tuyo jode. En el barrio todos me conocen.

—¿Qué pasó con Ana? —preguntó Toni.

—¿Cómo? —dijo el padre.

Toni sabía que le había entendido perfectamente.

Lo repitió más despacio, separando las palabras.

—¿Qué… pasó… con… Ana?

—Creía que te habrías enterado. Ana se mató hace dos años.

—¿Por qué?

El padre recordó los últimos días de su hijo en la casa, cómo protegía a Ana y la paliza que le dio a su hermano. Empezó a buscar las palabras con cuidado.

—No lo sabemos. Un día…

No pudo continuar porque un cúter le acababa de seccionar la tráquea. La sangre empezó a salir a borbotones por la raja del cuello y por la boca. Toni se apartó para no mancharse. Su padre cayó a sus pies haciendo un ruido gutural que se fue apagando a medida que la sangre entraba en sus pulmones.

Todo había sido tan rápido que las personas que caminaban por la acera contraria no notaron nada. Toni sabía que los coches aparcados a ambos lados les impedían ver el cadáver de su padre. Lo miró unos segundos contrariado. Su plan era hablar con él antes de matarle, que confesara sus abusos y que fuera consciente de por qué iba a morir, pero no había sido capaz de contenerse.

Eso le molestaba. Toni seguía siendo muy crítico con sus propios fallos.

Cruzó la calle y se alejó del cuerpo del que había sido su padre.

Cuando llegó a la frutería, su hermano estaba atendiendo a una pareja de chicos y no se fijó en él. Había engordado mucho, seguro que había dejado de hacer deporte. Eso unido al alcohol parecía haber hinchado su cuerpo. Su hermano estaba convirtiéndose en su padre.

No tenía ninguna gana de hablar con él, por lo que esperó a que la pareja saliera. Se acercó a su hermano y, sin darle tiempo a reaccionar, le clavó el cúter en el cuello. Aunque entró un par de centímetros, debió de dar con el hueso de la tráquea y se partió. Juan intentó taponar la herida de la garganta con un trapo mientras corría hacia el fondo de la tienda tratando de escapar. Toni corrió tras él, le agarró por la espalda y le tiró contra unas cajas de verdura. Se lanzó sobre él para inmovilizarlo y metió los dedos en el agujero del cuello, tratando de romper alguna arteria. Su hermano braceaba y trataba de defenderse, pero él era mucho más fuerte y en unos segundos consiguió su objetivo.

Toni miró alrededor. Desde fuera no se apreciaba la carnicería que acababa de provocar, pero él se había manchado bastante la camisa.

Apagó las luces y con la llave de su hermano cerró la puerta de la tienda. Luego, en el pequeño aseo de la trastienda, encontró la ropa de Juan. Por suerte, este tenía la precaución de cambiarse para trabajar y no mancharse así la camiseta de aspirante a pijo de barrio sin ningún tipo de gusto. Aunque le dio mucho asco porque olía a su hermano y a Hugo Boss, se la puso. Mejor eso que salir a la calle lleno de sangre.

Metió su ropa manchada en una bolsa y salió de la tienda.

Tras tirar la bolsa a una papelera y prenderle fuego, miró el reloj. Aún quedaban dos horas para que saliera su autobús, por lo que decidió buscar un buen restaurante y darse un homenaje con el dinero de la cartera de su hermano.

Cenó pulpo, zamburiñas y navajas. No había probado nunca esas tres cosas, pero había oído decir que estaban buenas. Las dos primeras le gustaron mucho, pero a las navajas no les vio la gracia.

Llegó a la estación cinco minutos antes de que saliera el autobús y aprovechó el viaje para dormir porque el día siguiente prometía ser movido.

Cuando llegó a Cartagena fue a ver el mar antes de ir a firmar al juzgado.

Ahora sí que estaba listo para empezar su nueva vida.

OCHENTA Y OCHO

Amanda regresó al salón con un rollo de plástico transparente que había encontrado en la cocina. El padre estaba de pie junto al televisor sin hacer un solo gesto, congelado, mirando a un punto del infinito.

—Siéntalo ahí —le indicó a Fernando señalando una silla.

Pero este no la escuchó. Estaba en el sofá insultándose y golpeándose la cabeza.

—¿En serio? —exclamó Amanda al ver a su amigo—. Fernando, deja de hacer el imbécil y mueve el culo.

No hubo ninguna reacción por su parte, que continuó insultándose en voz baja.

Toni entró arrastrando el cadáver de la madre para alejarla de la puerta de entrada.

—Vito, sienta al padre en esa silla —le dijo Amanda.

—¿Para qué?

—Quiero atarlo para no estar pendientes de él hasta que tomemos una decisión.

Toni se acercó al padre, lo cogió de un brazo y lo llevó hasta la silla. Este se dejó hacer. Caminó obediente sin mirar a ninguno de sus captores y se sentó. La chica empezó a atarlo con el rollo de plástico.

—Ahora soy Toni —le recordó a Amanda.

Ella lo miró con una sonrisa.

—No volverá a ocurrir.

Una vez lo tuvo inmovilizado, Amanda se puso delante de la silla y miró al padre.

—¿Puede respirar bien?

Pero este no respondió ni sí ni no, se limitó a seguir mirando hacia la pared. Amanda le cogió la cara suavemente y le dirigió la mirada a la suya.

—¿Puede respirar bien?

El padre asintió. Amanda le soltó la cara para que volviera a perder la mirada y se acercó a Toni.

—¿Qué hacemos con él? —preguntó mirando a Fernando, que seguía autoflagelándose en el sofá.

—Ni idea.

Por las ventanas se veía que el sol estaba cayendo. En pocos minutos sería de noche.

—¿Tienes hambre? —preguntó ella.

—Todavía no —respondió, y fue a bajar las persianas.

—Fernando, ¿tienes hambre?

Él la miró con los ojos llenos de lágrimas.

—La he cagado del todo.

—¡Qué coñazo eres! ¿Puedes parar ya con eso?

Fernando la miró como si fuera a agredirla.

—¿Quieres comer algo mientras te revuelcas en tu mierda? —le preguntó.

—No tengo hambre.

—Vale —respondió ella, y se fue a la cocina pasando junto al cadáver de la madre.

Cuando Toni terminó de bajar todas las persianas se sentó en el sofá junto a Fernando.

—¿Cómo estás?

—La he jodido —respondió llorando.

—Sí, la has jodido, pero ya no podemos hacer nada, así que déjate de tonterías.

Fernando se levantó del sofá.

—¿Qué os pasa a todos conmigo?

Toni se levantó también, dispuesto a utilizar la fuerza si era necesario.

—¿Cómo que qué nos pasa? ¿En serio lo preguntas?

—Sois mis amigos, deberíais apoyarme —dijo Fernando acercándose a él.

Demasiado cerca. Toni se sentía incómodo.

—¿Por qué crees que no te he matado cuando te has cargado a la madre del niño? Porque somos amigos.

Fernando se apartó un poco sin tener claro si Toni hablaba en broma o en serio.

Toni volvió a sentarse en el sofá.

Fernando se sentó junto a él.

—¿Qué vamos a hacer? —preguntó refiriéndose al padre, que ahora miraba a su mujer.

—No lo sé.

Y realmente no lo sabía. Por su cabeza pasaba una solución tras otra, pero ninguna le parecía aceptable. No quería que hubiera más muertos, pero tampoco volver a estar encerrado.

—Estoy cansada, ¿nos quedamos aquí esta noche? —dijo Amanda apareciendo por la puerta de la cocina con un sándwich en la mano.

—No, vámonos. Cuanto antes salgamos de esta casa, mejor —respondió Fernando.

—En algún sitio tenemos que dormir, ¿para qué irnos?

—¿Cómo que para qué irnos? ¿Tú no piensas?

Amanda se acercó al cadáver de la madre sin dejar de mordisquear su sándwich y la tocó con la punta de la bota con cuidado de no mancharse.

—¿Soy yo la que no piensa? Eres un tarado —dijo con desprecio.

—¡Ni se te ocurra llamarme tarado!

—Perdón, perdón, lo retiro. A ver si te va a dar por clavarme un cuchillo ahora.

—¡Vete a la mierda!

—¡Ya basta! —gritó Toni—. Vamos a dormir aquí y, antes de que salga el sol, decidimos qué hacemos.

Fernando se levantó del sofá como si tuviera un resorte.

—¿Cómo? Yo no quiero estar aquí ni un minuto más.

—Pues vete —le dijo Amanda.

—¿Qué? —preguntó Fernando descolocado.

—Lo que has oído. Nosotros nos quedamos aquí esta noche. Si quieres irte, vete. Mañana nos ocuparemos de las mierdas que vas dejando, como siempre...

—¡Amanda! —la cortó Toni.

Ella levantó una mano en señal de disculpa y siguió comiéndose el sándwich tan tranquila.

Toni se giró hacia Fernando.

—Hemos venido juntos y nos iremos juntos, a menos que quieras irte ya.

—Yo no quiero irme, ha sido ella la que lo ha dicho.

—Eres tú el que no para de llorar —intervino Amanda con una tranquilidad que sabía que a Fernando le sacaba de quicio.

—¡Parad los dos! —zanjó Toni—. Si queréis, lo votamos.

—No hace falta, ya sé que perdería.

—Muy bien. Me voy a dormir un rato —dijo Amanda—. Toni, ¿vienes?

—Mejor id vosotros, yo me quedo aquí a vigilar.

—De acuerdo —respondió ella—. Voy a buscar una habitación.

Apenas se fue, Fernando se acercó a Toni.

—Vete con Amanda —dijo, y luego señaló al padre—. De todas formas no creo que pueda dormir. Voy a intentar hablar con él... Quiero pedirle perdón.

—No creo que quiera escuchar nada de lo que le digas.

—Lo sé, pero me da igual, le voy a decir lo mucho que lo siento.

Toni miró al padre, apenas a tres metros de ellos. No quitaba la vista del cadáver de su mujer.

—Como quieras. Pero no hagas ninguna tontería.

—Descuida. Solo vamos a hablar.

Toni asintió.

—Intenta descansar —le dijo a su amigo, y se fue a buscar las habitaciones.

La primera puerta que abrió era de un pequeño despacho. Estaba lleno de fotos del pequeño Antonio, carteles y pósters. Seguro que era donde la madre preparaba sus campañas contra ellos.

La segunda correspondía a un aseo.

La tercera daba a un dormitorio con una cama de matrimonio sobre la que había una chica desnuda.

Amanda.

Toni, que no esperaba encontrársela así, balbuceó una disculpa que casi no se entendió y se giró para salir.

—¿En serio me vas a dejar así? —protestó ella.

Él se volvió. Amanda se estiró sobre las sábanas para que Toni admirara el precioso cuerpo que sabía que tenía.

Toni se acercó a la cama.

—Lo hemos vuelto a hacer —le dijo ella.

—¿El qué?

—¿Cómo que el qué? Hemos vuelto a matar a alguien.

—No hemos sido nosotros, ha sido Fernando.

Ella se acercó a él para desabrocharle el cinturón. Toni le apartó las manos.

—Hemos sido todos, ¿o me vas a decir que no sabías que iba a pasar esto?

Toni estuvo a punto de negarlo, pero con Amanda no necesitaba fingir.

—Lo suponía.

—No te imaginas lo que me excita lo que hemos hecho —dijo ella y, como si fuera una continuación de sus palabras, intentó de nuevo desabrocharle el cinturón. Toni volvió a apartarla.

Él mismo se quitó el cinturón, el pantalón y la ropa interior.

Ella sonrió y le contempló mientras terminaba de desnudarse, mirando con interés y sin ningún reparo todos los rincones del cuerpo que tenía delante. Cogió a Toni de un brazo y le hizo tumbarse. Se sentó sobre él y le mordió con fuerza en el cuello. Él la apartó y se dio la vuelta para colocarse encima. Aunque ella se resistió con todas sus fuerzas, Toni se impuso y la agarró del cuello hasta cortarle la respiración.

Ella trató de aflojar la mano, pero él apretaba cada vez más. Notaba una gran presión en la cabeza. Sentía que se le hinchaban los ojos y le subía un intenso calor por las sienes. Toni aferraba sus pechos con la otra mano y mordía sus pezones tirando de ellos, causándole un ligero y excitante dolor.

Cuando creía que estaba a punto de desmayarse, él aflojó la mano y descendió por su abdomen en busca de su sexo.

Amanda lo cogió del pelo y le levantó la cabeza.

—He soñado con esto desde que tenía diez años.

Toni la miró. Por un segundo, Amanda temió que él dijera algo cariñoso que lo estropeara todo.

Pero no lo hizo.

—Cállate de una vez —le ordenó.

Se soltó de las manos de ella y volvió a sumergirse en su sexo.

Ninguno de los dos volvió a acordarse de Fernando hasta bastante después.

OCHENTA Y NUEVE

Cuando vio lo que había pasado con los padres del niño asesinado, la primera reacción de Selmo fue llamar a la policía, pero enseguida descartó la idea. De ese modo el asunto solo podía acabar en tragedia y, si la policía conseguía imponerse, se llevarían a los tres y acabaría cualquier oportunidad para Toni.

Supuso que no estarían demasiado tiempo en la casa, así que decidió aguardar atento en el refugio de su coche. Buscó en el móvil una lista de reproducción que le calmara, echó el asiento un poco hacia atrás para estar cómodo y se dispuso a esperar.

Aunque trató de no quitar la vista de la puerta, menos de veinte segundos después sacó el móvil. Necesitaba volver a mirar las fotos del archivo. Ahora que los había visto en acción le resultaba más fácil imaginar lo que pasó en la iglesia abandonada. Empezó a observar de nuevo una foto tras otra, a ampliarlas para apreciar todos los detalles.

Solo el aviso de que se estaba quedando sin batería le sacó de su obsesión. El reloj del salpicadero le indicó que había estado más de una hora inmerso en las imágenes del crimen.

Ya era de noche, y no había indicios de que los chicos hubieran salido. No había indicios o él no se había dado cuenta. En cualquier caso, Selmo se propuso estar más atento.

Puso el móvil a cargar y cambió la música por otra más movida para evitar el sueño que empezaba a acecharlo. Bebió un poco de agua de la botella que siempre llevaba consigo y enderezó su asiento.

No iba a permitir que se le escapasen.

NOVENTA

Yo no sé lo que busco eternamente
en la tierra, en el aire y en el cielo;
yo no sé lo que busco; pero es algo
que perdí no sé cuándo y que no encuentro.

NOVENTA Y UNO

Cuando Toni abrió los ojos ya empezaba a clarear.

A su lado descansaba Amanda. Aprovechó para contemplarla con calma. Dormía de un modo tan tranquilo que era casi imposible adivinar el peligro que escondía.

Toni no sabía si eso le atraía o le producía rechazo.

Se levantó de la cama sin hacer ruido, pero una mano sujetó su brazo.

Estaba despierta.

—Cuando todo esto acabe, ¿quieres que nos vayamos juntos? —le preguntó ella.

—¿Dónde?

—Ni a Donosti ni a Cartagena. A un sitio donde no nos conozcan. ¿Quieres?

—Cuando todo esto acabe, lo vemos —respondió Toni.

Ella asintió con una sonrisa, se arrodilló en la cama y lo besó. Ese beso le supo a Toni muy diferente a los de la noche anterior, como si Amanda hubiese decidido quitarse, de algún modo, el disfraz con él.

O quizá quería manipularlo y nada más.

Toni le devolvió el beso y salió de la habitación.

Cuando entró al salón, Fernando no estaba por ninguna parte. Toni miró alrededor, pero no vio nada fuera de lo normal. El padre permanecía atado a la silla con la cabeza caída hacia un lado. Bajo él había un pequeño charco.

Sobre la mesa descansaba el cuchillo de cocina con el que su amigo había matado a la madre del bebé. Estaba lleno de sangre seca.

Toni se maldijo por haber dejado solo a Fernando con el padre.

Se acercó a él y vio que el charco, que se veía oscuro por el color de la alfombra, no era sangre, sino posiblemente la misma orina del padre. Tenía la cabeza caída y por los ojos, un poco entreabiertos, solo se veía blanco.

Alargó la mano para ver si aún le latía el corazón cuando el padre tomó aire de un modo escandaloso. Por lo visto tenía apnea y dejaba de respirar de vez en cuando.

En ese momento se oyó el ruido de la cisterna del aseo que había junto al salón y Fernando salió abrochándose el pantalón.

—No veas la noche que me ha dado el viejo. No me extraña que su mujer estuviera amargada —dijo con una sonrisa.

Toni entendió que Fernando habló con él para pedirle perdón, por lo que se había quitado de encima todo el peso que tenía la noche anterior. Imaginó la escena como un monólogo del chico ante la indiferencia del padre, pero para Fernando eso equivalía a una conversación.

—Vosotros sí que habéis dormido bien —le dijo Fernando, y desapareció por la puerta de la cocina.

Toni lo siguió.

—Podrías haberme despertado.

—Subí, pero estabais tan a gusto que me dio pena.

Toni se alarmó. Le preocupaba no haber sido consciente de tener a Fernando en la habitación.

—¿Subiste?

—Me gustan más las tetas de ella, pero en cuanto al culito le das mil vueltas, ¿eh? No te preguntaré si habéis follado.

Toni trató de sonreír.

—Gilipollas.

Fernando le guiñó un ojo y sacó dos briks de la nevera.

—¿Leche o zumo?

El sonido del timbre los alarmó.

—¿Quién será? —preguntó Fernando.

Toni se dirigió rápidamente hasta una ventana desde la que se veía la entrada. Era el policía que los seguía desde Cartagena.

Fernando se paró a su lado.

—¡Qué hijo de puta!, ¿cómo me habrá encontrado?

En ese momento apareció Amanda en el salón a medio vestir y se acercó también a la ventana.

—¿Qué hacemos? —preguntó Fernando.

—No os mováis. Esperemos hasta que se vaya —dijo Toni.

—Voy a abrir la puerta. A mí no me conoce. Como siga tocando el timbre, los vecinos acabarán dándose cuenta de que algo pasa.

—No es buena idea —respondió Toni.

—Confía en mí —dijo ella mirándolo fijamente.

El timbre volvió a sonar.

Al final, Toni accedió.

—Ten cuidado.

Ella asintió y le dio un beso.

—Si la cosa se complica, intenta traerlo al salón —añadió Toni.

Fernando miraba a uno y a otro con una sonrisa boba.

—¿Desde cuándo os habéis vuelto así de empalagosos?

—No puedes ser más tonto —concluyó Amanda, y se dirigió hacia la puerta.

—No me llames tonto —respondió Fernando al aire, ya que ella se había ido de su lado.

Amanda se paró junto a la puerta, inspiró y la abrió.

—¿Qué quiere? —dijo molesta y somnolienta.

Blanco la miró de arriba abajo.

—Me gustaría hablar con José María Campo y Rebeca Castilla.

—No están, y no son horas de llamar a los timbres.

—¿Dónde puedo encontrarlos?

—No creo que sea asunto suyo —respondió Amanda muy metida en su papel.

Blanco sacó la placa y se la enseñó.

—Es asunto mío si quiero que lo sea. ¿Dónde están?

Amanda fingió que le impresionaba que tuviera una placa.

—Se han ido a Valladolid, a pasar la semana a casa de unos familiares.

—¿Y sabe cuándo volverán?

Amanda lo miró como si fuera idiota.

—En una semana. Para ser policía no se le quedan muy bien los datos, ¿no?

El expolicía encajó serio el desprecio.

—Si habla con ellos antes, dígales que me llamen. Es importante —dijo, y le tendió una de las tarjetas que se había hecho en la máquina de la estación.

—¿No prefiere contármelo a mí y yo se lo digo?

—Es confidencial.

—Como quiera —respondió Amanda, y empezó a cerrar la puerta.

Blanco hizo el amago de irse, pero se giró y sujetó la puerta antes de que se cerrase.

—¿Qué hace? —protestó la chica.

—¿Quién eres?

—¿Cómo que quién soy? ¿Viene a mi casa y me pregunta quién soy?

—¿Podría identificarse, por favor?

—Soy la hija.

—¿La hija de quién?

Amanda hizo ademán de desesperarse.

—A usted hay que dárselo todo mascado, ¿no? La hija de José María y Rebeca. La hija de la familia. La futura heredera de la casa…

Blanco sacó la pistola y le apuntó a la cara.

—Los Campo no tienen ningún hijo aparte del que asesinaron. ¿Quién eres?

Amanda levantó las manos y retrocedió, entrando en la casa.

—Le juro que soy la hija de mis padres.

Blanco sonrió y la siguió sin dejar de encañonarla.

—¿Dónde está Fernando Ponce?

—No conozco a ningún Fernando Ponce.

Amanda se adentró de espaldas en el salón.

—¿Seguro?

Allí, Fernando estaba parapetado detrás del padre con el cuchillo apoyado en su garganta.

—¡Tira la pistola!

—Por fin te encuentro —dijo Blanco, y apuntó al chico.

—¡O tiras la pistola o rajo al viejo! —gritó Fernando muy nervioso.

—Por mí como si le rajas y te meas dentro. Me da igual lo que le hagas.

En ese momento, Blanco captó un movimiento a su lado y se separó de la puerta de un salto, justo cuando Toni intentaba golpearle con una figura de latón que había cogido del mueble.

Blanco apuntó al chico.

—Deja eso en el suelo.

Toni valoró si hacía una última tentativa a la desesperada, pero con el expolicía apuntándole sabía que tenía las de perder.

—Si quieres te lo pido por favor, pero como me hagas repetirlo una tercera vez te meto un tiro en la cabeza.

Toni dejó caer la figura al suelo.

Blanco sonrió.

—Tú debes de ser Toni. He oído cosas muy buenas de ti.

Él no dijo nada.

Blanco apuntó a los tres chicos alternativamente.

—Solo quiero al despojo este. Si no deseáis morir también, meteos en la cocina.

—No vamos a dejarlo —dijo Amanda.

Blanco miró a Toni. Su cara de determinación no dejaba lugar a dudas.

—Como queráis —dijo.

Y apuntó a Fernando, que se cubrió con el padre sin apartar el cuchillo de su cuello.

—¡Lo mato! ¡Vete o lo mato! —gritó.

Blanco le apuntó a la cabeza, pero Fernando no se estaba quieto.

—¡Que lo mato! —repetía.

El expolicía apoyó el dedo en el gatillo.

—No tiene por qué acabar así —dijo una voz desde la puerta del salón.

Blanco apuntó en esa dirección.

El gigantesco psicólogo estaba allí plantado con las dos manos por delante, como si eso pudiera parar una bala.

—Blanco, si matas a uno, tendrás que matarnos a todos, y sabes que tarde o temprano acabarán pillándote.

—Él mató a mi hermano, me da igual si me pillan.

—Igual hay otra solución. Baja la pistola y hablamos.

—¿Qué solución…?

El expolicía no terminó la frase. Una figura de latón de veinte centímetros impactó a toda velocidad en su cabeza. Se había despistado hablando con Selmo y no se dio cuenta de que Toni había vuelto a cogerla.

El chico saltó como un animal sobre Blanco, le dio una patada en la cara y se lanzó a recoger de nuevo la figura. Antes de que pudiera reaccionar, Toni le golpeó con saña en la cabeza. Enseguida aparecieron grandes heridas en la frente y por toda la cara y, en pocos segundos, la ferocidad del chico había abierto una brecha en el hueso junto a la sien.

Ninguno de los presentes fue capaz de moverse hasta que Toni se levantó, lleno de sangre, con la figura en la mano.

La cabeza de Blanco ya no tenía forma de cabeza ni de nada. Era una pulpa sanguinolenta pegada a un cuerpo.

Amanda sintió un súbito ardor en su sexo.

Fernando dejó al padre y se incorporó poco a poco.

Todas las miradas se centraron en Selmo, que temblaba de excitación con la adrenalina por las nubes.

Toni dio un paso hacia él con la figura en la mano derecha.

—Dejad que me quede —dijo el psicólogo.

Los chicos se miraron extrañados.

—Puedo ser útil. Quiero estar con vosotros.

NOVENTA Y DOS

Pasa.

Toni entró en el despacho, consulta o como quiera que se llamase, y lo primero que captó su atención fue el tamaño del psicólogo. Era enorme, un gigante de dos metros con un brazo entero tatuado.

Eso le dio confianza.

—Siéntate —le dijo el psicólogo gigante—. ¿Quieres un café?

Toni sabía que ese café era para que se sintiera a gusto y bajara la guardia, pero no le importó. Llevaba casi nueve años con psicólogos en el centro de reforma y ya se había acostumbrado a sus triquiñuelas.

—Sí, gracias —respondió.

El psicólogo se levantó.

—Me llamo Selmo. ¿Con leche?

—Mejor solo, por favor. ¿Qué nombre es Selmo?

—Anselmo, mis padres eran unos cachondos y pensaron que estaba bien llamar a un niño así.

—¿Por eso te hiciste psicólogo? ¿Para tu trauma con el nombre? —dijo Toni sabiendo lo mucho que valoraban en el gremio el sentido del humor. Él también sabía cómo hacer sentir cómodo a un psicólogo.

Selmo sonrió mientras manipulaba la cafetera.

—Es posible, es posible...

Cuando los dos cafés (Selmo también se preparó uno para él) estuvieron listos, el psicólogo se sentó delante de Toni, al otro lado de su mesa.

—No me voy a andar con rodeos, creo que es el modo más fácil de entenderse —comenzó Selmo—. Sé lo que hiciste, sé que has estado en un centro de reforma y sé que te han enviado aquí, donde no conoces a nadie y con un nombre que no es el tuyo.

El psicólogo hizo una pausa para darle un sorbo a su café y observar el efecto de sus palabras en su nuevo paciente. Toni lo imitó y bebió del suyo, aunque realmente no le apetecía. Sabía que el psicólogo lo iba a reconocer como un gesto de empatía y quería empezar con buen pie.

Selmo prosiguió.

—Aunque sé que puede ser una putada, es el mejor modo de empezar de nuevo, en un ambiente no contaminado por lo que pasó y con gente nueva. Piensa que a partir de ahora tú decides quién eres y quién quieres ser.

Toni asintió para que supiera que le estaba escuchando.

—Yo no te voy a juzgar, no estoy aquí para eso. Quiero acompañarte en todo este proceso y, aunque tienes la obligación de venir una vez al mes, estaré siempre que me necesites. Puedes llamarme si tienes un problema o una duda o simplemente porque te apetece charlar. ¿Entendido?

—Entendido.

Selmo abrió el cajón con la excusa de sacar un bolígrafo, comprobó que la grabadora de su móvil seguía en marcha y lo volvió a cerrar.

—Para empezar, me gustaría que me contaras lo que pasó el día que matasteis al niño. Nada de lo que digas saldrá de aquí. A partir de ahora eres mi paciente y todo lo que hablemos es confidencial, de modo que puedes hablar libremente.

Toni asintió. Había narrado la historia tantas veces que empezaba a no tener sentido. En ese momento casi le parecía algo que le pasó a otro y que le contaron.

Dudó por dónde empezar.

—No te preocupes, he leído el acta del juicio y sé lo que ocurrió. Lo que me gustaría es oírlo de tu boca, desde el día de hoy, con la distancia —dijo Selmo malinterpretando su pausa.

Toni terminó su café y dejó la taza sobre su platito.

—Ese día no nos apetecía ir a clase. Creo que fue Amanda la que dijo de hacer pellas…

Selmo le escuchaba tratando de esconder su excitación. Siempre había soñado con estar con alguien así y, ahora que lo tenía, pensaba sacarle todo el jugo que pudiera.

Por suerte, la mesa que los separaba impedía a Toni, que seguía contando su historia, ver la erección que abultaba su pantalón.

NOVENTA Y TRES

Tenemos que matarlo! —dijo Fernando yendo a por Selmo con el cuchillo en la mano.

El psicólogo se preparó para defenderse, pero fue Toni quien lo detuvo.

—Ha venido a ayudarnos —le dijo a su amigo.

—¡No podemos dejar ningún testigo!

—¡Deja de actuar como un tarado y párate a pensar! —gritó Amanda desde la otra parte del salón.

Fernando se giró hacia Amanda y la señaló con el cuchillo.

—¡A mí no me llamas tarado, pija de mierda!

—Te llamo lo que eres y, si no te gusta, ven e intenta cerrarme la boca.

Fernando tiró una pequeña mesa con una lámpara que se interponía en su camino y se fue a por Amanda.

—¡Parad los dos! —gritó Toni.

—¡Tú a mí no me das órdenes! —se revolvió Fernando.

—No te estoy dando órdenes, sino que te he pedido que pares de una vez.

—¡Me has jodido la vida! ¡Me habéis jodido la vida entre todos! —gritó Fernando.

Selmo trataba de encontrar un hueco para decir algo, pero no le dejaban.

—Cálmate y vemos qué hacemos —propuso Toni.

—¡Te he dicho que dejes de darme órdenes! —siguió Fernando—. Tú le podrás decir a tu novia lo que tiene que hacer, pero a mí no.

—Ni se te ocurra nombrarme —saltó Amanda.

—¿Por qué no nos sentamos e intentamos hablar como personas? —intervino, por fin, Selmo.

—¡Que os calléis todos! —gritó Fernando. Cuando vio que los otros tres dejaban de hablarle, continuó—: Yo solo quería pedir perdón, solo quería quitarme de la cabeza lo que hicimos. Yo solo quería… y ahora…

—No eres más que un mierda incapaz de controlar nada de lo que haces —escupió Amanda.

—¿Te he dicho que hables? —le gritó Fernando.

—¿Ahora tienes que darme permiso para hablar?

—¿Queréis parar? —intervino Toni.

—Sí, para a tu novia, si no, vamos a tener un problema —amenazó Fernando.

—Deja el cuchillo —dijo Selmo dando un paso en su dirección.

El tamaño del psicólogo hizo que Fernando se asustara y saltara hacia él.

—¡Ni se te ocurra moverte! —dijo, y prosiguió sin quitar la mirada de Selmo—. Toni, tenemos que matarlo. ¡Ya!

—Puede ayudarnos —insistió Toni.

—Puede mandarnos a la cárcel. Es uno de ellos. ¿Tanto te ha comido la cabeza que no lo ves?

—Yo no... —empezó el psicólogo, pero Fernando se puso a gritar.

—¡Que te calles! ¡He dicho que te calles de una vez!

Y se abalanzó sobre él para clavarle el cuchillo. Selmo, a pesar de su corpulencia, consiguió echarse hacia atrás y poner las manos, de modo que Fernando solo consiguió cortarle en un brazo.

Aprovechando que el psicólogo estaba en el suelo, Fernando se tiró como un animal sobre él tratando de apuñalarlo. Selmo acertó a darle un puñetazo que lanzó a Fernando a un par de metros. Este reaccionó de inmediato y, sin llegar a levantarse, fue a cuatro patas a por su presa.

Estaba a punto de llegar cuando alguien le cogió de una pierna y tiró de él. Era Toni. Fernando se revolvió e intentó cortarle con el cuchillo, pero Toni se apartó a tiempo. Luego cogió la pequeña mesa con una mano y la destrozó en la cara de su amigo. Fernando notó un dolor sordo en el rostro y cómo varias piezas dentales se aflojaban. No notó nada más porque Toni le agarró la mano en la que llevaba el cuchillo y le retorció el brazo hasta que él mismo se lo clavó en la garganta. Luego le quitó el cuchillo y, con la precisión de un cirujano, se lo clavó en el corazón y lo movió en varias direcciones para que hiciera el mayor daño posible.

Toni se levantó con el cuchillo en la mano y miró a Selmo, que no podía cerrar la boca.

«Ya está, aquí acaba todo», pensó el psicólogo. Para su sorpresa, Toni le tendió la mano para ayudarle a levantarse. Luego le dio la espalda y se fue hacia Amanda.

Ella se quedó congelada cuando vio la oscuridad en los ojos de su amigo. Nunca había contemplado nada parecido. Verlo acercarse cubierto de sangre y con un cuchillo en la mano era lo más aterrador que había visto nunca.

No se atrevió a abrir la boca.

—¿Qué opinas? —preguntó con una calma que era aún más aterradora.

Amanda no sabía a qué se refería.

—No… —empezó a decir. Por primera vez en su vida se sentía claramente inferior a la persona con la que hablaba.

Toni continuó casi en un susurro para que ni Selmo ni el padre, que seguía con la mirada fija en el cadáver de su mujer como si en esa habitación no hubiera pasado nada más, le oyesen.

—Los vecinos no tardarán en darse cuenta de que algo pasa. Tenemos que decidir qué hacer.

Amanda miró a Selmo, que los observaba muy atento tratando de adivinar qué pasaría a continuación. Luego miró al padre.

—Yo me ocupo.

Cogió el cuchillo de la mano de Toni y se dirigió al padre. Este, al ver que la chica se acercaba a él, levantó la cabeza.

Ella le cogió del pelo y le echó la cabeza hacia atrás. Levantó el cuchillo dispuesta a rajarle la garganta, pero había algo que se lo impedía. Había participado en el asesinato de un bebé cuando tenía diez años e inducido al suicidio a su amiga del centro de reforma, pero esto era algo totalmente distinto.

Se trataba de matar a una persona a sangre fría.

Amanda cerró los ojos y apretó la empuñadura del cuchillo, pero su brazo no se movía.

—Por favor, hazlo —le rogó el padre.

—¿Qué? —respondió desorientada.

—Hazlo, por favor, acaba con esto.

Amanda vio el vacío en su mirada, la de una persona muerta a la que todavía le latía el corazón.

—Por favor… —le suplicó.

Toni avanzó hasta donde estaba Amanda y le cogió el cuchillo de la mano.

Se arrodilló delante del padre.

—Lo siento mucho. Lamento lo que hicimos hace diez años y lo que hemos provocado ahora.

El padre lo miró a los ojos. Parecía que iba a escupirle o a insultarle, pero no lo hizo.

—Llevábamos mucho tiempo muertos —dijo en voz muy baja.

Toni lo miró con lágrimas en los ojos.

Amanda, junto a ellos, sintió cómo se le erizaba la piel de la espalda.

Selmo estaba conmocionado. Nunca soñó con asistir a algo así.

—¿Está listo? —le preguntó Toni.

El padre asintió.

—Estoy listo.

Toni le abrazó. Y mientras lo hacía le clavó el cuchillo en el corazón, luego lo movió un poco para permitir que el aire entrase en el órgano y así acelerar el proceso.

—Gracias —susurró el padre, y apretó con fuerza a Toni.

Luego sus brazos perdieron vigor y resbalaron por su espalda hasta soltarle.

Una lágrima corría por la cara de Selmo. Se sintió un poco mareado.

Toni se levantó despacio y se acercó a Amanda. Eran una sola persona. Se besaron dulcemente.

El chico se giró hacia el psicólogo. En su mano aún sostenía el cuchillo que goteaba sangre.

«Es mi turno. Intentaré llevarlo con la misma dignidad y fortaleza que el dueño de la casa», pensó Selmo.

Toni se paró a un metro escaso de su psicólogo.

—¿Nos ayudas? —le preguntó.

Selmo tardó unos segundos en responder, no esperaba ese ofrecimiento.

—¿Qué tengo que hacer?

Toni se giró hacia Amanda para invitarla a participar. Ella aceptó gustosa.

—Tenemos que dejar la casa como si hubiera habido un robo —dijo—. A Fernando nos lo llevaremos para que no nos relacionen con esto. Colocaremos al policía y al padre como si hubieran muerto los dos en una pelea.

Toni asintió orgulloso.

—Mira por la ventana. ¿Ves una furgoneta gris? —le preguntó al psicólogo.

Selmo asintió.

—Bien —respondió Toni.

—Métela en el garaje. Yo me ocupo de Fernando.

—Cuando lo hayas hecho, ayúdame con esto, que pesan mucho para mí —añadió Amanda.

Selmo bajó al garaje y encontró un mando inalámbrico en el coche de la familia. Sacó el vehículo, lo aparcó en la calle trasera y metió la furgoneta.

Luego se puso a las órdenes de Amanda para colocar los cuerpos y preparar la escena.

—Échale una mano a Toni. Voy a borrar nuestros rastros —dijo la chica cuando la colocación de los cadáveres y de los muebles estuvo a su gusto.

Selmo encontró a Toni en el cuarto de baño del piso de arriba. Había despedazado el cuerpo de Fernando con varios cuchillos de cocina y le estaba dando martillazos a la dentadura de su amigo para que no pudieran reconocerlo.

Era una mezcla tal de brutalidad y poesía que resultaba imposible apartar la mirada.

—Ve metiendo trozos en las bolsas. No las cargues mucho —dijo Toni.

El psicólogo obedeció. Al principio creyó que vomitaría o que no sería capaz, pero enseguida consiguió abstraerse y no pensar que lo que estaba introduciendo en las bolsas eran restos humanos.

Cuando terminó, Toni puso las yemas de los dedos de Fernando en una bolsa aparte y entre los dos cargaron todo en la parte de atrás de la furgoneta. Amanda dejó una bolsa más con sábanas y todo aquello que habían tocado.

Se dieron una ducha y se pusieron ropa que encontraron en los armarios. Como a Selmo no le cabía, Amanda le trajo su macuto del coche para que se cambiara.

Metieron las toallas en la furgoneta y, cuando estaban a punto de salir, oyeron el timbre de la puerta.

Toni se asomó con cuidado. Era un vecino. Les hizo un gesto a los demás para que no se movieran

El vecino llamó un par de veces más y se fue.

Por fin consiguieron salir de la casa. Selmo cogió su automóvil y condujeron en caravana hasta el aparcamiento de un centro comercial.

Mientras Selmo se quedaba dentro del coche cuidando la furgoneta, Toni y Amanda fueron a comprar, primero algo de comida y luego una pala en una macrotienda de bricolaje y construcción.

Abandonaron Madrid rumbo a Guadalajara. Cuando llevaban media hora circulando, salieron de la autovía y se metieron por carreteras comarcales y caminos de tierra hasta que Toni decidió que había encontrado un sitio que le satisfacía.

Caminaron veinte minutos hasta un bosque, donde enterraron los restos de Fernando. En el camino de vuelta hacia los vehículos, Toni vació la bolsa de las yemas de los dedos en una laguna, para que los animales hicieran desaparecer las huellas.

Luego condujeron hasta un barrio marginal al sur de la capital y dejaron la furgoneta con las ventanas abiertas y la llave en el contacto. Se montaron los tres en el coche de Selmo y buscaron un sitio tranquilo donde sentarse a comer lo que habían comprado en el supermercado.

Ya empezaba a ponerse el sol. Habían estado todo el día trabajando para evitar ser capturados.

Confiaban en haberlo hecho bien.

Durante la comida, Selmo se sorprendió de la frialdad de la pareja. Comían tan tranquilos y solo abrían la boca para pedirse una botella de agua o una pieza de fruta.

El psicólogo respetó el silencio a pesar de que se le amontonaban multitud de preguntas en la cabeza. Quería charlar con ellos y entender los mecanismos que les hacían ser como eran, pero entendía que hay avisperos que es mejor no remover.

En cambio fue Toni el que le habló a él.

—Cuando terminemos de cenar quiero que vuelvas a Cartagena.

Selmo se sintió como un niño pequeño al que su hermano deja en casa porque se va a hacer cosas «de mayores».

—¿Qué vais a hacer? —preguntó tratando de mantener la dignidad y no rogarles que le dejaran ir con ellos.

—Si te vas ahora, aún podrás dormir un poco y abrir tu consulta mañana, así no levantarás sospechas.

Selmo asintió y dejó media manzana en una bolsa que tenían para los desperdicios. De pronto no tenía hambre.

—¿Vas a volver?

Toni asintió.

—En dos o tres días.

El psicólogo miró a Toni y luego a Amanda. No sabía cómo despedirse de personas como ellos.

Personas que él nunca conseguiría llegar a ser.

Amanda se levantó con un saltito, se acercó a él y lo abrazó.

—Me ha encantado conocerte.

Cuando soltó el abrazo, Selmo los miró a los dos con un nudo en la garganta.

—Cuidaos mucho.

NOVENTA Y CUATRO

Esa noche todo fue distinto.

No hubo guerra en la cama del hotel que compartieron Toni y Amanda. No hubo intentos de dominar al otro ni violencia a la hora de practicar sexo.

Lo que había ocurrido durante el día les enseñó que realmente eran uno. No tenía sentido disimular sus sentimientos disfrazándolos de lucha por el poder ni fingir una competitividad que no existía.

Se sumergieron el uno en el otro. Recuperaron en varias horas los años en los que solo habían podido soñarse y fantasearse. No hubo prisa ni presión.

Esa noche solo existieron ellos.

—¿Cómo consigues vivir así? —preguntó ella en un momento en el que los dos necesitaron un descanso para reponer fuerzas.

—¿Así?

—Sí, con todo eso dentro.

Toni sacó el brazo de debajo del cuello de ella y lo cruzó sobre su pecho.

—Como puedo —sonrió.

Amanda le devolvió la sonrisa.

Como ella no preguntaba nada más, solo lo miraba, Toni se vio obligado a continuar.

—Intento evitar ocasiones en las que «eso» pueda salir —prosiguió Toni.

—Desde fuera se ve que lo tienes y cómo lo escondes.

—Lo ves tú.

Amanda volvió a sonreír. Toni pensó que podría acostumbrarse a ver esa sonrisa todos los días.

—Lo veo yo —respondió la chica—. Cierto.

—Trato de no beber demasiado, de llevar una vida ordenada...

—Una rutina —le cortó Amanda.

—De mantener una rutina —concedió él.

—Estos días te ha salido regular.

Toni descruzó el brazo y se tumbó sobre ella.

—Sí, estos días me ha cambiado un poco la rutina.

—Pesas —protestó Amanda.

—Jódete.

Amanda le cogió el sexo y lo introdujo en ella.

—Así pesas menos.

—Sí, lo noto.

Toni empezó a moverse dentro de ella.

—Para —le pidió Amanda.

—¿Qué pasa?

—No te muevas, solo quiero sentirte.

Toni dejó que su pelvis descansara sobre la de ella.

—Vito... —empezó a decir.

—Ahora me llamo Toni.

—Esta noche no. Esta noche, para mí, eres Vito. A partir de mañana vuelves a ser Toni o quien quieras.

—De acuerdo —dijo Vito—. Dime.

—¿Y ahora qué?

Él la miró sin comprender a qué se refería.

—¿Qué pasa ahora con nosotros?

Vito se incorporó un poco sin que su sexo saliera de ella. Quería verla mejor.

Nunca había sentido nada parecido.

—Ahora... Ahora nada puede separarnos.

NOVENTA Y CINCO

Toni cerró la puerta de la habitación del hotel sin mirar atrás.

Al otro lado quedaba una cama deshecha, un sueño de once años y Amanda.

Sabía todo lo que estaba abandonando, pero no podía dar ese paso con ella, sabía que no era capaz.

Mientras bajaba por las escaleras del hotel, pensaba que nunca llegaría a ser normal. Se lo había planteado, había intentado ser como sus colegas del taller, como Selmo, como Lidia.

Sus compañeros eran como plantas, como ovejas, como seres sin vida.

Selmo bastante tenía con intentar averiguar quién era y quién quería ser. Le gustaba estar con él y sentía curiosidad por saber cómo se desarrollaría esa nueva etapa sabiendo cada uno lo que sabía del otro; pero normal, lo que se decía normal, Selmo no era.

Lidia sí, ella era la única normal que conocía.

¿Eso la hacía no normal?

Se dio cuenta de que no se había acordado de Lidia en los últimos tres días.

Ni un minuto.

Salió a la calle pensando en Amanda. Dejarla allí, en el hotel, le rompía todos los órganos en mil pedazos, pero sabía que no podían estar juntos.

Estar junto a ella era una sentencia de suicidio.

Era un salto al vacío sin paracaídas.

Era una declaración de guerra al mundo.

Y él quería ser normal. Parecerlo. Poder vivir entre gente normal.

Sobrevivir.

Toni se sentó en un banco de un parque.

¿Le compensaba su decisión? Seguro que no. Sabía que se arrepentiría muchas veces de haberla dejado allí.

Se arrepentiría.

¿Ese sentimiento no es de persona normal?

¿Si sentía arrepentimiento, quería decir que estaba curado?

No estaba enfermo. No necesitaba cura, sino integrarse para sobrevivir un poco más.

Al menos un año.

Muchos años.

Muchos años sin Amanda.

Supuso que eso equivalía a muchos más años todavía.

Pasó junto a él una chica joven corriendo con una camiseta

fluorescente y el móvil enganchado junto al bíceps. Varios padres acompañaban a sus hijos a la escuela.

Pensó en la última imagen que tenía de Amanda. La piel tan suave, el pelo sobre los hombros. Le dio rabia que tuviera los ojos cerrados, ya que le hubiera gustado que lo último que viera de ella fuera su mirada, pero no podía ser de otra forma.

Sus manos aún olían a ella. Ese olor desaparecería en unas horas, y casi era mejor. Todo lo físico tenía que desaparecer, así solo quedaría el recuerdo.

Su vientre, sus pechos, su boca… Los momentos de la noche anterior se agolpaban en la mente de Toni. Nunca soñó que se dejaría llevar como lo había hecho.

Y no le importaba.

Con Amanda no le importaba.

Se preguntó si con Lidia sería capaz de comportarse así.

Dos chicos jóvenes pasaron corriendo disfrazados de corredores. Más padres con más niños iban hacia la escuela.

Toni quería proteger el recuerdo de Amanda, por eso había tenido mucho cuidado. Mientras dormía, metió con suavidad el cuchillo en su nuca, cortando los nervios y desconectando su cerebro.

No se enteró.

No sufrió.

Luego la dejó con el pelo cubriéndole la herida y tapada con una sábana. No quería que cualquiera que pasara por allí viese su cuerpo desnudo.

Era como una diosa que dormía.

Su diosa.

Estaba pensando que debería hacer un viaje rápido a San Sebastián para asegurarse de que no había posibilidad de que lo relacionaran con Amanda cuando un niño de unos siete años pasó por delante de él. Iba solo y seguro que llegaba tarde al colegio, ya que hacía varios minutos que no se veía a ningún padre.

Miró a su alrededor. En ese momento no había nadie cerca de él, de ellos.

Toni se levantó del banco.

Nota del autor

El sistema judicial y de reinserción utilizado en el libro es una mezcla de legislaciones vigentes en varios países europeos, no es estrictamente el español.

Los poemas de los capítulos sesenta y dos, setenta y cuatro y noventa han sido escritos por Rosalía de Castro.

Agradecimientos

A Rosana, por ayudarme a convertirme en cometa y acompañarme a volar sin perder de vista la tierra.

A Astor y Mateo, por recordarme todos los días lo importante que es jugar, ya sea con las manos o solo con la cabeza.

A Gonzalo, Ana, Pilar y todos los editores y correctores de Suma de Letras, por confiar en mí una vez más y construir este edificio conmigo.

A Paqui por ayudarme a entender a mis personajes y diagnosticarlos con tanta gracia.

A Santiago, por ser el mejor *sparring* que se puede tener.

A Raúl por esa fantástica foto de portada.

A Nicolás y Mar, por ser tan buenos modelos como amigos para Astor.

Y a los que pensáis que es mucho más importante entender que juzgar.

A todos vosotros quiero dedicaros esta nueva aventura.